AF 130155

Spencer Corvis

Kommissar Max Schneider

Provinzposse

Bibliografische Information der Deutschen Nationalbibliothek:
Die Deutsche Nationalbibliothek verzeichnet diese Publikation
in der Deutschen Nationalbibliografie; detaillierte bibliografische Daten sind im Internet über _dnb.dnb.de_ abrufbar.

Front/Backcover Idee: Spencer Corvis

Frontcover/Buchrücken Gestaltung: Sieke Design

Backcover Gestaltung: Spencer Corvis

Herstellung und Verlag: BoD – Books on Demand, Norderstedt

ISBN: 9783734774720

Vorwort und Danksagungen

Einige Zeit ist es her, da wurde ein Buch veröffentlicht, in dessen letzten Seiten sich etwas fand, dass man als Ankündigung verstehen konnte...

Nun wurde ich immer mal wieder darauf angesprochen, anfangs, ob das Buch noch in Planung sei, später wurde gefragt, ob denn überhaupt ein neues Buch erscheinen würde, bis hin zu der Frage, ob ich überhaupt noch schreiben würde...

Auch wenn ich all diese Fragen immer wieder mit ja beantwortet habe, vermute ich mal, dass es mir einige bis heute nicht geglaubt haben.

Nun, nach fast 4 Jahren, kann ich mit diesem Buch endlich den Beweis antreten, dass ich die Wahrheit gesagt habe...

Der 1. Dank geht wieder einmal an Anja, die mir als 1. Testleserin früher wie heute mit Rat und Tat zur Seite stand und steht. Ohne dich hätte es vermutlich keines der bisherigen Bücher in seiner heutigen Form gegeben

Der 2. Dank geht an Katharina, die mir mit ihrem Interesse und Lektorat sehr geholfen hat. Wir sehn uns bald wieder zwischen den Büchern ;)

Der 3. Dank geht an die Teams von Single Malt Spirit und BB-Metallbau für den Event-Abend letztes Jahr im November, war eine tolle Erfahrung

Und zu guter Letzt, mein Dank an alle meine Leser, die sich, trotz der langen Wartezeit, dazu entschieden haben, diesem Buch eine Chance zu geben! Ich hoffe, dass ich die Erwartungen meiner Leser erfüllen konnte.

Ich wünsche viel Vergnügen!

Ihr Spencer Corvis

Kapitel 1

"Ach, ist das nicht wundervoll?", krächzte die Stimme neben ihm.

'Nein, nicht wirklich...'

"Sieh dir den Himmel an, ist der nicht herrlich?"

Er hob seinen Blick. *'Sieht nach Regen aus...'*

"Kannst du dir etwas Schöneres vorstellen, als hier mit mir spazieren zu gehen?"

'Oh, allerdings! Eine Blinddarmentzündung, mir meine verbliebenen 2 Weisheitszähne rausnehmen lassen, bevor sie gewachsen sind, oder noch besser: rüber zur Anmeldung schlendern und dich Zwangseinweisen lassen...'

"Du bist so still mein Junge, was ist denn schon wieder los?", wollte die Stimme pikiert wissen.

Max schloss die Augen und atmete einmal tief durch.

"Menschen werden nun einmal still, wenn man ihnen ihren Lebenswillen nimmt."

"Ach, jetzt hab ich wohl wieder was Falsches gesagt, ja?" Nun keifte die Stimme. "Ooohhh, tut mir wirklich leid, dass ich was gesagt habe!"

"Es geht nicht darum, dass du etwas sagst, sondern um die Menge, die du sagst." Max versuchte so freundlich wie möglich zu sein, obwohl es eigentlich unmöglich war, überhaupt freundlich zu bleiben.

"Ooohhh, Entschuldigung! Gib mir doch gleich einen Maulkorb, damit ich dem Herrn Kommissar nicht zu viel rede! Ich bin noch nicht im Knast oder im Zuchthaus!"

Er schloss die Augen und massierte sich die Schläfen.

'Wenn's nach mir ginge, wärst du da längst!' Er sagte nichts, ging nur langsam weiter, in der Hoffnung, der Redeschwall würde abebben, was er nicht tat.

"Keinen Respekt vor der eigenen Mutter, das hast du alles nur von deinem Vater! Der war auch so ein unverschämter Kerl."

"Und warum hast du dich dann von ihm schwängern lassen, du hohle Nuss?", entfuhr es ihm.

"Also, wie redest du eigentlich mit mir?"

'Auf die einzige Art, in der es Einem möglich ist, ohne Selbstmordgedanken zu bekommen...' "So wie ich es für richtig halte."

"Pah! Da bittet man dich um ein wenig deiner kostbaren Zeit, eine kleine Gefälligkeit, und schon führst du dich auf wie ein Verrückter!"

'Bitte?!' Max ließ vor seinem geistigen Auge ablaufen, wie diese "kleine Gefälligkeit" heute schon aussah.

Er musste sich in aller Herrgottsfrühe an seinem 2. Urlaubstag auf den Weg zu seiner Mutter machen, die ihn faktisch dazu genötigt hatte, mit ihr den Tag zu verbringen. Die Höllentour begann damit sie zu Fuß abzuholen und einen Spaziergang zu machen durch die Hauptverkehrsader dieser Möchtegern Stadt. Es sollte mit der Brauereibesichtigung beginnen (ihn interessierte Bier, nicht wie es gemacht wurde), dann zur Eisdiele (warum musste jemand Eis essen, wenn es 10 Grad hatte und nach Regen aussah?), dann ins Nobelrestaurant (wer ging erst Eis essen und dann in ein Restaurant?!) und nun musste er hier im Schlosspark der Nervenheilanstalt mit ihr herumlaufen (als ob sie heute nicht schon genug gelaufen wären, es war sein verdammter Urlaub!)

Tja, und nun musste er sich einen Redeschwall der übelsten Sorte anhören, in dem Sätze fielen wie "Was hast du nur gegen die Eisdiele?", "Was stört dich denn an der Brauerei?", "Warum gefällt dir das Restaurant nicht?" oder "Warum kannst du den schönen Park nicht schätzen?"

Er hatte nichts gegen die Eisdiele, oder die Brauerei, im Restaurant hatte es ihm geschmeckt und der Schlosspark am Krankenhaus war sehr schön, er hatte etwas dagegen, das alles mit ihr tun zu müssen.

"Weißt du, was dein Problem ist? Du kannst dich einfach über nichts freuen, du weißt die schönen Dinge im Leben nicht zu schätzen!"

'Was?!' "Wer jammert mich denn jedes Mal damit voll, dass alles so scheiße läuft und dich Jeder ärgern will? Angefangen vom Nachbarn, dessen Auto zu laut ist, über die Frau von gegenüber, die wahrscheinlich als Prostituierte arbeitet, weil sie einmal die Woche Männerbesuch bekommt und den Typen von der Garage, der doch wirklich so dreist ist und einmal die Woche das Auto rausund wieder reinfährt?"

"War ja wieder klar, dass du auf deren Seite stehst und nicht zu mir hältst!"

"Es wäre schlecht für meinen Beruf die Partei für eine Frau mit Wahnvorstellungen zu ergreifen..."

"Ja, natürlich! DEIN Beruf, DEIN Ansehen, DEINE Nerven! Denkst du auch nur einmal an Andere, als an dich selbst?"

'Des Öfteren... Im Gegensatz zu dir...' Er versuchte auf Durchzug zu schalten und wenigstens für einen Moment zu vergessen, mit wem er unterwegs war, doch es gelang ihm nicht.

"Du fühlst dich doch nur wohl, wen du mit Toten herumhantieren kannst, das hat dich bestimmt so verpfuscht!"

3

Oh, und wie ihm das lieber war als dieser Tag! Er wünschte sich inständig, dass hier ein Toter auftauchen würde, damit er einen Vorwand hätte, nicht mehr mit ihr reden zu müssen.

Die Runde durch den Schlosspark war fast geschafft und sie liefen wieder auf das Haupthaus zu, zumindest wirkte es vom Park aus so. Er hielt zielstrebig auf den Gang links zu, damit sie nicht auf die Idee kam, noch eine Runde zu drehen, dieser Ausflug war jetzt beendet.

"Und wieder zu faul um noch ein wenig den schönen Tag zu genießen, das kennt man ja..."

Sie waren nun am Haus angekommen und Max lief zielstrebig weiter, gefolgt vom Gekeife seiner Mutter.

Es war fast geschafft, noch etwa 15 Meter, und er war wieder frei! Max malte sich aus, wie er sich heute Abend in Unterwäsche auf die Couch lümmeln würde, mit einem kalten Spezi und einer Tiefkühlpizza vor sich und dem Film "The Rock" in seinem Blu-Ray-Player. Diese Gedanken zauberten ein Lächeln auf sein Gesicht, von wegen er konnte sich nicht an den kleinen Dingen erfreuen.

Als es nur noch 5 Meter waren bis er um die Ecke biegen und diesen schrecklichen Tag hinter sich lassen konnte, hörte man einen langgezogenen Schrei.

'War das ein "Neeeeiiiin"?', konnte Max gerade noch denken, ehe keine 2 Meter vor ihm etwas aufschlug. Max prallte geschockt zurück und stieß dabei gegen seine Mutter, die ein keifendes "Wäh!" ausstieß, ehe sie zu einer Schimpftirade ansetzte, ehe sie die Leiche wahrnahm, und es ihr die Sprache verschlug. Trotz des Schreckens war es für ihn wohltuend, das sie endlich Ruhe gab.

Die wenigen Besucher des Schlossparks in unmittelbarer Nähe hatten den Schrei natürlich auch wahrgenommen und strömten nun heran, es begann sofort ein geschäftiges Getuschel und geschnattere, meist wahren die Worte "Großer Gott", Schrecklich!" und "Jesses!" zu hören.

Schrecklich war für Max vor allem, dass er wohl besser darauf achten sollte, was er sich wünschte...

Kapitel 2

Und es war ihm wieder passiert. Es schien fast so, als verfolgten ihn die Todesfälle sogar in den Urlaub, auch wenn man die Zeit, die er mit seiner Mutter verbringen musste, wahrlich nicht als Solchen bezeichnen konnte.

Nachdem der Fensterspringer vor ihm aufgekommen war, hatte er natürlich pflichtbewusst den Notruf gewählt und aus reiner Gewohnheit die Schaulustigen verscheucht, aus denen er natürlich die Augenzeugen aussortieren musste und ihnen einschärfte, sich bloß zur Verfügung zu halten.

Max hatte bereits mit den Zeugenbefragungen begonnen. Der Erste der Augenzeugen war ein junger Hüpfer der mit seiner Freundin, einer hübschen Blondine, im Schlosspark einen romantischen Spaziergang machen wollte, als das mutmaßliche Mordopfer vom Himmel fiel.

"Was genau haben Sie beobachtet?"

"Jo, also ich hab nicht viel geseh'n, der Typ is durch die Luft gesegelt, ich glaub', vom Dach aus, kann aber auch aus einem der Fenster gehoppst sein, falls die Gitter zum öffnen sind."

Max waren die vergitterten Fenster auch schon aufgefallen, offenbar wollte man in diesem Krankenhaus gerade solche Zwischenfälle vermeiden.

"Welchen Beruf üben Sie aus?"

"Meinen Sie meinen Beruf, oder meine Berufung?"

"Gibt's da einen Unterschied?", wollte Max genervt wissen.

Sein Gesprächspartner begann sich zu bewegen, als hätte er einen epileptischen Anfall.

"Mr. Polizei, Sie wollen so viel wissen, doch ich sag's lieber gleich, ich lass mich von dir nicht dissen. Wenn Sie mir dumm kommen, dürfen Sie sich gleich verpissen! Ey, Mr. Polizei, komm her und kraul mein linkes Ei! Sie holen die Schellen raus und führ'n mich ab unter Applaus. Sie stecken mich in den Bau, ganz ohne meine Frau. Ich wollte nicht in den Knast nie, jetzt muss ich in der Dusche auf meine Knie. Ich bin viel zu fresh für den Knast man, ich spitz mir lieber selber den Ast an!"

Max zog eine Braue hoch und sah den zappelnden Kerl vor sich schief an. "Wie war noch gleich Ihr Name?"

"Der Name ist oMagnuMo!"

"Wie?" Max starrte ihn irritiert an. "Omagnumo?"

"Nein man, sie betonen das falsch, das heißt oMagnuMo !"

"Äh, ja, ok. Also ein Rapper. Und was sollte das gerade?"

"Ich wollte schon immer mal einen Bullen-Freestyle-Diss an den Mann bringen. Dachte da zuerst an einen meiner Kumpels, aber da Sie gerade da waren, Mr. Polizei... Das war übrigens nicht persönlich gemeint."

"Schon klar, Rebellieren gegen die Obrigkeit trifft immer die kleinen Vertreter derselben."

"Jo, Sie haben's erfasst!", sagte der Rapper zwinkernd.

Diese Einstellung erinnerte Max eher an den radikalen Teil der Blockupy-Bewegung, aber dieser oMagnuMo machte einen sympathischen Eindruck.

Die Freundin des Rappers hatte leider gar nichts gesehen, sie war anscheinend damit beschäftigt gewesen, ihren Schatz anzuhimmeln.

Es gab noch ein paar weitere Zeugen, die darauf warteten, ihre Aussage zu machen, doch Max hatte weder Notizblock noch Lust dabei. Ganz anders seine Mutter, sie hatte ihre Sprache nach kurzer Zeit wiedergefunden und unterhielt alle Schaulustigen mit ihren Theorien bezüg-

lich des Toten. Offenbar ging sie davon aus, dass jeder Insasse hier früher oder später diesen Schritt für sinnvoll
hielt.

'Vielen Dank das du die potenziellen Zeugen beeinflusst
Mutter...'

Aus dem anwachsenden Pulk von Gaffern löste sich
nach einer Weile eine Frau in den 50ern, die eben noch
begeistert seiner Mutter gelauscht hatte.

"Entschuldige Max..."

"Wie bitte?" Max konnte sich weder daran erinnern, dieser alten Schachtel das du angeboten zu haben, noch
dass sie sich kannten.

"Deine Mutter meinte, es wäre in Ordnung wenn ich
dich Max..."

"Nein, DAS ist nicht in Ordnung. Und meine Mutter
spricht auch nicht für mich, das mache ich selber!
Klar soweit?", fuhr Max die Frau an.

"Schon gut, Sie sind vielleicht jähzornig, ganz wie ihre
Mutter gesagt hat", meinte sie schnippisch.

*Wie würde es dir gefallen, wenn dich jemand unge-
fragt duzt, weil es deine Mutter erlaubt hat, du altes
Tratschweib?!'* "Ich bin Kommissar Schneider. Also, was
wollen Sie?"

"Ich wollte fragen, ob Sie mich endlich verhören können.
Wissen Sie, uns allen hier geht es nicht so gut wie Ihnen,
wir haben keinen Urlaub." Sie verzog missgünstig den
Mund.

'Sehe ich vielleicht aus, als hätte ich Urlaub?' "Glauben
Sie mir, hätten Sie meinen Urlaub erlebt würden Sie nie
wieder welchen haben wollen."

"Ah, wieder einer von Denen, die nie zufrieden sind,
egal wie gut es ihnen geht." Das hatte ihm zu seinem
Glück noch gefehlt, eine dumme Tratsche die wie seine

Mutter mit ihm redete.

"Wehrte Frau... Ich versichere Ihnen, ich werde dafür Sorge tragen, dass man sich schnellstmöglich um Sie kümmert." Er zog sein Handy aus der Tasche und tat so, als tippe er eine Nummer ein. "Einer meiner Kollegen mit besserer Laune wird sich unverzüglich hier einfinden." Er hob sein Telefon ans Ohr und lauschte in das stumme Gerät.

"Gut, dann warte ich..." Sie hielt mit aufgerissenen Augen inne und rümpfte die Nase, ehe sie sich umdrehte und murmelte: "Unverschämtheit! So ein widerlicher Kerl!" Sie stampfte davon und ließ Max verwundert zurück.

'Was hat die denn auf einmal?' Er beendete den ohnehin nicht stattgefundenen Anruf und wollte sein Smartphone wieder einstecken, als er den Grund für ihre Verärgerung erkannte. Da er sich eigentlich im Urlaub befand, hatte er seine Freizeit-Handy-Hülle drauf, die eine junge Frau beim Workout zeigte. Das an sich war nun keineswegs verwerflich, allerdings war die Dame mit nicht mehr als einem knappen schwarzen BH und dazu passenden Slip bekleidet. Diese Kleidungsstücke ließen einen guten Blick auf ihren schweiß glänzenden Rücken und Po zu, der sich dem Betrachter entgegenstreckte. *'Na ja, meine Arbeitshülle hätte ihr sicherlich auch nicht gefallen, es sei denn, sie war zufällig Fan der "Freitag, der 13."-Filmreihe.'*

Es vergingen die Minuten, in denen sich Max fragte, wie lange er hier noch den Pseudo-Bullen geben musste, als sich eine massige Gestalt gemächlich um die Schlossecke schob. In seinem Windschatten tummelten sich ein halbes Dutzend uniformierter Kollegen.

Der Koloss hielt zielstrebig auf Max zu und sein ausgeglichenes Gesicht verzog sich zu einem leichten Lächeln.

"Max", kam es freundlich grummelnd, während ihm eine riesige Hand entgegengestreckt wurde. "Ist sehr lange her." Der Schraubstock um Max' Hand wurde kräftig angezogen.

"Derek, freut mich, dich zu sehen." *Aber auf das Brechen meiner Finger hätte ich gut verzichten können...*

Kapitel 3

Sie hatten sich nach erster Tatortsbesichtigung und ein wenig Smalltalk auf den Weg in Dereks Büro gemacht. Max hatte ihn darauf hingewiesen, dass die alte Tussi neben seiner Mutter dringend eine Aussage machen wollte. Max' alter Kumpel hatte daraufhin einen jungen, etwas steif wirkenden Kollegen damit beauftragt, der nach wenigen Minuten das Verhör abbrach und Derek davon unterrichtete, dass sie zwar viel zu sagen, aber nichts Relevantes gesehen hatte.

"Also, ich weiß ja auch nicht, aber egal wo du auftauchst passieren Morde." Mit diesen Worten drehte Max' alter Freund und ehemaliger Kollege seine beachtliche Wampe in die Sonne, die durch das Fenster schien.

"Das kannst du so nun auch nicht sagen, alter Junge." Er nannte ihn immer 'alter Junge', obwohl er selbst einige Monate älter war als Derek. "Meistens werd' ich erst zu den Morden gerufen, wenn sie passiert sind. Außerdem ist noch nicht mal klar, ob das überhaupt ein Mordfall ist. Und dass mir eine Leiche vor die Füße fällt, ist mir erst einmal passiert."

"Mittlerweile zweimal."

"Sei mal nicht so kleinlich, das ist mein Gebiet."

"Hast du auch wieder Recht." Und wieder wuchtete er seine Plauze näher zur Sonne, der Stuhl, auf dem er saß, gab bedenkliche Knacklaute von sich. "Aber jetzt mal zur Sache: Max, ich möchte, dass du mir hilfst bei der Sache."

Max Augen verdoppelten sich fast. "Aber wieso das denn?" So erstaunt hatte sich seine Stimme das letzte Mal angehört als seine Ex-Freundin ihm versicherte, dass sie ihn nie betrogen hatte. "Du bist doch ein 1A Kommissar, wozu brauchst du meine Hilfe?"

"Junge, du weißt doch, dass ich drauf und dran bin an meiner Versetzung in den Innendienst, wegen meinem Bluthochdruck und den Blutwerten, weiß der Himmel warum ich so 'ne schlechte Veranlagung hab'..." Mit diesen Worten strich er sich über sein kurz vorm Platzen gespanntes Hemd.

"Ja, und?", fragte Max verständnislos.

"Und? Max, die wollen mich nicht so einfach ziehen lassen. Zumindest nicht ungeschoren. Entweder wollen sie mir die Pension bis zum Gehtnichtmehr kürzen, geben mir den beschissendsten Job, den sie finden können oder die lassen mich noch 20 Jahre bei Mordfällen buckeln bis ich drauf gehe, dafür brauchen die nur einen Vorwand, und was passt da besser als ein nicht gelöster Mordfall?"

"Wenn es überhaupt Mord war. Im Übrigen, Alter, ich glaub' du leidest unter Verfolgungswahn."

"Ja, das auch. Aber in dem Punkt muss ich einfach auf Nummer Sicher gehen, sonst läuft mein Leben aus den Fugen."

'So wie dein Bauch' dachte sich Max. "Und du denkst, dass, wenn du einen ortsfremden, unangepassten und zynischen Kommissar, der nicht mal zuständig ist bei dem Fall, hinzuziehst drehen sie dir keinen Strick draus?"

"Doch, schon, ich bin ja nicht ganz bescheuert, aber wenn dadurch der Fall gelöst wird, dann können die mir gar nichts!"

'Da wäre ich mir nicht so sicher...'

"Also Max, nun mal 'ne klare Ansage: Machst du's oder nicht?"

Er strich sich mit der linken Hand durchs Gesicht und

fühlte die Stoppeln seines 3-Tage-Barts, wie sooft, wenn er über eine unschöne Sache nachdachte. "Eigentlich wollte ich ja nur meine Mutter besuchen." *'Von Wollen kann eigentlich keine Rede sein...'* "Und jetzt steck' ich in einem verkackten, womöglichen Mordfall."

"Aber das ist doch nix Neues für dich." Da hatte er auch wieder recht. "Außerdem kannst du bestimmt ein paar Tage bei deiner Mutter pennen."

'Gott bewahre! Nicht ums verrecken...' "Ne, Junge, lass mal. Ich suche mir lieber irgendwo ein kleines Zimmer in 'ner gemütlichen Gaststätte."

Dereks Augen begannen zu leuchten. "Also du bleibst?" Das klang nicht wie eine Frage.

'Verdammt! Jetzt hat er mich...' "Mh, ja, ich bleibe", drückte Max hervor.

Max alter Kumpel sprang regelrecht auf, der Stuhl, auf dem er gesessen hatte schien sich um etliche Zentimeter zu heben. "Danke!" Er schlang seine massigen Arme um Max und erdrückte ihn dabei fast. "Ich wusste, ich kann mich auf dich verlassen!"

"Aber damit das klar ist: Du siehst dir den Fall, wenn es denn Einer ist, erst nochmal gründlich an und ziehst mich erst offiziell hinzu, wenn er dir über den Kopf wächst...", drückte Max atemlos hervor.

"Damit kann ich leben", gab sein Kumpel gleichmütig zurück und drückte noch ein wenig fester zu.

Kapitel 4

Nach seinem Gedächtnis musste er hier richtig sein, obwohl er sich nur noch an die 3 und den ersten Buchstaben erinnerte, ein G. Aber doch, hier war die Straße, außerdem war es die einzige Gaststätte im Ort, und in dieser wollte er sich einquartieren. Er hätte zwar auch in dem 4 Kilometer entfernten Ort wo er vermutlich ermitteln musste ein Zimmer nehmen können, das war aber aus mehreren Gründen unpassend. Zum Einen war es ihm dort zu nobel, eines der Häuser hatte 3 Sterne, und jeder Stern hatte einen Preisaufschlag von mindestens 10 Euro zur Folge, das andere Haus war zwar mehr Gaststätte als Hotel, aber es lag eindeutig zu nah an der Wohnung seiner Mutter. Also war dieses Haus die logische und passende Alternative, nicht zu weit ab vom Schuss, aber auch nicht zu nahe.

'Dürfte mal wieder gestrichen werden' dachte er sich kurz bevor er durch die Tür in den Gastraum trat, aber kaum im Inneren verflüchtigte sich der Eindruck, hier war es sehr gemütlich, etwas altertümlich, aber anheimelnd. Hier saßen einige kleine Runden zusammen. Es gab eine Partie von 4 Kartenspielern, von denen Einer sich lautstark über den letzten Spielzug seiner Spielpartnerin ausließ. "Wie kannst du nur so spielen?" Am Tisch daneben saß eine Gruppe junger Typen, die anscheinend ein Ballspiel zockten, bei dem jeder Spielzug von einem raumfüllenden "Ooohhh" beschlossen wurde. Als Einer gewann wandelte sich das in ein lautstarkes "Yeeeaaahhh!", was Max noch minutenlang in den Ohren klingelte. Der Gewinner war Max schon bekannt, es war der berufene Rapper oMagnuMo. An einem wei-

teren Tisch, der abgerundete Enden hatte, saßen einige ältere Leute die darüber diskutierten, ob das Wort 'Haderlump' eine Beleidigung sei.

"Schönen guten Tag!" sagte Max. Ein freundliches "Servus" im Chor bekam er zur Antwort und ein breitschultriger Typ stand aus der Runde der jungen Ballspieler auf und trat auf ihn zu.

Die Optik von diesem Kerl ließ Max verwundert dreinblicken: der Bart hätte einem Salafisten zur Ehre gereicht, die Frisur konnte man mehrfach bei Parteien mit dem Wort "national" im Namen antreffen, den Gesichtsausdruck hatte er schon bei mehreren Linksradikalen gesehen und die Klamotten, die den untersetzten Körper bedeckten waren die eines Metal-Freaks, aber im Zusammenspiel konnte sich Max keine abschließende Meinung über ihn bilden.

"Was darf's denn sein?" Eine kräftige Stimme gefolgt von einem freundlichen Lächeln. Offenbar war dieser wandelnde Widerspruch der Wirt dieses Hauses.

"Ich bräuchte ein Zimmer für erstmal einen Tag, vielleicht auch ein paar Tage länger."

"Kein Problem, wir haben noch ein paar Fremdenzimmer frei. Mit Frühstück und Fernseher?"

"Das wäre top!"

"Na wunderbar!" Der Wirt nannte den Preis. "Wenn Sie mehrere Nächte bleiben können wir über einen kleinen Nachlass reden."

Max stimmte zu, ließ sich den Zimmerschlüssel geben und verstaute seine Habseligkeiten in seinen 4 Wänden. Nach einer erfrischenden Dusche warf er den Fernseher an, doch leider lief nichts Anständiges. Lediglich der x-te Aufguss einer Show, wo man den größten Star des Landes suchte. *'Die sollten mal aufhörn zu suchen, dann finden sie ihn vielleicht...'* Auf den anderen Kanälen wurde es nur noch schlimmer: einmal ging es um Liebe, die irgendjemand im Nadelstreifenanzug finden wollte, dann um die Frage, wer am Besten von links nach rechts und von vorne nach hinten latschen kann, natürlich mit potthässlichen Klamotten, die kein Mensch privat freiwillig tragen würde.

Max dachte nach, was er nun tun sollte. Auch wenn das Zimmer vollkommen in Ordnung war, viel außer den Fernseher einzuschalten konnte man für Unterhaltung nicht tun, und er hatte seinen Laptop zuhause gelassen, schließlich hatte er nicht damit gerechnet, hier in der Provinz zu stranden. Nach kurzem Abwägen entschloss er sich, in den Gastraum zurück zu gehen, dort war vorhin doch eine recht unterhaltsame Stimmung, wenn auch ein wenig befremdlich für ihn.

Unten angekommen stellte er fest, dass sich die jugendliche Ballspielergruppe um einige Personen erweitert hatte, der Altherrenstammtisch mit den abgerundeten Enden hingegen hatte sich verkleinert, während die Kartenspieler-Fans noch genauso dasaßen wie vor 30 Minuten.

Max trat herein und setzte sich an einen runden Tisch, der in einer Nische versteckt war, unweit der Ballspieler. Als der Wirt ihn erblickte, sprang er auf und lief gutgelaunt auf ihn zu. Er hatte mittlerweile seinen schwarzen Kapuzenpulli gegen ein T-Shirt mit einem Logo getauscht, das wohl ein Pferd darstellte, darüber war der Name der Gaststätte zu lesen, daneben prangte das Wappen des hiesigen Sportvereins, wie Max vermutete.

"Schön, dass Sie sich nochmal zu uns gesellen, ich hatte ganz vergessen, zu fragen, wann Sie frühstücken wollten."

"Auf jeden Fall nicht zu früh, sagen wir ab ca. 10."

"Das kommt mir zugute, es wird heute Abend wohl länger werden."

Max wollte etwas erwidern, wurde aber abgewürgt von einem Kommentar am Karter-Tisch. "Nein, also wirklich! Wenn ich den Stich mach', kannst du doch net die Karte spielen, also nee!" Darauf folgte ein Pampiges: "Wenn du vorhin richtig gespielt hättst, wär des jetz' richtig gewesen." Und der Spielpartner darauf: "Vorhin, vorhin... Wir ham jetzt und du hast jetzt falsch gespielt!"

Max zog eine Braue hoch und fragte seinen Gastgeber: "Wie lange kann man so ein Kartenspiel eigentlich ertragen?"

"Ach", meinte dieser, und winkte ab. "Nach einer Weile stumpft man ab, außerdem bin ich nicht permanent im Raum."

"Gute Entscheidung."

"Wenn Sie sich ein wenig ablenken wollen, setzen Sie sich doch zu uns an den Tisch, Sie können auch gern eine Runde mitspielen."

Nach kurzem Zögern gesellte er sich zu den jungen Gästen und begann in die Stimmung einzutauchen, was bedeutete, dass er den beachtlichen Bierkonsum seiner Tischgenossen aufzuholen versuchte, was ihm natürlich nicht gelang, dafür war ihr Vorsprung einfach zu groß. Das Ballspiel war nach wie vor in vollem Gange. Max beobachtete es eine Weile und begriff den Sinn dahinter: es ging darum, einen kleinen Gummiball in ein Behältnis zu befördern, dass wohl einmal ein Teelichthalter oder Tischabfallbehälter gewesen sein musste. Es ging bei diesem Spiel weniger darum, wer gewann, sondern wer verlieren würde, den dieser arme Wicht musste allen Mitspielern einen Kurzen ausgeben. So einfach es auch klang, es war mit mehr als einer Feinheit im Regelwerk verkompliziert worden, was vermutlich gerade den Reiz ausmachte. Es war nämlich nicht erlaubt, den Ball einfach in die Öffnung fallen zu lassen, ebenso war untersagt, den Ball mehr als einmal aufdopsen zu lassen, doch diese Regel führte zu einigen Diskussionen, da nicht klar war, ob das auftreffen auf den Rand als aufdopsen zu werten sei.

Gerade als sich Max dazu entschlossen hatte, eine Runde mitzuspielen, kam ein weiteres Pärchen durch die Tür. Eine zierliche Blondine und ein breitschultriger Blonder. Max musste seine anfängliche Meinung über die Gesichtsbehaarung des Wirtes revidieren, DAS war ein Salafistenbart. Zwar nicht so dicht wie der des Wirtes, aber mit einer Naturkrause gesegnet, die man sehr häufig im TV bei den Koranverteilern bewundern konnte.

Die beiden Blondies flöteten gemeinsam ein freundliches Servus in die Runde, ein kollektives Echo des selben Wortes wurde ihnen entgegengebracht, ehe sie platz nahmen und vom Wirt nach ihren Getränkewünschen befragt wurden.

"Ich nehm' ein Gedeck", kam es von der breitschultrigen Blondine mit Kurzhaarschnitt.

"Ich auch."

Max wurde neugierig, also sprach er die Beiden direkt an. "Entschuldigt, aber was ist denn ein Gedeck?"

"Ein Bier und ein Schwarzer", bekam er in selbstverständlichem Tonfall von Mr. Gedeck zurück.

"Äh, ok..."

Das Fragezeichen in Max' Gesicht wurde größer anstatt kleiner, was auch seinem Gegenüber nicht entging.

"Hey, Chef, bring' unserem neuen Kollegen hier auch ein Gedeck, das geht auf mich!" Die Leute hier schienen sehr gastfreundlich zu sein.

Als die Bestellung ankam erkannte man sofort das Bier, dass mit einem Tulpenglas serviert wurde, daneben befand sich ein kleines Glas mit einer schwarz-braunen Flüssigkeit, in der zwei Eiswürfel in Herzform schwammen.

"Also, Wohlsein!" Mr. und Mrs. Gedeck erhoben ihre dunklen Gläser und prosteten Max zu, die anderen Tischgenossen schlossen sich mit ihren Getränken an. Max tat es ihnen gleich und nahm vorsichtig einen Schluck. Ah, Whisky mit Cola, damit konnte er sich anfreunden.

Die Sonne, die durch das Wirtschaftsfenster schien, ging langsam unter und der Alkoholpegel stieg sprunghaft an, während 4 Kilometer entfernt Derek Meinhard seine Ermittlungen aufnahm.

Er schritt neben dem Krankenpfleger Freddy her, der ihn zu dem Zimmer des Unglückseligen führte, dass aufgrund eines Insassenaufstandes am Nachmittag nicht zu erreichen war. Es befand sich in einem anderen Gebäude auf dem Grundstück der Nervenheilanstalt.

Derek fühlte sich ein wenig unwohl. Es waren zwar alle Insassen dieses Traktes in ihren Zimmern, aber dennoch wusste er, dass sie da waren und es noch vor Kurzem hier einen Aufstand gegeben hatte, aus welchen Gründen auch immer.

"War eigentlich schon jemand in seinem Zimmer, seit die Sache passiert ist?" Derek war nicht wirklich neugierig, aber ein wenig Konversation lenkte ihn zumindest ab.

"Nein, bisher nicht, Herr Kommissar. Wir hatten alle Hände voll zu tun, die Patienten zu beruhigen."

"Hm, das glaub' ich sofort. Es ist hoffentlich niemandem

etwas passiert?"

"Nur ein paar kleinere Kratzer und blaue Flecken, es gibt Schlimmeres."

Da gab er seinem Begleiter recht, es gab Schlimmeres, zum Beispiel, wenn Einer von den Patienten entkommen wäre, aber das dürfte nicht passiert sein, er musste auf seinem Weg hier rein 2 Sicherheitstüren passieren, die bombenfest wirkten.

Nach wenigen Minuten waren sie an der Tür zu dem Zimmer des Verunglückten angekommen und Freddy nahm seinen Schlüsselbund zur Hand, der an seinem Gürtel befestigt war.

Die Tür schwang auf und die beiden Männer starrten in den Raum. Derek riss die Augen auf.

"Sah es hier schon immer so aus?", wollte er entgeistert wissen.

"Nun", begann Freddy zögerlich, "Er hat sowas schon des Öfteren gemacht, aber so heftig sah es bisher noch nie aus..."

"Hier darf niemand mehr rein, bis ich wieder komme", meinte Derek, während er 2 Polizeisiegel aus seiner Manteltasche zog.

'Verdammte Scheiße, warum trifft mich auf meine alten Tage so ein bekackter Fall?!' Derek versiegelte die nun wieder verschlossene Tür. *'Hier brauche ich Max, ohne jeden Zweifel...'*

Kapitel 5

Zuerst dachte Max, er hätte zuviel getrunken, und das hatte er auch. Ebenso hatte er gerade noch ein "Gedeck" bestellt. Aber das Zittern an seinem linken Bein wurde nicht vom Alkohol ausgelöst, sondern von seinem Handy, das dringend mit ihm sprechen wollte. Er zog es aus der Tasche und nahm den Anruf an, er kam von Derek.

"Was gibts, alter Junge?", wollte Max zwar gutgelaunt, aber mit einer dunklen Vorahnung wissen.

"Max, es tut mir leid, aber jetzt ist die Sache klar: du musst mir helfen."

Er atmete einmal tief durch. "Gut, aber woran machst du das fest? Ich meine, was kann denn an diesem Fall jetzt schon so kompliziert sein?"

"Das ist nicht so leicht am Telefon zu erklären, das solltest du dir selbst ansehen. Kannst du in der Klinik vorbeischauen?"

"Wie? Jetzt gleich?"

"Ja, am Besten jetzt gleich."

Max sah auf die leeren Gläser, die vor ihm standen. "Ich glaube, ich kann heute nicht mehr fahren..."

"Hast du dich schon wieder abgeschossen?", wollte Derek verständnislos wissen.

"Was heißt hier schon wieder? Ich mach das ja nicht jeden Tag..."

"OK, ich schick' dir einen Kollegen vorbei, der dich abholt. Bist du in 15 Minuten einigermaßen zivilisiert?"

"Mach lieber 20 draus."

"Also gut, aber dann steh' auch Gewehr bei Fuß!" Derek beendete das Gespräch.

Der Wirt sah Max fragend an.

"Die Bestellung von eben muss ich wohl stornieren...", kam es bedauernd von Max.

"Das tut mir leid, aber kein Problem. Hab ich da richtig rausgehört, das Sie jetzt noch arbeiten müssen?"

"Ja, das kann man so nennen..."

Offenbar war das Wort "Arbeiten" eine Initialzündung für einen seiner Tischnachbarn, einem jungen Blonden mit eher spärlichem Bartwuchs, zumindest im Vergleich mit dem Wirt und Mr. Gedeck. "Das tut mir leid, Junge. Ich hab das auch, verdammtes 3-Schicht-System..." Er klopfte Max aufmunternd auf die Schulter. "Du willst aber nicht mehr fahren, oder?"

"Nein, sicher nicht. Und ich dürfte auch gar nicht mehr, mich holt jemand ab."

Diese Worte schienen Heiterkeit bei seinem Gesprächspartner auszulösen, jedenfalls wandelte sich seine mitleidige Miene zu einem Lächeln. "Sehr gut! Und wann musst du los?"

"So in 20 Minuten. Ich sollte mich auch lieber gleich losmachen, ein bisschen auffrischen und..." Da fiel ihm sein Tischnachbar ins Wort.

"Halt Stopp!" Wobei es mehr klang wie Haaaldstobb. "Chef, bring' uns mal so a lila Gesöff!"

"Ein was?" Max war noch wesentlich mehr irritiert als bei dem Gedeck.

"Mach' eine komplette Fucken-Runde draus", meinte der junge Bursche ungerührt.

Max zog ein weiteres Mal an diesem Abend eine Braue hoch, wo war er denn hier hingeraten, in einen Schwulenclub? Und sollte hier jetzt eine Gang-Bang-Party steigen? Zumindest ließ die Sprache im Moment darauf schließen...

"Und bring' die Flasche mit, nicht das unser neuer Kollege noch was Falsches denkt", schob er grinsend hinterher.

Als der Wirt mit einer Flasche und mindestens einem halben Dutzend kleiner Schnapsgläser ankam, musste Max wieder einmal überrascht dreinblicken. Die Glasflasche war mit einer lila Flüssigkeit gefüllt und auf dem Etikett prangte ein Totenkopf, über dem Fuck Off stand. Irgendwie kam ihm sein erster Gedanke mit dem Schwulenclub gar nicht mehr so schlimm vor, ebenso was er anfangs für eine Fucken-Runde gehalten hatte...

Die Gläser wurden gefüllt und Max wurde eines hingeschoben. Während er noch prüfend und mit unbehagen auf sein Glas sah, hatten alle Anderen am Tisch bereits die Gläser erhoben und starrten erwartungsvoll auf Max. Er fragte sich, ob das einer dieser Gags war, wo alle darauf warteten, dass einer trank und sich dann vor Übelkeit auf die Schuhe reierte, damit der Rest der Gruppe in schallendes Gelächter ausbrechen konnte.

Nach kurzem Abwägen entschied er sich dazu, es zu riskieren. Er setzte das Glas an und kippte es schnell runter, zu seiner Verblüffung taten es ihm alle gleich. Der Alkoholgeschmack in seinem Mund und seinem Hals flaute langsam ab und er bekam einen Eindruck des Aromas, es war ein Schwarzbeerenlikör, oder so etwas Ähnliches, und seine Nerven beruhigten sich wieder. Es wurden einige Witze gemacht und Max für seinen Mut auf die Schulter geklopft.

Max warf einen Blick auf sein Smartphone und musste feststellen, dass von den ihm gewährten 20 Minuten nur noch knappe 15 übrig waren, was ihn endgültig dazu brachte, sich zu verabschieden. Er hastete auf sein Zimmer und spritzte sich etwas kaltes Wasser ins Gesicht, wechselte das Hemd und zog nochmals die unbequemen geschlossenen Schuhe an, die er vorhin bereits durch luftige Hausschuhe ersetzt hatte. Ein weiterer Blick auf sein Smartphone verriet ihm, dass er noch gut in der Zeit lag. Gerade als er sein Zimmer verlassen wollte, überkam ihn ein Drang, nochmals den schönsten Platz in jedem Haus aufzusuchen, auch auf die Gefahr hin, dass er sich verspäten würde, aber was sein musste, musste sein...

Mit einer Minute Verspätung, aber dafür relativ entspannt, kam Max vor der Wirtschaft an, wo bereits ein Streifenwagen auf ihn wartete. Der junge Beamte, der am Steuer saß, sprang fast aus dem Auto und stand stramm vor Max. Es war der selbe Beamte, der im Schlosspark die nervige Labertante befragen musste.

"Freut mich, wie war doch gleich...", begann Max, doch er konnte seine Frage nach dem Namen nicht zu Ende formulieren.

"Polizeiobermeister Tortline, zu Ihren Diensten, Herr Kriminalkommissar Schneider!"

"Aja, freut mich Herr... Polizeiobermeister Tortline. Stehen Sie mal nicht so steif da, Sie bekommen sonst noch einen Krampf."

"Jawohl, Herr Kriminalkommissar", kam es von dem jungen Kollegen, ohne dass er sich merklich entspannte.

"Können Sie mir vielleicht erzählen, was dort in der Klinik vorgefallen ist, dass ich es sofort in Augenschein nehmen soll?", wollte Max neugierig wissen.

"Es tut mir leid, Herr Kriminalkommissar Schneider, aber ich war nicht zugegen als Kriminalkommissar Meinhard die Ermittlungen aufgenommen hat. Desweiteren möchte er Sie persönlich ins Bild setzen."

"Äh, gut, dann fahren wir am Besten los, würde ich sagen." Max fand das übertrieben respektvolle Auftreten befremdlich, sie waren doch alle nur Menschen.

"Zu Befehl, Herr Kriminalkommissar!"

"Und lassen Sie das ständige Kriminalkommissar, da komme ich mir noch älter vor als ich bin." Kriminalkommissar wurden in den alten Krimis immer diese alten Säcke genannt, die mit 50 plus X dumm an einem Schreibtisch saßen und ihre altmodischen Brillen polierten, mit denen wollte Max bestimmt nicht in einen Topf geworfen werden, geschweige denn sich so alt fühlen wie die aussahen...

"Natürlich Kri... Herr Kommissar Schneider."

Das klang für Max in diesem Tonfall zwar auch nicht viel besser, aber was sollte man machen.

Sie stiegen in das Auto ein und Max war nur froh, das Polizeiobermeister Tortline ihn nicht wie ein Chauffeur die Tür aufhielt, sondern ganz lapidar auf dem Fahrersitz platz nahm und den Wagen startete. Die Fahrt war recht ruhig, Max wollte nicht riskieren eine Frage zu stellen, die der Kollege weitschweifig nicht beantworten konnte oder wollte.

Nach knappen 10 Minuten waren sie am Ziel, wobei sich Polizeiobermeister Tortline zu jedem Zeitpunkt strikt an die Geschwindigkeitsbeschränkungen hielt; so ewas kannte Max sonst nur von den Typen bei der Dienstaufsicht. Sein Fahrer parkte auf einem hierfür ausgeschilderten Parkplatz, fernab des offiziellen Eingangs, das ein kunstvolles, schmiedeeisernes Tor von einigen Metern Höhe war. Sie gingen um das Haupttor herum durch den Hof, in dessen Mitte ein stattlicher Springbrunnen platziert war. Sie hielten sich rechts und gingen durch den Durchgang, hinter dem der Schlosspark und einige Bäume zum Vorschein kamen. Max erinnerte sich, wie es

hier am Tag aussah, abgesehen von der Gesellschaft seiner Mutter hatte es ihm ganz gut gefallen, jetzt aber
wirkte alles dunkel und bedrohlich; lag aber vielleicht
auch an dem Alkohol, den er im Blut hatte.

Der Weg zog sich zusehends und Max versuchte abzu-
schätzen, wieviele Meter sie schon zurückgelegt hatten.
Er sah zurück und dann wieder nach vorne; er befand
sich inmitten eines düsteren Korridors ohne ersichtlichen
Anfang und Ende aus Bäumen, Sträuchern und einem
fast schwarzen Himmel, an dem kaum Sterne standen.

"Wie weit ist das denn noch?", fragte Max seinen Begleiter, der, seit sie aus dem Auto gestiegen waren komplett
stumm geblieben war.

"Nur noch ein paar Dutzend Meter, dann sind wir am
Gebäude der Forensik, unweit des Besucherparkplatzes."
Max blieb abrupt stehen. "Besucherparkplatz? Unweit?? Warum, verdammt nochmal, haben wir dann
nicht da geparkt?!?" Und schon hatte es dieser kleine Polizist geschafft, ihn unheimlich zu ärgern.

"Der Besucherparkplatz ist aufgrund von Baumaßnah-
men zur Zeit leider gesperrt."

'Natürlich! Anders wäre es wohl zu einfach gewesen...'
Der Spaziergang dauerte bereits länger als die Autofahrt.
Gerade als Max dachte, er würde sich an den Wegrand
setzen und erst wieder aufstehen, sobald ein Shuttleser-
vice eingerichtet worden war, sah er ein modernes Gebäude zwischen den Bäumen auftauchen.

*'Das hier soll eine Klapse sein? Sieht eher aus wie ein Ge-
bäude eines Bankenvorstandes; vermutlich sind nur die
Insassen hier menschlicher und bodenständiger.'*
Polizeiobermeister Tortline hielt zielstrebig auf die Eingangstür zu und betätigte einen Knopf, der wohl die Klingel war, eine Sekunde später wurde der Summer betätigt

und damit die Tür geöffnet, offenbar wurden sie schon erwartet.

Der junge Kollege hielt Max die Tür auf, während dieser zögerlich näher trat; irgendwie löste dieser seltsam modern anmutende Bau Beklemmungen bei ihm aus. Er trat dennoch ein und folgte dem Gang zur Anmeldung, an der sich sein alter Kumpel Derek Meinhard herumlümmelte. Polizeiobermeister Tortline wartete an der Eingangstür.

"Na endlich kommst du auch mal! Ich warte hier seit 45 Minuten auf dich."

"Da kann ich nichts für, der pflichtbewusste Jungspund hätte mal ein wenig auf die Tube drücken müssen, außerdem ist der nahegelegene Parkplatz nicht in Betrieb, von daher mussten wir 16 Blocks entfernt halten."

"Achja, der gute Kollege... Offiziell ist der hintere Parkplatz zwar gesperrt, aber mit ein paar kleinen Fahrmanövern kommt man um die Absperrungen gut herum und kann auf dem Teil der Fläche, die nicht aufgerissen ist, ganz gut parken; zwar nicht erlaubt, aber machbar."

Max schloss die Augen und zählte langsam bis 10, um sich zu beruhigen hätte er eigentlich bis 1000 zählen müssen, und verfluchte den jungen Kollegen Tortline für dessen Überkorrektheit.

Aufgrund des Alkohols hatten sich Max' Denkprozesse verlangsamt, deshalb und vermutlich wegen der Dunkelheit auf dem ganzen Gelände fiel es ihm erst jetzt auf. "Moment, das hier ist nicht der Tatort."

"Stimmt, das hier ist nicht der Tatort" kam es von Derek.

"Der Tatort war am Hauptgebäude von diesem Kasten hier."

"Wieder richtig, der Tatort ist am Hauptgebäude, beim 3. Treffer gewinnst du ein Eis." Dieser Satz wurde von einem schelmischen Grinsen begleitet.

"Lass' den Scheiß, Derek. Warum bin ich also hier in diesem Zellentrakt?"

Derek wurde wieder ernst. "Weil hier in der geschlossenen Abteilung das Zimmer des Toten liegt und ich damit ein wenig... überfordert bin."

"Aja, die Situation, die du mir am Telefon nicht näher erklären wolltest", sagte Max, während er sich in Bewegung setzte und auf die Tür zuhielt, die zu den Zimmern führte, wie eine Plakette an der Wand verriet.

Bevor Derek etwas erwidern konnte, tauchte aus dem Wärterbereich ein langer hagerer Typ auf, der beim Anblick von Max erstarrte. Max verlor ebenfalls für einen Moment jegliche Fähigkeit, sich zu bewegen.

"Das darf doch nicht war sein... Freddy?"

"Großer Gott, Max, du bist das?" Krankenpfleger Freddy rieb sich spielerisch die Augen. "Friss' meinen Sack, wie lange ist das nur her?" Er stürzte auf Max zu und schloss ihn in die Arme; so kannte Max seinen alten Kumpel Freddy.

Derek beobachtete die Szene mit einiger Skepsis, sagte jedoch nichts.

"Dürfte schon ein wenig her sein, ich war so Mitte 20, du Mitte 30; und jedesmal, wenn wir unterwegs waren, haben dich alle jünger geschätzt als mich."

"Falsch, alter Junge, sie haben dich älter als mich geschätzt."

"Ich wollte einen Scherz machen, aber du musst gleich einen Tiefschlag landen...", meinte Max gespielt beleidigt.

Nach einigem weiteren Geplänkel öffnete Freddy den beiden Kommissaren die Sicherheitstüren und begleitete sie den Gang hinunter, bis zum Zimmer des Toten.

Max erkundigte sich nach den aktuellen Lebensumstän-
den von Freddy, der bereitwillig Auskunft gab. "Mittlerweile glücklich verheiratet und Vater von 3 Kindern",
meinte dieser stolz.

"Wow! Da hast du aber ordentlich geackert."

"Eigentlich nicht, das hat meine Frau allein erledigt, vor
unserer gemeinsamen Zeit."

"Wie? Du hast gar nichts zu dem Fortbestand
der Menschheit beigetragen?"

"Ich sag mal so: das Zeugen kann jeder Idiot überneh-
men, für die Erziehung braucht es Fachkräfte." Freddy
zwinkerte. "Die 3 Jungs sind tolle Burschen mit einer tol-
len Mutter."

Max fragte sich, ob das auch etwas für ihn wäre, verwarf
diesen Gedanken jedoch schnell wieder; er hatte es mit
Frauen versucht, aber jedesmal entpuppte sich seine
Menschenkenntnis, auf die er sich im Beruf zu 99,9 %
verlassen konnte, als ungenügend und nicht zur Versetzung geeignet; also ließ er das mit Beziehung oder gar
Ehe lieber sein.

Max ließ seinen Blick wandern und erpähte an einer der
Türen einen Namen, der ihm ins Auge stach.

"Sag mal, ist das ein schlechter Witz oder heißt einer eurer Ärzte wirklich so?" Max deutete auf das Namens-
schild neben einer Tür.

"Ach, das ist einer unserer Insassen hier in der Forensik,
er besteht auf diese Anrede."

"Er besteht darauf?" Max schüttelte den Kopf, nun war
er überzeugt, in der Klapsmühle gelandet zu sein.

"Ist eigentlich ein ganz netter Kerl, soll demnächst auch
entlassen werden, deshalb ist er auch schon auf die J3
verlegt worden."

"J3?"

"Ja, das ist die Station der Forensik, in der die leichteren Fälle untergebracht sind, die auf eine baldige Entlassung vorbereitet werden."

"Ich hoffe, eure Ärzte hier wissen, was sie tun. Ich wäre vorsichtig bei einem Typen, der sich Dr. Psychopath nennt und auch so angesprochen werden will..."

"Keine Sorge, hier kommt Keiner einfach so wieder raus, nicht umsonst ist das hier der Hochsicherheitstrakt."

'Hm, ja, "der sicherste Hochsicherheitstrakt aller Hochsicherheitstrakte" wie es in einem meiner Lieblingsfilme heißt, und am Ende wird der gefährlichste Insasse entlassen...'

Max schob diese Gedanken beiseite und konzentrierte sich darauf, gerade zu gehen; jetzt würde er lieber in seinem Zimmer liegen und seinen Rausch ausschlafen.

Nach einigen Metern kamen sie an der letzten Tür des Ganges an, die mit Polizeisiegeln versperrt war, an der sich Freddy sogleich zu schaffen machte. Nachdem das Schloss geöffnet war, trat Freddy zur Seite und Derek öffnete die Tür, wobei die Siegel zu Bruch gingen.

"Dann bin ich mal gespannt, was an diesem Zimmer so kompliziert ist."

"Du wirst schon sehen, Max, ich hab' nicht übertrieben, tu' ich nie." Derek hatte seine Taschenlampe ausgepackt und leuchtete in den Raum.

"Naja, da hab ich dich anders in Erinnerung", meinte Max, während er durch die Tür schritt. "Damals als wir..." Max stockte, diesmal hatte Derek nicht übertrieben, wirklich nicht... Der Schein der Taschenlampe erhellte die hintere rechte Ecke des Zimmers, in dem das Bett stand, auf dem allerdings weder eine Decke, noch ein Kissen und auch kein Laken zu finden war; die Dinge waren nämlich vor dem Bett zu einer Art Zelt, oder eher

Höhle, zusammengebaut worden. Vor diesem Verschlag lagen ausgebreitet verschiedenste Sorten von Geschirr; Tassen, Teller, Untertassen, allerdings nicht wahllos, wie es erst schien, sondern mit einer Art System aufgestellt.

"OK, das ist natürlich ein wenig... sonderbar, aber dafür saß der Kerl ja auch hier ein." Max dachte kurz nach. "Gibt's hier eigentlich kein Licht?"

Derek ließ den Schein der Taschenlampe weiter wandern zur Decke; es gab eine Lampe, jedoch war eine Art Trichter um sie gebaut, der auf eine Wand gerichtet war. "Und jetzt kommt der Knaller", tönte Freddy aus dem Hintergrund, während er den Lichtschalter betätigte. Das Zimmer blieb relativ dunkel, da der Trichter nur einen schmalen Lichtwurf auf die Wand zuließ, an der nun Einiges sichtbar wurde.

"Verdammte Scheiße", entfuhr es Max während er auf die Wand starrte.

"Das kannst du laut sagen, Junge...", pflichtete ihm Derek bei.

"Er stand aber nicht kurz vor der Entlassung, will ich hoffen?" Diese Frage war an Freddy gerichtet.

"Also, ehrlich gesagt... doch. Zumindest sollte er demnächst auf auf die J3 kommen; er war nach Meinung der Ärzte keine Gefahr mehr für sich oder andere."

So langsam zweifelte Max an der Kompetenz der Ärzte in diesem Haus. Er besah sich wieder die Wand, auf der unzählige Schmierereien zu sehen waren; Worte, seltsame Linien und undefinierbare Symbole, aber das Hervorstechendste war in der Mitte von alledem zu finden.

"Kannte dieser Patient den jungen Wachtmeister, der mich abgeholt hat?" Max hatte sich Derek zugewandt.

"Keine Ahnung, ist das wichtig?"

"Hm, schon möglich", meinte Max wieder mit Blick auf

die Wand, auf der inmitten des ganzen Durcheinanders in großen Lettern, mehrfach mit verschiedenen Farben umrandet, das Wort "Tortline" geschrieben stand.

Kapitel 6

Tja, nun hatte er sich das ganze Zimmer angesehen und Max war mehr denn je überzeugt, dass dieser Fall keinen Mord beinhaltete, lediglich ein geistig SEHR verwirrter Mann hatte den Absprung gewagt, obwohl er entlassen werden sollte.

"Hat er sowas öfter gemacht?", fragte Max an Freddy gewandt.

"Na ja, eigentlich immer wieder."

"Warum habt Ihr ihm die Stifte nicht weggenommen und den Mist abgewaschen?"

"Haben wir, aber dann hat er noch verbissener alles wieder hingeschrieben."

"Womit denn, wenn er keine Stifte mehr hatte?"

"Er hat sich die Fingerkuppen aufgebissen und mit seinem Blut geschrieben und mit... anderen Dingen, die man ihm nicht wegnehmen konnte."

Max fragte lieber nicht nach, welche Dinge das waren, er konnte es sich aber leider vorstellen. Und so Einen wollte man wieder auf die Allgemeinheit loslassen. "Warum sollte er noch gleich entlassen werden?"

"Wenn er seine Sachen schreiben konnte war er der ruhigste Mensch, den man sich vorstellen kann, kein bisschen aggressiv oder depressiv. Er war nur nicht er selbst, wenn er seine Gedanken nicht rauslassen konnte."

Unter dem alles beherrschenden Namen an der Wand waren noch einige wirre Dinge an der Wand zu lesen, Worte wie "Betrug", "Bestechung", "Amtsmissbrauch" und noch bessere Sachen wie "Homo-Ecke", "Haus der Fische" und sein Favorit "Kack-Hof-Aufstieg". Anscheinend hatte er Wahnvorstellungen in Bezug auf den jungen Polizisten Tortline.

"Also Derek, ich denke mal, hier ist kein Mordfall, nur ein Typ der nicht alle Tassen im Schrank hatte und sich-" Max brach abrupt ab während sein Blick auf eine Stelle an der Wand fixiert war. "Gib' mir mal die Taschenlampe."

Derek hielt sie ihm mit fragendem Blick hin. Max schaltete sie ein und richtete sie auf die Stelle, die seine Aufmerksamkeit erregt hatte. Er trat einige Schritte näher und fummelte an seiner Jackentasche nach einem Einweghandschuh, den er nach einiger Mühe zu fassen bekam und ihn mit noch größerer Mühe über seine freie Hand gezogen hatte. Er fasste an die Stelle unter dem "T" des Hauptwortes.

"Hier wurde was weggewischt", stellte Max trocken fest. Und mit welcher Sorgfalt, die Tapete war an dieser Stelle fast durchgescheuert worden, soweit Max das beurteilen konnte. Er beleuchtete die komplette Fläche unter dem Hauptwort, da wurde ebenfalls geputzt, zwar nicht so heftig wie weiter vorne, aber es war offensichtlich. "War irgendjemand seit dem Tod des Bewohners hier drinnen?"

"Nein, soweit ich weiß niemand bis ich vorhin mit Kommissar Meinhard reingekommen bin", gab Freddy bereitwillig Auskunft.

"Wer hat alles einen Schlüssel für diese Tür?"

"Nun, ich", meinte Freddy etwas verlegen, "und alle anderen Krankenpfleger, ebenso die Ärzte und der Hausmeister" schob er nach.

"Und wie viele Ärzte und Pfleger gibt es hier?"

"5 Ärzte und 18 Pfleger und Pflegerinnen im Wechsel."

'Na toll! Das engt den Kreis der Verdächtigen ja sehr ein...' "Dann sortieren wir am besten erst mal die aus,

die zu der Zeit des Todes Dienst hatten", kam es leicht gereizt von Max.

Freddy nahm sich ein Blatt Papier und einen Kugelschreiber zur Hand und begann die Namen zu notieren, während Max mit seinem Smartphone das gesamte Bildnis fotografierte. 2 Stellen interessierten ihn ganz besonders: die abgewischte Zeile unter dem Namen "Tortline" und eine Textzeile über diesem, kleiner und fast ein wenig versteckt zwischen viel Geschmiere, aber dennoch relativ gut zu lesen: "BEA si an allem schuld!!!" Bei dem 2. Wort schien der Stift gestreikt zu haben, denn das "e" war kein bisschen zu erkennen, aber es war Max klar, dass es nur das Wort "sie" sein konnte, vielleicht auch "ist", falls sich der Künstler mit der Reihenfolge vertan hatte. Manipuliert war hier offenbar nichts, man sah keine Spuren, dass hier etwas weggewischt war.

Als Freddy mit seiner Liste fertig war, übergab er sie an Max, der sich nur die Vornamen ansah. "Gibt es hier keine Pflegerin oder Ärztin namens Bea?"

"Nein, zumindest kenne ich keine."

"Kannst du rauskriegen, ob es hier eine Bea, Beatrice oder Beatrix gibt oder bis vor Kurzem noch gab?"

"Das wäre schon machbar, für einen alten Freund", meinte Freddy zwinkernd. "Morgen kann ich dir mehr sagen."

Damit hatte Max doch schon ein paar Schritte zur Lösung dieses Falles getan, auch wenn er befürchtete, dass es sich wie Kaugummi hinziehen würde, ehe er seinen Urlaub wieder aufnehmen konnte.

Max wollte sich für heute nicht weiter damit beschäftigen, also instruierte er Freddy, die Tür wieder zu verschließen und Derek, die Spurensicherung für Morgen zu bestellen, damit die Tapete genauer angesehen wurde.

Anschließend verabschiedete er sich mit dem Versprechen, sich den Ort des Todes morgen anzusehen, aber
nicht vor 12 Uhr mittags, irgendwie ging er davon aus,
dass er nicht ohne weiteres auf Betriebstemperatur sein
würde am nächsten Tag.

Er machte sich auf zur Eingangstür und wies Polizeiobermeister Tortline an, den Wagen zu holen, der ihn daraufhin verständnislos anstarrte.

"OK, dann ganz im Klartext: gehen sie zu dem Wagen,
setzen Sie sich rein und dann fahren Sie auf den verdammten Parkplatz da hinten." Max blieb so ruhig, wie
es ihm möglich war.

"Verzeihen Sie bitte, Herr Kommissar, aber dieser Parkplatz ist gesperrt und ich..."

'Oh man! Hat die Platte etwa einen Sprung?!' "Ich er-
mächtige Sie hiermit, sich über das Verbot auf den Parkplatz zu fahren hinwegzusetzen und mich dort hinten abzuholen, ist das klar?" Nun hatte seine Stimme den ener-
gischen Unterton, der keinen Widerspruch duldete.

Nach kurzem Ringen mit sich bestätigte der Polizist Tortline den Befehl und machte sich schnellen Schrittes auf
zum Dienstwagen. Max schlenderte gemütlich Richtung
Parkplatz und sah sich dabei um, viel konnte er zwar
nicht erkennen, aber die Schönheit des Schlossparks war
immerhin zu erahnen in dieser Dunkelheit.

Er kam auf dem Parkplatz an und besah sich die Baustel-
le. Die Hälfte der Parkfläche war aufgerissen, der Beton
der restlichen Parklücken hatte teils tiefe Risse und es
hoben sich schon vereinzelt Bruchstücke. Gut, wenn man
das so sah, konnte man verstehen, warum man hier offiziell nicht parken durfte.

Max musste nicht lange auf seine Mitfahrgelegenheit
warten, der Kollege hatte sich beeilt und bog wenige Mi-

nuten nachdem Max hier angekommen war ein, jedoch fuhr er mit größter Vorsicht, fast mit Ehrfurcht, an dem Absperrband und dem Warnschild vorbei.

Auf der Fahrt zurück zu seiner Herberge starrte Max fast die ganze Zeit über den jungen Beamten an. Dieser überkorrekte Paragrafenreiter sollte was mit dem Tod dieses geistig verwirrten Kerls zutun haben? Das ergab für Max keinen Sinn, so eine Person würde niemanden umbringen, ohne sich vorher die Erlaubnis dafür bei seinen Vorgesetzten in fünffacher Ausführung einzuholen. Aber nichtsdestotrotz stand sein Nachname riesig an der Wand des Toten, und so etwas hatte etwas zu bedeuten und er würde es auch rausfinden, früher oder später.

"Äh, Verzeihung, Herr Kommissar, aber ist alles in Ordnung?" Dieser Satz riss Max aus seinen Gedanken, offenbar hatte er ein wenig zu lange gestarrt.

"Ja, alles bestens, ich bin nur ein wenig müde." Damit war das Gespräch wieder beendet, die restliche Zeit der Fahrt warf Max einen Blick aus dem Fenster, er musste ja nicht so früh in den Ermittlungen einen potenziellen Tatverdächtigen vorwarnen, auch wenn er sich beim besten Willen nicht vorstellen konnte, wie der junge Kollege damit zu tun haben sollte.

Als Max an der Wirtschaft um kurz vor 12 Uhr nachts abgesetzt wurde erwartete er das Gebäude dunkel vorzufinden, jedoch brannte immer noch Licht im Gastraum. Er rang einen Moment mit sich, ehe er doch noch einmal den Vorder- anstatt den Hintereingang benutzte um "gute Nacht" zu sagen.

Als er eintrat, war die Stimmung fast wie zuvor, obwohl die Runde ein wenig geschrumpft und Mr. Gedeck auf einem Stuhl sitzend eingedöst war. Doch dieser Umstand wurde von den Übrigen zur Erheiterung genutzt, indem ihm einige kunstvolle Bilder ins Gesicht gemalt wurden, ebenso konnte Max den Stempel des Hauses erkennen. Als die Gäste Max erblickten grüßten sie ihn freundlich und der Wirt kam wie schon zuvor an diesem Abend heran und fragte nach seinen Wünschen. Erst wollte er seinen Plan verfolgen, allen eine gute Nacht zu wünschen, doch stattdessen bestellte er noch ein Radler, heute sollte er es nicht weiter übertreiben.

Als Reaktion auf seine Order erntete er ein weiteres "Haaald stubb!" seines ehemaligen Tischnachbarn. "Du trinkst aber schon noch einen lila Fucken mit." Das klang nicht wie eine Frage, also nickte Max nur und setzte sich Mr. Gedeck gegenüber an den Tisch.

Der Wirt kam mit dem Radler und 2 Schnapsgläsern. Nachdem er die Getränke abgestellt hatte, musterte er den bemalten Hünen. Er griff nach dem Glas das noch zu dreiviertel mit Bier gefüllt war. "Naja, dann schütt' ich das Bier mal weg..."

Als wäre dieser Satz ein geheimer Code, schnellte der Kopf des Blonden in die Höhe und die Augen sprangen auf, ehe er in einer fließenden Bewegung seine Hand erhob und seinem Gastgeber das Glas aus eben Jener nahm. "Halt stopp", drückte er hervor, wobei das 2. Wort in einem langen Trinkgeräusch unterging, als er sein Glas in einem Zug leerte.

Ein kurzes Kopfschütteln, dann ein prüfender Blick auf die Flasche, die leer war und er erhob sich, anschließend noch ein "Gute Nacht miteinander" und er war mit seiner Kriegsbemalung verschwunden. Das gesamte Schauspiel hatte etwas Groteskes, aber dennoch sehr amüsantes.

Max wollte es ihm in wenigen Minuten gleichtun, wenn möglich, ohne vorher einzuschlafen. Aber so leicht wollten es ihm seine Tischgenossen nicht machen, sie überredeten ihn zu einer weiteren Runde des Ballspiels und so musste Max noch eine halbe Stunde ausharren und 2 "Kurze" trinken, die er allerdings gewann.

Er sah auf die Uhr seines Smartphones, um seine Vermutung zu bestätigen, es war bereits viertel vor 1, jetzt wurde es aber höchste Zeit! Er hatte sich morgen Vormittag mit Derek verabredet, um sich die Legitimation von dessen Chef zu holen, dass er sich in die Ermittlungen einschalten durfte. Und bei diesem Treffen wäre es nicht unbedingt von Vorteil, mit einem Kater so groß wie ein Tiger aufzutauchen.

Das Frühstück ließ er von 10 Uhr auf halb 9 vorverlegen. Max verabschiedete sich nun nachdrücklich und wünschte allen eine gute Nacht.

"Aber Du bist schon noch a paar Tage hier, oder?", wurde er von dem Jungspund mit der Lila-Vorliebe gefragt.

"Ich denke mal schon, wird sich morgen weisen."

"Sehr guad! Dann komm am Freitag doch zum Wiesla."

Max starrte hilflos in die Runde, was sollte das denn sein?

Seine Ratlosigkeit erheiterte die übrigen Gäste. "Frag einfach unseren Wirt, der erklärt dir das bis zum Wochenende."

Das war vermutlich ein erneuter Versuch, ihn zum Bleiben zu bewegen und seine Neugier schien ihm zuzuflüstern, dass er doch noch ein paar Minuten bleiben konnte. Auch wenn er nicht gerne unwissend zu Bett ging, heute musste es sein, morgen würde er seinen Zimmerwirt zur Rede stellen, aber jetzt war schlafen angesagt. Er wollte nicht das Risiko eingehen, auch einige Bildchen oder Stempel abzukriegen, das käme morgen noch schlechter an als ein übergroßer Kater.

Kapitel 7

Das Erwachen war nicht das Schlimmste an diesem Tag, nein, gewiss nicht. Schlimmer waren da die Bildfetzen aus seinem Traum, die ihm noch vor den Augen hingen, oder die bleischweren Lider, die sich nicht heben wollten, oder die Sonnenstrahlen, die sich wie Pfeile in seine sich langsam öffnenden Augen bohrten, oder der nervtötende Weckton seines Smartphones, den er zu allem Übel auf 8 Uhr gestellt hatte. Er drückte auf dem Display seines Handys die Anzeige für den Sleep-Timer, den er nach etwa einer Minute mühevoller Suche fand, nur damit sich das eben stattgefundene Schauspiel in 10 Minuten wiederholen konnte.

"Nie wieder Alkohol, verdammt nochmal!", polterte Max an sich selbst gerichtet, als er sich schlussendlich aus dem Bett quälte und ins Badezimmer schleppte, was mehr als Badenische zu bezeichnen war. Er warf seine Schlafklamotten von sich und hielt seinen Kopf unter den Strahl der auf kalt eingestellten Dusche, um wenigstens ein wenig wacher zu werden, was auch gelang. Er stellte das Warmwasser der Dusche an, um sich komplett darunter stellen zu können, ehe er noch einen Blick auf sein Smartphone warf und beinahe umkippte. Seiner Erinnerung nach hatte er den Sleep-Timer einmal, höchstens zweimal betätigt, aber sein treuer technischer Begleiter zeigte ihm dennoch 8:50 Uhr an. Und es zeigte noch etwas, die Erinnerung an einen Termin im hiesigen Polizeirevier um 9:00 Uhr.

"So eine gottverdammte Scheiße!", entfuhr es Max. Er stellte die Dusche wieder ab und hastete in sein Schlafzimmer. Er wollte erst zu seiner Tasche und frische Klamotten heraussuchen, entschied sich jedoch anders und grapschte nach den Sachen von gestern, die er kurz vor seinem "Zu-Bett-fallen" achtlos auf einen Stuhl geworfen hatte. Nach einem Ankleiden in Rekordzeit sprang er nochmals in die Badenische und legte eine dicke Schicht Deo auf, nur für den Fall, dass der Chef von Derek pingelig war was Körpergeruch anging. Auf dem Weg nach unten zu seinem Wagen warf er auf der Treppe noch schnell 2 Kaugummis ein, zum einen, um seinen sicher vorhandenen Mundgeruch zu überdecken, zum anderen, um den holzigen Geschmack aus seinem Mund zu vertreiben. Kurz bevor er zur Hintertür hinausstürzte, hörte er noch eine Stimme hinter sich etwas rufen, es klang so etwa nach "Was ist mit Ihrem Frühstück?", worauf Max nur ein gehetztes "Sorry, keine Zeit!" über die Schulter rufen konnte. Die Stimme kam ihm bekannt vor, gehörte aber nicht zu seinem Wirt, glaubte er zumindest; es wäre auch möglich gewesen, dass sein Gehör noch nicht ganz aufgewacht war, was ihm des Öfteren passierte, wenn er nicht ausgeschlafen hatte.

Er hievte sich hinter das Lenkrad seines alten grünen Kombis und startete den Motor, ehe er eine ausladende Kurve fuhr um aus der Parklücke herauszukommen und auf die Straße einzubiegen. Ein weiterer Blick auf sein Smartphone verriet ihm, dass er nur noch 5 Minuten hatte, um in den Nachbarort zu kommen.

Er drückte aufs Gas dass die Reifen durchdrehten und hinterließ bestimmt ordentlich Gummi in der Einfahrt zum Hof der Gaststätte.

Eigentlich wollte er sich mit Derek vor dem Polizeirevier treffen, doch als Max vorfuhr, war weit und breit niemand zu sehen. Kein Wunder, war er doch schon 10 Minuten zu spät, da er es nicht geschafft hatte, einen Traktor zu überholen, der fast die Hälfte der Strecke vor ihm gefahren war. Max war normalerweise keiner, der die Hupe übermäßig betätigte, doch dieser Kerl in dem Trecker machte sich wohl einen Spaß daraus, die hinter ihm fahrenden Wagen besonders stark auszubremsen und bei jedem Überholversuch von Max scherte er mit Absicht nach links aus. Max konnte dem Kerl nur entkommen, da er weiterfuhr als Max auf den Parkplatz des Reviers einbog.

Er beeilte sich, endlich ins Gebäude zu kommen und den Schaden gering zu halten, vielleicht hatte er ja Glück und der Chef von Derek war ein wenig umgänglicher als sein Eigener...

"Wollen Sie mich verarschen Meinhard?!" Die Stimme von Dereks Vorgesetztem Harald Buhlger hallte trotz der geschlossenen Bürotür durch die Flure des Polizeireviers und veranlasste seine Kollegen für einen kurzen verstohlenen Blick in ihre Richtung. "Wo soll denn da ein Fall sein, von einem Mordfall ganz zu schweigen. So ein Bekloppter aus der Irrenanstalt hoppst aus dem Fenster und Sie blasen die Sache zu Mord auf!"

Max klopfte sich mit der flachen Hand auf sein linkes Ohr um das Klingeln loszuwerden. Jetzt war er zumindest wirklich wach. Derek schien kein Problem zu haben mit seinem Hörnerv, oder er hatte bereits einen Tinnitus und nahm das Gebrülle nicht mehr wahr.

"Für den Fall, dass Sie nicht zugehört haben, wir sind in dem Zimmer des Opfers auf Indizien gestoßen, die ein Fremdverschulden nicht ausschließen", wiederholte Max seinen ersten Satz nochmal, ohne jedoch das 'Guten Morgen', was für diesen Typen schon zuviel der Ehre war.

"Das Gekritzel von so einem Gehirnamputierten nehm'
ich sicher nicht ernst!"

"Und das etwas weggewischt wurde auch nicht?", warf
Derek ein.

"Ob der Kerl da was weggewischt oder sich den Arsch an
der Wand abgewischt hat interessiert mich nicht!"

"Gut, aber vielleicht interessiert Sie, dass ein mutmaßli-
cher Mörder in Ihrer Gemeinde unterwegs ist und wenn
dieser Kerl nochmal zuschlägt, wovon wir ausgehen müssen bei jetziger Sachlage, dann könnte es irgendjeman-
den, möglicherweise sogar vor Journalisten, herausrut-
schen, dass Sie die Ermittlungen behindert, ja sogar untersagt haben, obwohl es ernstzunehmende Hinweise
gab. Auf wen, glauben Sie, wird sich die Presse dann stür-
zen und nicht locker lassen, bis jemand aus dem Amt gejagt wird?" Max ließ sein hämisches Lächeln aufblitzen.
Auch wenn die Sachlage zur Zeit auf gar nichts schließen
ließ, das würde dieser Volltrottel im Chefsessel sicher
nicht bemerken.

"Sie werden es nicht wagen, auch nur ein Wort mit irgend einem Reporter zu wechseln!" Er donnerte mit seiner rechten Faust auf den teuren Schreibtisch, sodass
sein 'Hoch auf Höckner!'-Aufsteller umkippte. Ob dieser
Idiot überhaupt die Zweideutigkeit des Slogans erkannt
hatte von diesem neurechten Rattenfänger, den er damit
hofierte?

"Sie können mir gar nichts vorschreiben Buhlger, ich bin
kein Mitglied Ihres Reviers."

Buhlger schien kurz vor der Explosion zu stehen, sein
Hals war angeschwollen und auf seiner Stirn trat eine ge-
waltige Ader hervor. Das, zusammen mit der dunkelroten
Gesichtsfärbung, hätte Max fast dazu veranlasst, einen
Krankenwagen zu rufen, wäre dieser Kerl nicht so brech-

reizerregend gewesen.

"Also gut Meinhard, wenn Sie so einen abgerissenen Typen wie den hier zu einem der wichtigsten Fälle der letzten Jahre hinzuziehen wollen, der schnell und restlos geklärt werden muss, von mir aus, aber Sie tragen die Verantwortung für diesen Kerl, er kann mit Ihnen ermitteln, aber wenn er Mist baut, dann mach' ich Sie fertig!" Der Typ hing seine Fahne wohl immer in den Wind, das hatte er sich wohl von einem höher gestellten Staatsdiener aus der Staatskanzlei abgeschaut.

"War mir schon klar, Boss."

"Sie sagten, der Fall ist sehr wichtig" begann Max ruhig, aber bestimmt, "Und Sie meinen, er muss auf alle Fälle schnell und restlos geklärt werden, richtig?"

"Hey, Sie Armleuchter, ich weiß was ich gesagt hab, ich hab's schließlich gesagt!"

"Gut, dann sollten Sie sich was überlegen, wie man einen Fall schneller löst, wenn einer allein dran sitzt, oder wenn zwei Kollegen die schon früher sehr erfolgreich zusammengearbeitet haben es gemeinsam angehen. Von daher sollten Sie für meine Unterstützung dankbar sein, Sie Provinz-Furz."

Das Rot im Gesicht von Dereks Chef hatte eine noch ungesündere Intensität angenommen. "Was bilden Sie sich eigentlich ein?!"

"Weniger als Sie auf jeden Fall."

"Ah, ein Klugscheißer, sowas hab' ich gern, kommt hier her, hat keine Ahnung von der Gegend oder unserer Dienststelle und will den großen Max markiern."

"Ich markier' hier nur mich selbst."

"Raus mit Ihnen!"

Derek und Max wollten sowieso nicht länger bleiben.

"Wie erträgst du diesen Haufen Scheiße, Derek?" fragte

Max als sie das Büro verlassen hatten. "Naja, man gewöhnt sich an Vieles..."

"Auch an den?" Er hätte es nicht gedacht, aber es gab tatsächlich einen schlimmeren Vorgesetzten als seinen Dr. Mutzvink.

"Nein, aber der Kerl tut eh nicht viel, wärmt sich den Arsch auf Staatskosten und sonnt sich im Erfolg seiner Untergebenen. Solange die Sonne scheint hält er das Maul und lässt den Anderen ihre Ruhe."

"Also wenn wir den Fall gelöst haben ist er umgänglicher?"

"So in etwa."

"Gute Motivation. Und mit was fangen wir jetzt an?"

"Wir geh'n was futtern!" Mit diesen Worten verließen sie das Polizeirevier und gingen zum Imbiss um die Ecke.

Kapitel 8

Max saß mit Derek am Tisch und tat sich an seinem Imbiß gütlich. Zwischen zwei Bissen presste Max eine Frage hervor, die ihn beschäftigte. "Sag mal Derek, habt Ihr hier in der Gegend ein Nazi-Problem?"

"Wie kommst du darauf, Max?" Derek sprach nicht mit vollem Mund, seine Portion wurde bereits verdaut.

"Naja, die Wahlplakate dieser noch rechten jungen Alternativ-Partei an jedem 2. Laternenpfahl, der 'Hoch auf Höckner!'-Aufsteller bei deinem Arschloch-Chef auf dem Schreibtisch und an der Eingangstür von dieser Dönerbude ist 'Raus aus Deutschland!' geschmiert."

"Achso. Nein, kein Nazi-Problem, nur ein Arschloch-Problem, verursacht von einigen dieser neurechten Reichs-Deppen-Burger. Die glauben ernsthaft, die hätten hier ein Wählerpotenzial." Während dieser Worte hatte er sich bereits einen 2. Döner geholt.

Hm, mit solchen Idioten hatte Max auch schon zu tun. Wenn das mal wieder der Fall sein sollte, würde er sich die Bezeichnung von Derek ausleihen. Aber nun mussten sie wieder auf den Fall zu sprechen kommen, sie waren ja nicht zum Vergnügen hier.

"Wann sehen wir uns eigentlich mal den Tatort an, Derek?"

"Nun hetz' mal nicht so, ich hab noch 'nen halben Döner und den werf' ich bestimmt nicht weg, dazu is' der zu gut."

"Ja, aber nur weil du schon den 2. reindrückst."

"Bevor man an die Arbeit geht, braucht man eine gute Grundlage, solltest du wissen."

Max erwiderte darauf nichts, sonst würde es noch länger dauern, bis sie sich losmachen konnten, aber er musste Derek in einem Punkt zustimmen: der Döner war ein Gedicht, obwohl er häufiger zur Pizza griff.

Nach etwa 5 Minuten konnten sie sich auf den Weg machen, um den Tatort, falls es denn Einer war, in Augenschein zu nehmen. Sie gingen zu Fuß über die Straße und zu dem Hauptgebäude des Krankenhauses, das in diesem ehemaligen Bischofssitz untergebracht war. Derek und Max gingen fast genau den Weg, den Max gestern mit seiner Mutter beschritten hatte, doch diesmal ließ er den englischen Garten links liegen und bog mit Derek auf die Treppe ein, zum Eingang des vermuteten Haupthauses, von dessen Dach aus voraussichtllich der Tote gesprungen oder gestoßen wurde.

Kaum waren sie eingetreten, kam ihnen schon Freddy entgegen gelaufen, im Schlepptau einen alten Typen in weißem Ärztekittel mit grauen Haaren und Halbglatze, die er versuchte mit rübergekämmten Haaren zu verdecken, was gescheitert war.

Er nahm seine Brille ab und streckte eine Hand in Richtung der Kommissare aus. "Guten Tag! Ich bin Professor Dr. Dr. Sackebier."

"Nicht ernsthaft, oder?", wollte Max mit einem Grinsen wissen, doch sein gegenüber verzog sein Gesicht von einem Lächeln zu einem sehr bösen Blick; anscheinend war es doch sein Ernst.

"Kann ich vielleicht etwas für meinen Nachnamen? Soll ich meine Eltern verklagen oder..."

Max hob beschwichtigend die Hände. "Ich wollte Ihnen nicht zu nahe treten Herr... Sackebier, ich dachte nur, Sie wollten einen Scherz..."

"Professor Dr. Dr. Sackebier, wenn ich bitten darf!", ereiferte sich der Arzt, wobei Max von einigen Speichelresten getroffen wurde, der gute Herr Doktor sollte vielleicht ein Blutdruckmittel einnehmen.

"Professor Dr. Dr., wenn's denn sein muss", meinte Max resigniert, mittlerweile tat ihm sein Fauxpas mit dem Namen nicht mehr leid, "Könnten Sie uns dann bitte zum Dach geleiten, damit wir..."

"Sehe ich vielleicht aus wie der Hausmeister? Oder ein Dienstbote? Nur weil sie meinen Namen für einen Witz halten, bin ich noch lange keiner!"

"Sie führen sich gerade auf wie ein schlechter Witz, Mann! Wenn Sie uns nicht das Dach zeigen wollen, WAS wollen Sie dann von uns?" Der Geduldsfaden war bereits sehr dünn...

"Ich wollte Ihnen deutlich machen, dass wir hier keine schlechte Presse gebrauchen können, also führen Sie Ihre Ermittlungen, insofern Sie welche aufnehmen müssen, so leise und unauffällig durch wie möglich. Außerdem sind unsere Patienten hier schon genug aufgeregt worden."

"Aha, aber auf das Dach dürfen wir schon, oder? Vielleicht können Sie uns auch eine Beschreibung des Tatorts geben und wir lassen es damit gut sein, falls Ihnen das Recht wäre, Herr Sackbier?" Dieser Kerl wurde ihm sekündlich unsympathischer.

"Professor Dr. Dr. Sackebier, verdammt nochmal! Sie erhalten Zugang zu den Räumlichkeiten, die das Todesopfer aufgesucht hat an dem Tag des Dahinscheidens, mehr wird nicht nötig sein."

"Was hier nötig ist und was nicht, entscheiden nicht Sie, Sackbier."

"Professor Dr., ach, zum Teufel, verziehen Sie sich aufs Dach! Und wenn Sie schon mal da sind, stellen Sie sich nah an den Rand!" Wild gestikulierend drehte sich der

Arzt weg und eilte den Gang entlang, den er gekommen war.

"Das überlasse ich liebend gern Ihnen, Sacktier", rief Max ihm nach. "Zeigst du uns das Dach, Freddy?"

Der Krankenpfleger war die ganze Zeit wortlos neben Derek gestanden und hatte das Wortgefecht zwischen Sackebier und Max leicht grinsend verfolgt.

"Klar Max. Und danke dir, dass du dem Kerl ordentlich den Marsch geblasen hast, davon träumen hier sehr viele."

"Kann ich gut verstehen", meinte Max, während Sie die Treppe betraten. Er sah übers Geländer, es war ein kräftiges schwarzes Fangnetz dort montiert, wohl um Selbstmörder von ihrem Tun abzuhalten, was in diesem Fall leider vergebens war.

Sie kamen am Ende der Treppe an, waren jedoch noch nicht auf dem Dach, sie standen vor einer schweren Eichentür. Freddy zog seinen Schlüsselbund aus der Tasche und öffnete sie. Als Freddy, Max und Derek hindurch waren, verschloss Ersterer wieder gewissenhaft die Tür, auf Max wirkte es fast verbissen. Sie schritten den Flur entlang und kamen an verschiedenen Türen vorbei, unter anderem einen Röntgenraum, einer Besenkammer und ein paar wenigen Patientenzimmern. An allen Fenstern hier waren Gitter angebracht, was Max schon von unten aus gesehen hatte, sie schienen allesamt verschraubt und nicht zum Öffnen gedacht.

"Der Tote war doch in der Forensik untergebracht, also in dem abgelegenen Bau, was hatte er hier zu suchen?", wollte Max beiläufig wissen.

"Er hatte sich das linke Handgelenk verstaucht und die rechte Schulter ausgekugelt."

"Wie kam es denn dazu?"

"Er ist eine Treppe runtergefallen, obwohl er steif und fest behauptet hat, jemand hätte ihn gestoßen."

Am Ende des Ganges war anscheinend der Empfang, an dem eine ernst dreinblickende Dame mitte 40 saß. Als sie die Schritte hörte, blickte sie von ihrer Illustrierten auf und beäugte die Gruppe argwöhnisch.

"Pfleger Klüter, was soll das hier werden?", wollte die Zellenwärterin misstrauisch wissen.

"Ich bringe die Herren Kommissare aufs Dach."

"Ach ja, haben Sie immer noch die Hoffnung, dass Ihre Verfehlung nicht zu dem Tod des Insassen geführt hat?" Dieser Satz kam selbstgefällig und schadenfroh.

"Lassen wir die Polizei doch einfach ihre Arbeit machen, was halten Sie davon, Frau Menz?", meinte Freddy relativ neutral.

"Bittesehr", erwiderte sie schnippisch, während sie ihre Nase wieder in dem Schundblättchen vergrub. Ohne weiteres Wort ging Freddy voran und nahm wieder seinen Schlüsselbund zur Hand, mit dem er diesmal eine schwere Eisentür aufschloss und unter Ächzen öffnete. Hinter dem Portal kam eine Treppe zum Vorschein, die wohl endlich zum Dach führen würde.

"Was hat die Schabracke eigentlich gemeint mit deiner Verfehlung, Freddy?", wollte Max wissen, als er sich außerhalb der Hörweite von Frau Menz befanden.

"Ich hab' gestern hier oben die Vogelscheiße wegkehren sollen und hab wohl vergessen, die Tür wieder abzuschließen, sie war wohl nur angelehnt, sonst wäre er nicht auf das Dach gekommen und hätte nicht springen können...", gab Freddy geknickt zur Antwort.

"Hast du die Tür sperrangelweit offen stehen lassen?"

"Nein, aber wohl nur zugezogen und nicht verschlossen."

"OK, wenn das so gelaufen ist, wars ein bedauerlicher Vorfall, aber mach' dich mal nicht zu fertig", warf Derek aus dem Hintergrund ein, um Freddy aufzumuntern.

Sollte das wirklich so passiert sein, wäre der Fall schnell und ohne großes Getöse erledigt, was Max eigentlich nicht mehr so gelegen kam, zum einen, weil er es diesem Sack Prof. Dr. Dr. Bier nicht gönnte, zum zweiten, weil es ihm in dem kleinen Ort, wo er sich einquartiert hatte, recht gut gefiel.

Wieder verschloss Freddy die Tür gewissenhaft als alle hindurch waren. Sie erklommen die Stufen und kamen auf einem kleinen Flachdach an, das vielleicht drei auf sieben Meter maß. Es war geschottert und man sah frische Fußabdrücke darin die zum Ende des Daches führten. Max trat vorsichtig neben den Spuren an den Rand (der wirklich mit einem Geländer gesichert sein sollte). Er wollte nicht auch den Abflug machen, schon mal gar nicht, weil es ihm dieser Biersack nahegelegt hatte. Auf den ersten Blick schien es wohl doch ein Selbstmord zu sein, dazu passte aber nicht das langgezogene "Nein", das Max gehört hatte, kurz bevor der Patient aufschlug. Er sah sich nochmals um und sein Blick blieb an etwas auf dem Boden hängen. Er starrte es einen Moment lang an und sah dann zu seinen beiden Kumpels. Derek und Freddy waren an der Tür zurückgeblieben und beobachteten Max interessiert und fragend.

"Wie gewissenhaft hast du den Vogeldreck hier weggekehrt, Freddy?"

"Äh, wie bitte?"

"Du hast schon verstanden. Hast du's ordentlich gemacht und den Schotter schön eben gestrichen?"

"Ja, schon. Aber warum?"

"War hier nochmal jemand oben, bevor der Insasse umgekommen ist? Und danach?"

"Nicht, dass ich wüsste. Da lagen wohl nur etwa 15 Minuten dazwischen. Und danach auch nicht, Frau Menz hatte nur bemerkt, dass die Tür unverschlossen war, dann wurde direkt abgeschlossen und erst eben wieder geöffnet."

"Tja, dann kann ich dich beruhigen Freddy, du bist nicht schuld."

Die Miene seines Freundes hellte sich auf, aber nur einen Moment, dann blickte er wieder fragend.

"Es dürfte ihm schwer gefallen sein, nachdem er unten aufgekommen ist, zur Treppe zurückzulaufen", meinte Max, während er an den Rand des Daches deutete, an dem man leichte Abdrücke erkennen konnte, als wäre jemand auf Zehenspitzen gegangen. Die auf dem ersten Blick fast nicht zu sehenden Abdrücke führten am Rand entlang schnurstracks zurück zu der Treppe, an der Derek und Freddy immer noch standen.

"Außerdem", begann Max mit einem aufmunternden Lächeln an Freddy gerichtet, "Wenn du diese tonnenschwere Eisentür wirklich zugezogen hast, konnte er mit einer ausgekugelten Schulter und einem verstauchten Handgelenk das unverschlossene Ding mit an Sicherheit grenzender Wahrscheinlichkeit gar nicht öffnen."

Man konnte beobachten, wie eine enorme Last von Freddy abfiel.

"Verdammt!", entfuhr es Derek. "Darum wollte ich dich dabei haben Max, du siehst einfach Dinge, die Anderen nicht auffallen, danke für die Bestätigung!"

Kapitel 9

Das Trio hatte das Dach wieder über die Treppe verlassen und fand sich vor der Eisentür ein, die Freddy abermals gewissenhaft, aber nicht mehr zwanghaft, verschloss.

Kaum waren sie einige Schritte gegangen, eilte ihnen Prof. Dr. Dr. Sackebier entgegen, anscheinend hatte er es sich anders überlegt. Er hielt zuerst auf Frau Menz zu, schwenkte aber zu der Dreiergruppe um, als er sie erblickte.

"Ah, die Herren Kommissare!" Er grinste selbstgefällig wie ein Idiot. "Darf ich davon ausgehen, dass sich alles geklärt und in Wohlgefallen aufgelöst hat?"

Oh, wie sich Max auf das freute, was da kam. "Nein", gab er so desinteressiert wie möglich als Antwort.

"Äh, ähm, nein?"

"Nein", wiederholte Max gleichmütig.

"Ich glaube, der gute Herr Doktor versteht nicht, worauf du hinaus willst, Max", meinte Derek mit einem Grinsen.

"Nein, er ist wirklich schwer von Begriff."

"Wollen Sie mich verarschen, oder was?", mokierte sich Sackebier.

Im Hintergrund musste sich Freddy ein Lachen verkneifen, Derek machte sich diese Mühe nicht.

"Nein, sicher nicht", gab Max übertrieben ernsthaft als Antwort. "Wir haben ernstzunehmende Hinweise darauf gefunden, dass er ermordet wurde, von daher werden wir die Ermittlungen intensivieren und hier Einiges auf den Kopf stellen müssen, da wir davon ausgehen, dass der Täter im nähesten Umfeld zu finden ist."

"Das ist... eine Unverschämtheit! Eine unglaubliche Drohung! Das kann unmöglich Ihr Ernst sein!"

"Sie können Ihren Sack darauf verwetten, dass das mein Ernst ist."

Nun konnte sich Freddy auch nicht mehr beherrschen und lachte auf, was Prof. Dr. Dr. Sackebier missbilligend zur Kenntnis nahm.

"So lasse ich nicht mit mir reden, Sie unfähiger Drecks-kerl! Ich rufe den Bürgermeister an!"

"Machen Sie das und bestellen Sie ihm schöne Grüße von mir, Biersack."

Ohne weiteres Wort drehte sich der Arzt um und ver-schwand wild gestikulierend, was das Trio noch mehr er-heiterte.

"Und wie gehts nun weiter, Max?", wollte Freddy wis-sen.

"Für den Anfang müsste ich wissen, wer hier auf diesem Stockwerk war, als der Insasse den Abflug gemacht hat."

"Hm, also ich war zu dem Zeitpunkt gerade auf der Trep-pe, die gute Frau Menz am Empfang, ach nein, sie war da gerade beim Röntgen mit einem Patienten der wegen ei-nem akuten Nervenzusammenbruch bei uns ist."

"Und was wird bei einem Nervenzusammenbruch bitte geröntgt?"

"Naja, das fällt eigentlich unter die ärztliche Schweige-pflicht."

"Du bist kein Arzt, Freddy, also raus mit der Sprache."

"Hm, ok, stimmt eigentlich, aber sag' keinem, dass du's von mir hast: der Typ ist Regisseur und den Nervenzu-sammenbruch bekam er bei einem Filmdreh, anschei-nend hat er sich extrem aufgeregt und an der Kamera he-rumgefummelt, bei ihm geh'n die Lichter aus, er fällt und reißt dabei die Kamera um, die ihm das Knie zerschmet-tert."

Max musste Grinsen, ebenso Derek. "Gut, und wer war

sonst noch hier?"

"Ansonsten... Dr. Sackebier und unser Dr. Psychopth."

'Das dürfte interessant werden...' "OK, ich muss mit allen reden."

"Und mit wem willst du anfangen?"

Darüber hatte Max auch schon nachgedacht und er entschied sich für den logischen Weg. "Am Besten mit dem Psychopathen."

Ehe sich Max mit Freddy zusammen auf den Weg zu dem speziellen "Doktor" machte, wies er Derek an, sich mit Prof. Dr. Dr. Sackebier zu unterhalten, Max war irgendwie der Meinung, dass er selbst nicht viel aus diesem Sack mit Schiebedach herausbekommen würde.

Während Sie über das Schlossgelände schlenderten, bat Max Freddy noch um einige Hintergrundinfos, die er ihm bereitwillig gab.

Dabei kam heraus, dass sich dieser Dr. Psychopath wirklich für einen Arzt hielt und sich hier auf seiner Arbeit fühlte. Laut Freddy habe er eine schizotypische Persönlichkeitsstörung mit narzisstischen Zügen.

"Also ein Schizophrener", meinte Max.

"Nein, eben nicht."

"Aber du sagtest doch..."

"Es gibt da einige Unterschiede zwischen Schizophrenie, einer schizoiden Persönlichkeitsstörung und einer schizotypen Störung."

Max starrte Freddy verständnislos an.

"Die Unterscheidung besteht in einer Reihe von verschiedenen Symptomen. Schizophrenie zeichnet sich meist durch extremen Verfolgungswahn, optische und akustische Halluzinationen und eine gestörte Motorik aus. Bei einer schizoiden Störung sind Mängel in der sozialen Kompetenz, also im zwischenmenschlichen Bereich, vorhanden, die sich in Einzelgängertum und fehlenden sexuellem Interesse äußern, gepaart mit einer Borderline-Persönlichkeitsstörtung wie bei unserem Toten auch selbstzerstörerisches Verhalten. Schizotypische Störungen gehen auch einher mit Defiziten im sozialen Bereich, aber meist erheblich schwächer als bei einer schizoiden PS, dazu eine für andere Menschen seltsame Sprechweise und nicht nachvollziehbare Gedankengänge."

Max rauchte der Kopf. "Und das waren jetzt alle schizospezifischen oder -ähnlichen Persönlichkeitsstörungen?"

"Oh nein, Junge, da gibt es noch Einige: die paranoide PS, die antisoziale PS, die narzisstische PS, die vermeidend-selbstunsichere..."

Max hob eine Hand. "Nur zur Info, Freddy, dieses Gespräch hat vor 3 Minuten geendet. Und was davon hat dieser Psychopath noch gleich?"

"Schizotypische Persönlichkeitsstörung mit narzisstischen Tendenzen."

"Äh, ok. Warum kennst du dich in diesem Fachchinesisch eigentlich so gut aus?"

"Weißt du, wenn man hier arbeitet, und sei es auch nur als Krankenpfleger, muss man in etwa wissen, wie man die Leute anzupacken hat. Und da ist es notwendig, sich ein bisschen Wissen anzueignen."

"Und wie gut kannten sich das Opfer und dieser Dr. Psychopath?"

"Recht gut, ich würde fast sagen, sie waren befreundet."

Sie kamen an der Tür eines Besuchsraumes an, die von Freddy geöffnet wurde. Der Doktor saß bereits an dem Tisch und schien auf Max zu warten. Freddy wartete vor der Tür und schloss ebenjene hinter Max.

Dr. Psychopath wies mit seinen ungefesselten Händen auf den freien Stuhl und Max nahm Platz. Nun saß er also dem Insassen der Nervenheilanstalt gegenüber, den alle nur "Dr. Psychopath" nannten. Der Name, den die Pfleger sogar an dessen Tür angebracht hatten, auf seinen eigenen Wunsch hin. Er hatte einen dicken Bart, der sein Gesicht überzog, mit mindestens 3 verschiedenen Farbnuancen, mittelblond über braun zu tiefschwarz. Sein Blick war stechend, aber nicht wirr. Er trug ein Krankenhaushemd, dass allerdings bearbeitet wurde, sodass es fast wie ein Arztkittel aussah.

"Nun, also Herr...", begann Max, wurde aber unterbrochen.

"Nennen Sie mich Doktor, bitte." Das kam ruhig und mit sanfter Stimme, aber bestimmt.

"Äh, also gut, Dr. Psychopath. Was können Sie mir über Ihren Freund..." Da fiel ihm der Doktor wieder ins Wort.

"Wenn Sie von dem bedauernswerten Udo reden, er war kein Freund von mir, er war mein Patient." Bei diesen Worten drehte er die Augen heraus, als wäre die bloße Vorstellung, dass Udo mehr als sein Patient war, das Absurdeste, was er je gehört hatte.

"Also schön, Ihr 'Patient' weilt nun leider nicht mehr unter uns, können Sie mir etwas darüber erzählen?"

"Meinen Sie mit 'Darüber', wie er umgekommen ist oder welche Gründe dafür verantwortlich waren oder wo er sich jetzt meiner Einschätzung nach befindet?"

Max massierte sich die Schläfen, das hier könnte sich unschön in die Länge ziehen. "Fangen wir doch damit an, welche Gründe dafür verantwortlich waren."

"Nun, ich hoffe, Sie vermuten nicht, dass er sich selbst umgebracht hat, das passt nämlich überhaupt nicht in sein Krankheitsbild."

"Inwiefern? Soweit ich gehört habe, war er hier wegen

selbstzerstörerischem Verhalten, Stichwort schizoide Persönlichkeitsstörung mit Borderline, er hat sich sogar die Finger blutig gebissen."

Dr. Psychopath hob abwehrend die Hände. "Nein, nein, diese Tendenzen hatte er schon lange überwunden, sie fußten auf einem Kindheitstrauma, weil seine Eltern ihn vernachlässigt hatten, aber die Therapie, die ich ihm verordnet hatte, war ein voller Erfolg. Er hatte seine schizoide Persönlichkeitsstörung mit meiner angeordneten Gesprächstherapie und den richtigen Medikamenten gut im Griff. Und das mit den Fingern war doch nur wegen seines Wandbildes. Haben Sie sich das angesehen? Er war ein großer Künstler!"

"Hm... Bei Kunst sind die Geschmäcker nun mal verschieden. Aber was mich mehr interessieren würde: haben Sie etwas mitbekommen, schließlich waren Sie zu der Zeit, als er umkam, auf derselben Station."

"Ich hatte Visite, musste mich um meine anderen Patienten kümmern, von daher habe ich nichts weiter mitbekommen."

Das kaufte Max diesem Psycho-Doktor nicht wirklich ab, wollte ihn aber auch nicht vor den Kopf stoßen. Wenn Freddy ihm auch versichert hatte, dass er harmlos sei, so hatte Max seine Zweifel. Also versuchte er eine andere Schiene.

"Was halten Sie eigentlich von Ihrem Kollegen Prof. Dr. Dr. Sackebier?"

"Ach, wissen Sie", begann er gönnerhaft, "Er ist bemüht, aber fachlich hinkt er ein wenig hinterher. Wenn Sie ihm eine Autobatterie und ein Überbrückungskabel in die Hand geben, würde er Ihnen versichern, er könne Sie damit binnen 5 Minuten von jeglicher Geisteskrankheit heilen."

Auch wenn Max die Aussagen seines Gegenübers nicht wirklich für Voll nahm, würde er diesem Biersack eine rückständige Sicht- und Denkweise nicht absprechen, alleine schon wegen der Frisur.

Dr. Psychopath wollte die Redepause von Max wohl nicht ungenutzt lassen. Er griff sich in den Bart und riss sich eines der langen dicken Haare aus, nahm es an beiden Enden mit zwei Fingern und begann sogleich damit, sich zwischen die Zähne zu fahren; offenbar hatte er keine Zahnseide zur Hand.

Max betrachtete dieses Schauspiel mit einer hochgezogenen Braue. Aber was sollte man auch Anderes von einer Person erwarten, die sich selbst Dr. Psychopath nannte.

"Sie sollten sich wirklich seine Kunstwerke ansehen", meinte er, als er die Zahnreinigung fast beendet hatte. "Der gute Udo war äußerst begabt." Dr. Psychopath schien ein wahrer Kunstkenner zu sein.

"Ich habe mir diese Wand bereits angesehen und..."

"Ich spreche nicht nur von der Wand, sondern auch von der Installation", warf Dr. Psychopath ein, als rede er mit einem Kleinkind. Nun war er endlich fertig mit den Zahnzwischenräumen.

"Wie bitte? Was für eine Installation?"

"Das Geschirr."

"Das dreckige Geschirr, dass auf dem Boden..."

"Ja, ganz genau! Eine hervorragende Installationskunst! So etwas machen die Künstler von heute gar nicht mehr."

'Zum Glück', dachte sich Max. Da fiel ihm etwas auf.

"Sie sagten, die..." Max brach ab, als er bemerkte, dass der Blick seines Gesprächspartners nicht mehr auf ihn, sondern zur Decke gerichtet war, mit leicht geöffneten

Mund brabbelte er etwas vor sich hin.

"Alles in Ordnung, Herr Doktor?"

Anstatt einer Antwort stieg das Brabbeln zu einem Sing-Sang in einer Fantasiesprache an. Max war zwar nicht sonderlich bewandert, was Sprachen anging, aber das erkannte sogar er als Nonsens.

"Herr Doktor, bitte, hören Sie mir noch zu?"

Die einzige Reaktion war nur ein weiteres Anschwellen der Lautstärke. "Dordeline, Radeaus, Amover, Gagot, Epervoll, Pulger, Polseirefier..."

Max starrte den Kerl entgeistert an und fragte sich, ob er den Verstand verloren hatte, ehe ihm wieder bewusst wurde, wo er sich hier befand.

Hinter ihm wurde die Tür geöffnet und Freddy trat herein. "Sorry Max, ich wollte dich nicht stören, aber ich hab' gehört, dass er wieder seine DSDS-Phase hat, da ist er mindestens eine halbe Stunde nicht ansprechbar."

"Hat der das öfter?"

"Ja, so alle paar Tage in der letzten Zeit."

"Warum wird er nochmal entlassen?"

"Lass' dich nicht täuschen, Max, er ist im Grunde völlig harmlos, nur ein wenig exzentrisch."

Max warf noch einen Blick auf den Insassen der Forensik, ehe er mit Freddy das Zimmer verließ. *'Nur ein wenig exzentrisch, das ich nicht lache...'*

"Wie hältst du das hier eigentlich aus Freddy?", wollte Max wissen, als sie den Ausgang ansteuerten. "Ich würde mit so einem Job durchdrehen."

"Ach, weißt du, wenn man sich erst mal dran gewöhnt hat, ist der Job ganz angenehm."

Kaum das Freddy ausgesprochen hatte ertönte eine kratzige Stimme hinter einer der letzten Türen auf dem Gang. "Wo bleibt denn der junge hübsche Pfleger?! Ich hab' ins Bett gemaaacht!"

Freddy blieb stehen, als wäre er gegen eine Wand gelaufen und schloss langsam die Augen.

"Ganz angenehm, wie?", meinte Max mit einem spitzbübischen Grinsen.

"Naja, mal mehr... mal weniger. Der Kollege am Empfang lässt dich raus, ich kümmere mich mal ums... Geschäft."

Er zog seinen Schlüsselbund aus der Hose und öffnete, leicht widerwillig, die Tür, hinter der die Person zu der Stimme im Bett, und anderen Dingen, lag. Max wünschte ihm noch viel Glück und wollte sich schnell davon machen, ehe er noch mehr mitbekam, was ihm Alpträume bereiten konnte.

"Na endlich!", tönte es hinter der Tür. "Schö' abputzen!"

"Wow, Frau Artzinger", hörte Max die Stimme von Freddy sagen. "Sie bekommen Ihre Beine aber weit hoch... und auseinander..."

Zu spät, die Alpträume waren Max für diese Nacht schon mal sicher...

Kapitel 10

Nun war Max wieder alleine unterwegs, da Freddy sich um die gute Frau Artzinger und ihre Schließmuskelprobleme kümmern musste. Er versuchte, die Bilder vor seinem geistigen Auge wegzuwischen, aber es war äußerst schwierig; er hoffte, die nächsten Befragungen würden ihn ein wenig ablenken.

Als er auf halber Höhe des Haupthauses war, in dem Derek diesen Biersack vernahm, hörte er eine lautstarke Auseinandersetzung zwischen mindestens 2 Personen, die sich ihm näherten.

"Das ist eine riesige Unverschämtheit! Erst machen Sie mir zig Auflagen, dann halten Sie mich hin mit dem Ortstermin und jetzt wollen Sie mir sagen, dass das alles für den Arsch war?"

"Wie ich Ihnen von Anfang an gesagt habe, stehen die Chancen auf eine Genehmigung für ein solches Bauwerk relativ schlecht."

Die beiden Personen kamen in Max' Blickfeld, sie liefen über die große unbebaute Wiese etwas abseits des Haupthauses Richtung Schloßpark, der Eine groß und stämmig mit Vollbart, wild gestikulierend, der Andere hager und mit beamtenmäßiger Gleichgültigkeit im Gesicht.

"Sie haben gesagt, es sieht schlecht aus die Genehmigungen zu bekommen, aber ich hab' jeden verdammten Wisch!" Das war der Bärtige.

"Nein", warf der Beamtentyp desinteressiert ein. "Sie haben meine Genehmigung nicht, und auf die kommt es nun einmal an."

"Sie haben mir weiß gemacht, das wäre nur eine Formsache, Sie Sesselfurzer!"

"Vorsicht, oder Sie machen sich der Beamtenbeleidigung schuldig!" Nun war der schmale Staatsdiener ebenfalls ungehalten.

"Seien Sie froh, wenn ich mir nur das Zuschulden kommen lasse!"

Nun waren Sie am Haupthaus angekommen und Max sah es an der Zeit an, dazwischen zu gehen. "Gibt's Probleme, meine Herren?"

"Nein, dieser Kerl hier ist das Problem! Ein Beamter in Reinform, Paragraphenreiter und keine Ahnung von praktischer Arbeit!"

"Nun mal ganz langsam, nicht jeder Beamte ist ein theoretischer Idiot, ich spreche da aus Erfahrung."

"Und wo haben Sie diese positive Erfahrung gesammelt? Bestimmt nicht bei Typen vom Landratsamt."

"Nein, bei mir selbst, ich bin ebenfalls Staatsdiener, Kommissar bei der Mordkommission."

"Ah, das trifft sich sehr gut!", kam es von dem offensichtlichen Landratsamt-Beamten. "Ich möchte Anzeige erstatten wegen Beleidigung und Bedrohung, Herr Kommissar!" Diese Worte machten seinen Kontrahenten noch ein wenig mehr ungehalten, zumindest schwoll seine Halsschlagader nochmals auf die doppelte Größe an. Max musste die Situation dringend entschärfen.

"Tut mir leid", gab Max beschwichtigend zur Antwort. "Aber da bin ich nicht zuständig. Ich würde vorschlagen, Sie finden sich morgen auf dem Polizeirevier ein und wir werden sehen, ob wir die Sache klären können." Dieser Vorschlag schien ihm das Vernünftigste, heute würden diese Beiden bestimmt keine sachliche Diskussion mehr zustande bringen.

"Als ob das irgendwas bringen würde!", bellte der Stämmige. "Aber bittesehr, ich werd' da sein, morgen 15

Uhr!" Das klang mehr wie ein Befehl als ein Vorschlag. Mit diesen Worten wandte er sich ab und ging schnellen Schrittes am Haupthaus vorbei davon. Max blieb mit dem Beamten alleine zurück.

"Was haben Sie dem denn getan?", wollte Max wissen.

"Ach, manche Bauern hier in der Gegend können es einfach nicht verstehen, dass man nicht überall, und schon gar nicht in einer Wohngegend, einen Stall bauen darf. Vor 50 Jahren war das etwas Anderes, aber heute gibt es Bestimmungen und Regeln, an die sich nun einmal alle zu halten haben."

Das sah Max auch so, wenn es auch einige Bestimmungen gab, deren Sinngehalt man hinterfragen sollte.

"Danke für Ihren Vermittlungsversuch."

Tja, beim letzten Deeskalationstraining waren doch ein paar Dinge hängen geblieben.

"Wenn ich mich vorstellen darf, Herr Kollege, Verterinäramtsmitarbeiter Jörg Sämmel." Er reichte Max die Hand.

"Angenehm, Kommissar Max Schneider." Max wollte einschlagen, doch da zog Herr Sämmel die Hand zurück.

"Schneider?", wollte er ungläubig wissen.

"Ja." Max verstand nicht ganz, was er plötzlich hatte.

"Sie... stammen nicht von hier, oder?" Hörte man da Misstrauen in seiner Stimme?

"Eigentlich bin ich Kommissar in der nächsten, wenn man sagen will, Stadt etwa 20 Kilometer..."

"Entschuldigen Sie, aber ich muss weg." Das kam nicht gerade freundlich und er hatte es sehr eilig, wegzukommen.

Max blieb völlig verwirrt zurück. *Was hat der denn?!'* Anscheinend war dieser Sämmel doch einer dieser Sesselfurzer, die sich über Nichts aufregen konnten.

Naja, es interessierte Max im Grunde wenig, was so ein

Typ von ihm hielt, also dachte er nicht weiter darüber nach und ging wieder auf den Eingang des Haupthauses zu, als er Derek heraustreten sah.

"Hey Derek, bist du mit dem Biersack schon fertig geworden?"

Anstatt einer Antwort erhielt Max ein breites Grinsen und Derek trat zur Seite, damit Max die Person hinter ihm sehen konnte, es war natürlich der Herr Prof. Dr. Dr... Sein Gesichtsausdruck war äußerst finster.

"Ihnen werden Ihre Unverschämtheiten noch vergehen! Der Bürgermeister will Sie sehen! Kommen Sie nur gleich mit ins Rathaus!" Mit diesen Worten eilte er an Derek vorbei Richtung Haupttor.

Max sah Derek fragend an. "Muss ich dem hyperaktiven Meerschweinchen jetzt wirklich nachlaufen?"

"Wäre wohl besser, nicht, dass dieser Oberratsherr dir ans Bein pinkelt und dich mein Boss doch noch von dem Fall abzieht..."

"Also tu' ich das nicht für mich, sondern in erster Linie für dich", stellte Max nüchtern fest.

"Habe auch nie was Anderes behauptet, mein Bester."

Max fügte sich, wenn auch widerwillig und schloss zu Prof. Dr. Dr. Sackebier auf, der aus dem Haupttor, über die Straße und zielstrebig auf das Rathaus auf der anderen Straßenseite zuhielt. Max kam an dem Restaurant vorbei, in dass ihn seine Mutter am Vortag genötigt hatte, direkt daneben schloss das Rathausgebäude an, in das Sackebier einige Sekunden vor Max eintrat.

Kaum war er im Inneren, kam auch schon eine Gruppe Anzugträger auf ihn und den Leiter des Krankenhauses zu; sie bestand aus einem älteren, graumelierten, hageren Typen mit einem gewollt aussehenden dünnen Schnurrbart, ein stämmiger, hochgewachsener Mann in mittleren Jahren, der erhaben durch den Flur schritt und im Gespräch mit der dritten Person im Bunde, einem jung wirkenden, dunkelhaarigen Schönling, dem das Gespräch offensichtlich sehr aufregte.

Während Max sich fragte, welcher dieser Figuren wohl der Bürgermeister sein mochte, bekam er den Schluss der Unterhaltung des Stämmigen mit dem Hübschen mit.

"... ist es ein Gebot der Vernunft, eine solche Plakataktion..." Der Hübsche wurde unterbrochen.

"Und ich sage es Ihnen gerne nochmals", er sprach gönnerhaft, aber mit einer unverrückbaren Entschlossenheit in der Stimme. "Diese öffentliche Stimmungsmache werde ich und auch der werte Herr Behrendt nicht mittragen."

"Das ist doch der hinterletzte Schwachsinn!"

"Nun, das sehen Sie so."

"Das... ich finde kaum die richtigen Worte..."

"Dann finden Sie doch am Besten einmal die Kaffeemaschine und holen uns allen eine schöne heiße Tasse, Hagen."

"Sie können mich mal kreuzweise, Amhofer!" Der Jüngling starrte den Stämmigen böse an, ehe er sich wegdrehte und den Flur, den sie entlang gekommen waren, wieder zurückrannte. Max war sich sicher, dass er keinen Kaffee holen würde.

"Guten Tag, Prof. Dr. Dr. Sackebier!" Amhofer schüttelte Sackebier freundschaftlich die Hand. "Wie schön Sie zu sehen! Und Sie müssen der schon oft erwähnte Kommissar Max Schneider sein, nehme ich an!" Amhofer ließ von dem Professor ab und reichte Max lächelnd seine Hand.

Max ergriff die Hand und auch das Wort. "Sie nehmen

richtig. Und Sie sind wohl der Bürgermeister..."

"Aber nein", meinte Amhofer übertrieben beschwichtigend und machte eine abwehrende Handbewegung. "Ich bin lediglich der 2. Bürgermeister unserer schönen Stadt. Der 1. Bürgermeister ist unser guter Herr Behrendt." Er wies auf den hageren Typen, der bis jetzt noch komplett stumm geblieben war. Nachdem Amhofer auf ihn gewiesen hatte erwachte er aus seiner Lethargie und stellte sich vor.

"Bürgermeister Berehndt", kam es recht tonlos, und ohne weitere Floskeln: "Herr Kommissar, mir sind einige Beschwerden über Sie zu Ohren gekommen, von unserem geschätzten Prof. Dr. Dr. Sackebier. Sie waren sehr unhöflich und gehen bei Ihren Ermittlungen ziemlich rabiat vor, so kann das nicht weiter gehen." Er beugte sich sehr nahe zu Max, der Atem der ihm entgegenschlug stank nach kaltem Zigarettenrauch. Max wich unwillkürlich ein wenig zurück. "Unsere Klinik und auch ihre Angestellten genießen den höchsten Respekt hier in unserer Stadt."

'Als wäre diese Gemeinde auch nur im Ansatz eine Stadt...' Max hatte schon seine Meinung über diesen sogenannten Bürgermeister. Aus den Augenwinkeln konnte er Sackebier's Grinsen sehen, was ihn zusätzlich sauer machte. "Ich kann Ihnen versichern, Herr Bürgermeister, ich gehe nicht anders vor als sonst, und meine Aufklärungsquote spricht dabei für sich." Das kam ein wenig hochnäsig, aber er musste hier eine Duftmarke setzen, so wie bei diesem Buhlger, und er hatte das Gefühl, dass es bei diesem Kerl leichter klappen dürfte. "Wir haben doch alle das gleiche Ziel, die Aufklärung dieses Verbrechens, dass, und da sind wir uns wohl alle einig, ein sehr schlechtes Licht auf Ihre schöne Stadt werfen würde, gesetzt den Fall, es wird nicht zügig aufgeklärt."

Bürgermeister Behrendt schien nachzudenken, er warf einen Blick auf Sackebier und dann auf Amhofer, der fast unmerklich nickte. "Hm, wenn es sich so verhält... Dann möchte ich Sie darum ersuchen, Ihre Ermittlungen weiterzuführen."

Sackebier's Kinnlade sackte im selben Moment ab, indem Max sein Siegerlächeln aufsetzte.

"Aber halten Sie sich bitte ein wenig zurück, ja Herr Kommissar?"

"Natürlich, ich werde nicht gleich die gesamte Hautevolee Ihrer 'Stadt' verhaften."

Sackebier und Behrendt schienen den Scherz nicht als solchen zu erkennen, lediglich Amhofer lachte höflich.

"Wäre dann noch etwas zu besprechen? Wenn nicht, würde ich gerne mit meinen Ermittlungen fortfahren." Behrendt sah wieder zu Amhofer, der sich diesmal direkt an Max wandte. "Aber natürlich, Herr Kommissar! Wir wollen Sie nicht länger aufhalten!" Er reichte Max abermals die Hand, anschließend war Behrendt an der Reihe.

Sackebier verabschiedete sich knapp und zog beleidigt ab, ebenso verschwand Behrendt hinter einer der Türen auf dem Flur. Max wollte sich auch wieder losmachen, doch Amhofer hielt ihn zurück.

"Warten Sie doch noch einen Moment, lassen Sie uns lieber durch den Hof gehen." Er bedeutete Max, ihm zu folgen. Max hatte schon zuvor kaum einen Zweifel daran, wer hier im Rathaus die Hosen anhatte, sicherlich nicht dieser Behrendt. Er folgte Amhofer zur hinteren Tür.

"Herr Kommissar", begann Amhofer, kaum dass sie das Rathaus verlassen hatten. "Ich hoffe Sie nehmen es dem guten Prof. Dr. Dr. Sackebier nicht übel, aber er steht in seinem Beruf sehr unter Druck."

'Und ob ich diesem Sack das übel nehme...' "Ich kann

68

sehr gut verstehen, dass man als Leiter einer solchen Einrichtung viel Stress auszuhalten hat, aber ein Todesfall wie dieser fördert nun einmal den Stressanstieg."

"Das kann ich vollends nachvollziehen und wir hier im Rathaus wollen Ihnen mit Sicherheit keine Steine in den Weg legen, wie Sie uns das sicherlich auch nicht wollen. Sie verstehen, worauf ich hinaus will, nicht wahr?"

Oh, Max war sich sehr sicher, dass er wusste, worauf dieser Kerl hinaus wollte: ein wohlwollendes Miteinander von Legislative und Exekutive, auf Bayerisch 'Spezlwirtschaft' genannt. Nur eine folkloristische Umschreibung für Korruption, um die Gewaltenteilung zu untergraben. *'Manche Klischees vom Land müssen wohl befeuert werden...'*

Der 2. Bürgermeister sah Max mit freudiger Erwartung an. Max wusste genau, welche Reaktion er erwartete: einen freundschaftlichen Händedruck der mehr aussagte als Worte. Und er wusste ebenfalls, welche er ihm geben wollte: einen Schlag mit dem Pistolengriff in seine korrupte Ratsherrenfresse mit anschließender Festnahme wegen versuchter Bestechung eines Polizeibeamten. Aber Max konnte sich noch beherrschen, auch wenn dieser Kerl bei ihm Brechreiz auslöste. Außerdem hatte er ihm nichts Konkretes angeboten, er hielt sich bewusst vage, damit man ihm Nichts anhaben konnte; dieser Typ war mit allen Wassern gewaschen, besser gesagt mit allen Salben geschmiert.

"Schau'n mer mal, dann seh'n mer scho", meinte Max gleichmütig, was seinen Gesprächspartner zufrieden Lächeln ließ.

"Ich sehe, wir verstehen uns."

'Oh ja! Ich warte nur auf die passende Gelegenheit, um dir zu zeigen, wie gut wir uns verstehen...'

Max verabschiedete sich vom 2. Bürgermeister und machte sich wieder auf zum Hauptgebäude der Klinik, wo Derek fast an gleicher Stelle stand, wo er zurückgeblieben war.

"Na, Max, alter Junge, hast du das jüngste Gericht gut überstanden?", fragte Derek amüsiert.

"Das hatte eher etwas von einem Bauerntheater, ich bin mal auf den 2. Akt gespannt."

"Dann bist du noch im Spiel?"

"Wann hab' ich mich das letzte Mal von der Obrigkeit zurückpfeifen lassen?"

Derek lachte auf aus tiefster Kehle, ehe er Max seine Pranke auf die Schulter schmetterte. "So will ich dich haben!"

"Ja, ist mir klar", meinte Max gepresst, während er versuchte die Schmerzen zu unterdrücken.

"Haben wir hier noch was zu erledigen?"

"Eigentlich ja, aber ich hab' keinen Bock mehr, lass' uns für heute Schluss machen."

"Dann würde ich sagen, es ist Zeit für's Abendessen!"

"Wieder zum Dönermann?"

"Hätte nichts dagegen, es gibt hier um die Ecke aber auch einen 1A Hähnchenbrater-Wagen."

Kapitel 11

Nach einem, mehr als üppigem Abendessen, bestehend aus anderthalb halben Hähnchen für Max und der doppelten Menge für Derek machte sich Max auf den Weg zu seinem Wagen, Derek begleitete ihn noch ein Stück Richtung Parkplatz und setzte ihn von der Befragung des Biersacks in Kenntnis, ebenfalls hatte er mit Frau Oberpflegerin Menz ein paar Worte gewechselt. Beide waren wohl äußerst einsilbig und konnten nichts zur Lösung des Falles beitragen.

Max war noch wenige Schritte von seinem grünen Kombi entfernt, als er einen kleinen Burschen mit dicker Jacke und Mütze bemerkte, der sich offenbar an seinem Seitenspiegel zu schaffen machte. Dieser Kerl wandte ihm den Rücken zu, was Max sehr entgegen kam. Er beschleunigte seinen Schritt und packte den Typen mit der Linken im Nacken, dieser jaulte erschrocken auf.

"Was soll das werden, wenn's fertig ist?", polterte Max los.

"Lassen Sie mich los! Das ist Belästigung!" Er wedelte mit den Armen, in der Hoffnung sich so befreien zu können, was natürlich nichts brachte.

"Achja? Und du belästigst mein Auto."

"Ein Auto kann man nicht belästigen."

"Meines schon." Max drehte den Kerl leicht zur Seite und stieß ihn gegen den Wagen, was ihn aufheulen ließ. Anschließend griff er mit seiner freien Hand nach dem rechten Arm seines Gesprächspartners und drehte ihm diesen auf den Rücken. Er heulte abermals auf. Erst jetzt bemerkte Max, das der Typ etwas in der Hand hielt, was er eisern festzuhalten versuchte. Max verdrehte ihm das

Handgelenk ein wenig mehr, bis er schließlich aufgab und die Hand öffnete, herausfiel die Seitenspiegelflagge in Schwarz, Rot, Gold, die er nach der, leider nicht gewonnenen, Weltmeisterschaft vergessen hatte abzunehmen.

"Du klaust meine Spiegelfahne? Was soll der Mist? Die gibt's für ein paar Euro in jedem Drecksladen zur nächsten EM."

"Nein, ich klaue gar nichts! Ich wollte sie nur richtig anbringen!"

"Häh?"

"Schwarz, Rot, Gold ist nicht richtig!"

'Hat der Typ zuviel LSD eingeschmissen?', dachte sich Max, während der Idiot weiterplapperte.

"Richtig ist die Flagge des deutschen Reiches Gold, Rot, Schwarz! Das ist die BRD-GmbH-Flagge, die uns seit dem 2. Weltkrieg unterdrückt und ausbeutet!"

'Ah, einer von denen, wie Derek sie nannte "Reichs-Deppen-Burger", sehr interessant!' Max hatte schon einige Berichte über diese Gruppierung gelesen; sie weigerten sich Steuern zu zahlen, ebenso Bußgelder und erkannten die meisten Gesetze der Bundesrepublik Deutschland nicht an. Auch waren sie der Ansicht, dass das deutsche Reich weiterbestand.

"Aja, sehr informativ. Wie ist denn der werte Name?"

"Das geht Sie nichts an!"

"Gut, dann mache ich mich selbst schlau..." Mit diesen Worten griff Max in die Hosentasche seines neuen Bekannten, dem das sehr missfiel. Nach kurzer Zeit hatte er das Portmonee herausgezogen und geöffnet. Max blickte irritiert auf den "Ausweis", den er vor sich sah.

"Wo ist Ihr Personalausweis? Und was soll dieser Mist hier?"

"Hah! Den habe ich schon lange weggeworfen. Ich bin

kein Personal dieser Filiale der USA. Das ist der einzig anerkennbare Ausweis für einen Bürger des deutschen Reiches!"

Ja, das traf zu, zumindest wenn man der Aufschrift auf diesem "Ausweis" glauben schenkte. Dort stand in der Kopfzeile "Deutsches Reich", eingerahmt von 2 auf dem Kopf stehenden Deutschlandflaggen, darunter "Personenausweis", nachfolgend der Name... Max stutzte.

"Dein Name ist Emil Elster? Hast du was mit Eddie zu tun?"

"Ich werde Ihnen gar nichts von meinem Bruder erzählen!"

Max drehte den Typen ein wenig um, er hatte etwas Ähnlichkeit mit Eddie, wenn er auch weniger hübsch war.

"Du Idiot hast mir gerade erzählt, dass er dein Bruder ist, mehr muss ich nicht wissen. Ich bin Kommissar Max Schneider."

Emil Elster riss die Augen auf, offenbar hatte sein Bruder von ihm erzählt.

"Sie sind auch einer von Denen!" Seine Stimme klang nun nicht mehr überheblich, sondern panisch. Ja, das war der Bruder von Eddie, sehr leicht zu erschrecken.

"Jaja, einer von Denen, die der BRD-GmbH ihr ganzes Leben widmen, um unlautere Gesetze zu verteidigen und nicht berechtigte Steuern eintreiben. Nimm' erst mal die Mütze ab, wenn du mit mir redest." Mit diesen Worten griff Max nach der Mütze, für die es heute sowieso zu warm war und zog sie ihm vom Kopf.

"Nein!", kreischte Emil, während er versuchte, seine Kopfbedeckung zurück zu bekommen.

Max hielt sie in der Hand, als er ein seltsames Geräusch vernahm, dass nicht vom Stoff der Mütze kommen konnte. Er drehte sie auf Links und sah, was dieses Geräusch

verursacht hatte, die Kappe war mit Alufolie ausgeklei-
det. *'Ach Gott, der Typ erfüllt wirklich jedes Klischee...'*

"Geben Sie mir das zurück! Das ist meine Schutzkappe!
Ich lasse Sie nicht an meine Gedanken!" Er flehte Max
fast an.

"Junge, du brauchst dringend Hilfe. An deiner Stelle
würd' ich mal in dem Krankenhaus hier nach einem Zimmer fragen." Max warf ihm seine Mütze mit eingebau-
tem Aluhut über den Kopf, dass sie hinter ihm auf dem
Boden landete. Als er sich danach bückte, warf er das
Portmonee mit dem "Burgerausweis" hinterher.

"Verpiss dich von meinem Wagen, ich brauche niemanden, der meine Spiegelflaggen ausrichtet."

Ohne weiteres Wort machte sich Emil Elster davon, seine "Schutzkappe" fest auf die Ohren gezogen.

'Sind hier eigentlich nur Bekloppte unterwegs?', fragte
sich Max, während er von dem Parkplatz wegfuhr und an
die anderen Typen dachte, die er schon kennengelernt
hatte.

Er hing nur kurz seinen Gedanken nach, weil wenige Sekunden, nachdem er auf die Straße eingebogen war, vermutlich derselbe verdammte Traktor vor ihm auf die
Straße fuhr, der ihm heute Morgen den Weg hierher
schon erschwert hatte.

'Ja, es gibt hier wirklich zuviele Bekloppte...', dachte sich
Max, während er die Hupe boxte.

Kapitel 12

Max kam nach einer gefühlten Ewigkeit und einer Stinklaune auf dem Parkplatz seiner Herberge an. Dieser beschissene Traktor hing fast die komplette Strecke vor ihm, bremste ihn aus und scherte, wie schon auf dem Hinweg, immer wieder aus wenn Max zum Überholvorgang ansetzte. Kurz bevor Max glaubte, ausrasten zu müssen, kam ihm ein Kilometer vor dem Ortsschild eine Idee. Er erinnerte sich an eine Einfahrt, also blinkte Max rechts, wartete und siehe da, plötzlich blinkte auch der Traktor und fuhr vor ihm in die Straße ein, während Max, weiterhin blinkend, geradeaus weiterfuhr, mit aufheulendem Motor. Auch wenn ihm das keine wirkliche Zeitersparnis brachte, fühlte er sich als Gewinner, da er den Penner im Traktor ausgetrickst hatte.

Max stieg aus seinem Wagen aus und war sich sicher, dass sich seine Laune nicht nennenswert bessern würde an diesem Abend. Er ging auf den Biergarten zu, in dem geschäftiges Treiben herrschte, als er näher heran getreten war erkannte er einige Personen vom gestrigen Abend, unter Anderem seinen Hauswirt, Mr. und Mrs. Gedeck, der Lila-Fucken-Liebhaber, ein Typ der wie Justin Bieber aussah und gestern nur kurz reingeschaut hatte und auch wieder sein spezieller Freund oMagnuMo. Wie am Vortag sprang der Wirt pflichtschuldig auf und begrüßte Max, ehe er nach seinen Wünschen fragte. Eigentlich wollte er nur nach einem Spezi und einer Kleinigkeit aus der kalten Küche fragen, doch irgendwie hegte er die Hoffnung, hier in der Runde eine bessere Stimmung zu finden, also bestellte er ein Gedeck.

Der Wirt machte sich auf die Getränke zu holen, doch

wurde er dreimal zurückgepfiffen, da plötzlich die Hälfte der anderen Gäste auch durstig wurde.

Max gesellte sich an den Tisch und versuchte abzuschalten, was ein schwieriges Unterfangen werden würde. Er besah sich die Getränke, die einen beachtlichen Teil des Teakholztisches einnahmen.

"Ihr lasst es heute aber wieder ganz schön krachen. Gibt's einen speziellen Anlass?", fragte Max in die Runde.

"Aber sicher, heute ist Stammtisch!", kam es von dem Justin-Bieber-Look-a-Like.

"Ich dachte gestern war Stammtisch?"

"Nein nein, Stammtisch is' jeden Mittwoch, gestern war 'Alles-ist-möglich-Dienstag'."

"Ah, sehr interessant. Und wie lange geht der Stammtisch in der Regel?"

"Stamm is' meistens 'Alles-ist-möglich-Zeit'" kam es lachend von dem jungen Lila-Boy.

'Na dass kann ja heiter werden...', dachte sich Max, nicht ohne Heiterkeit.

Als der Wirt mit den Bestellungen ankam, traf auch noch eine weitere Gruppe von Gästen ein, die sich sogleich an den Tisch dazu setzten, so langsam wurde es ziemlich eng um den Tisch. Unter den neuen Personen befand sich auch, zu Max' Verwunderung, Polizeiobermeister Tortline, was ihn wieder an die kunstvoll verzierte Wand im Zimmer des Toten erinnerte.

Die anderen Leute kannte Max noch nicht, aber er bekam doch den ein oder anderen Namen mit, der junge leicht untersetzte Kerl mit Musketier-Bart wurde des öfteren mit Braumeister Knörd angesprochen, den kleinen Burschen mit pechschwarzen Haaren und Bart nannten sie Shimonn, der stämmige Holzfällertyp mit einem noch üppigeren Bart als der Wirt wurde Bobby genannt. Er be-

grüßte den Wirt herzlich und orderte sogleich ein Gedeck. Einzig von dem 5. Mann im Bunde bekam Max keinen Namen mit, also sprach er ihn nach einigen Drinks
und lustigen Wortwechseln direkt darauf an.

"Wie heißt du eigentlich?"

Die eben noch unbeschwerte Miene wandelte sich zu einem misstrauischen Blick. "Warum willst du das wissen?"

"Ich bin nur neugierig", meinte Max leicht irritiert.

"Da reden wir am Besten später mal drüber." Damit war
für ihn dieses Thema beendet.

Max verstand zwar den Grund nicht wirklich, aber er ließ
es gut sein und schaltete sich wieder in die Diskussion
am Tisch ein, in der es um den Niedergang des Fernseh-
programms ging. Es hatten sich zwei Fraktionen gebildet,
pro Niedergang mit Beispielen wie Kuppelshows und Re-
ality-Mist, contra wurden Fantasy- und Drogenserien angeführt.

Nach einer Weile wurde der Abend kühler und der Wirt
zog die Plane um den Biergarten zu, die Max am Rand
bereits bemerkt, sie jedoch nicht weiter beachtet hatte.
Er dachte, es wäre lediglich ein schmuckloses weißes
Ding, aber als sie sich entfaltete hatte man einen Blick
über eine grüne weite Landschaft an einem Frühlingstag.

Der Abend zog sich in die Länge, während die Stimmung
immer ausgelassener wurde, was den Wirt dazu veranlasste, die Gäste in die Wirtschaft zu schicken, mit Ver-
weis auf die Übernachtungsgäste und die Mieter im Ne-
benhaus.

Im Inneren der Gaststätte angekommen wurde Max
abermals überrascht, es saßen zu dieser fortgeschritte-
nen Stunde noch weitere Gäste im Raum, die ein Kartenspiel bestritten, jedoch waren es nicht die selben Personen wie am Vorabend, die heutige Partie war im Schnitt

25 Jahre jünger.

Als die jungen Stammtischler gesehen und erkannt wurden, stockte das Kartenspiel für einen Moment.

"Ia Debba!", hallte es ihnen aus der Karterrunde entgegen, von einem graumelierten, grimmig dreinblickenden Kerl. "Warum künd ia erst jetz'?"

"Wir sin' scho' länger da als ia", kam es von Bobby mit einem schelmischen Grinsen als Antwort.

"Erzähl' mia do' nix", meinte sein Gesprächspartner mit einer wegwerfenden Handbewegung, ehe der ganze Tisch zu lachen begann, inklusive ihm selbst.

Max und die Gruppe von draußen nahmen am Nebentisch Platz und orderten noch einige Getränke. Erst jetzt fiel Max auf, dass Mr. Gedeck neben seinem Bier nicht das übliche Jack-Cola-Glas stehen hatte, sondern ein seltsam rundes Glas, ebenso bestellte er kein Gedeck, sondern ein Bier und einen Talli.

"Was trinkst du da eigentlich? Das ist doch kein Jack-Cola, oder?", wollte Max wissen.

"Nee, das is' ein Talli!"

Max wusste nicht, wie oft er nun schon seinen ratlosen Gesichtsausdruck bemüht hatte in diesem Ort.

"Hey, Chef, bring' unserem Kollegen hier mal 'nen kleinen Talli dark!"

Die Bestellung wurde vom Wirt gebracht, ebenfalls in einem dieser runden Gläser, jedoch nur mit der Hälfte der Menge gefüllt wie bei Mr. Gedeck.

Max machte, wie schon am Vorabend, einen Riechtest, ein kräftiger Torfgeruch stieg ihm in die Nase und er fragte sich, ob er es wirklich wagen sollte, aber was sollte schon passieren? Also setzte er an und trank einen kleinen Schluck. Da war Schärfe dahinter! Es breitete sich ein rauchig-salziger Geschmack in seinem Mund aus, gefolgt von einem holzigen Abgang.

"Was ist das denn?"

"Ein ausgezeichneter Single Malt Scotch von der Insel Skye."

Diese Information sagte Max zwar im Großen und Ganzen nicht viel, aber bei Scotch wusste er zumindest, dass es sich um Whisky handelte. Er blieb lieber beim Bier mit Jack-Cola.

Die Gespräche schwollen immer wieder an, sodass man das Radio kaum mehr hören konnte, doch hörte Max in einem etwas ruhigeren Moment, dass der Song "Das Beste" von Silbermond angespielt wurde, aber einer der Kartenspieler fand den Text wohl nicht ganz passend. Während die erste Zeile gesungen wurde, übertönte er diese mit seiner eindringlichen Stimme.

"Sie hatte einen SCHWANZ gefunden, und der trägt MEINEN Namen! So dick und so prall, nur mit sehr viel Geld zu bezahlen!"

Die Hälfte der Gäste verschluckte sich an ihren Getränken, während die Anderen aus voller Kehle lachten.

"Wachtl, du wieder!", meinte Einer aus der Kart-Runde, als sich die Heiterkeit wieder gelegt hatte.

Der Angesprochene sah mit gerunzelter Stirn zur Seite. "War irgend a-was?" Darauf lachten wieder alle los.

Max lehnte sich entspannt zurück, es war eingetreten, was er nicht für möglich gehalten hatte, seine Stimmung hatte sich komplett ins Positive gedreht und er dachte fast nicht mehr an den Mordfall, ehe der Justin-Bieber-Verschnitt das Wort ergriff.

"Bist einfach ein typischer Tortline, Wachtl!"

Das ließ Max aufhorchen, dieser Wachtl hieß auch Tortline? War das vielleicht der Vater von Polizeiobermeister Tortline? Jetzt war es mit der Entspannung vorbei, sein Ermittlergeist war wieder geweckt und er stellte einige unverfängliche Fragen nach den Verwandtschaftsverhältnissen der Anwesenden. Es stellte sich heraus, dass auch Braumeister Knörd mit Familiennamen Tortline hieß, aber nur sehr weitläufig, wenn überhaupt, mit den anderen Tortlines verwandt war. 3 Personen mit dem gleichen Nachnamen, die nicht direkt zusammen gehörten, das verwunderte Max doch sehr, was ihn zu der Frage des Abends brachte.

"Wieviele Tortlines gibt es hier im Ort eigentlich?"

"Das müssten so etwa 97 sein", meinte Wachtl.

"Nee, gestern is' wieder Enner gebor'n wor'n, wir sin scho' bei 98", warf der 'Ia Debba'-Typ ein.

"Woas? Welche von Derrer hat denn scho' geferkelt?", meinte Wachtl gespielt bestürzt, was wieder ein Auflachen Aller zur Folge hatte.

Die Stimmung war ausgelassen fröhlich, doch Max blickte resigniert in seinen Whisky-Cola. 98 Tortlines allein hier im Ort und es wurde ihm versichert, dass bis zum Jahresende die 100-Marke geknackt werden würde, da noch 2 Frauen mit diesem Nachnamen Nachwuchs erwarteten. Selbst wenn man die Säuglinge und Greise abziehen würde, blieben immer noch um die 70 Verdächtige übrig, die mit dem Namen an der Wand des Toten gemeint sein konnten. Sollte er sich auf diese Spur versteifen, würde er den Fall nie lösen...

An anderer Stelle zur selben Zeit hatte sich im gleichen Ort, während sich Max grübelnd in der geselligen Runde befand, eine weitere Gruppe zusammengefunden, das Gespräch war allerdings nicht ansatzweise so heiter wie in der Wirtschaft. Die Zusammenkunft bestand nur aus 3 Personen, die sich über die Ereignisse der letzten beiden

Tage ausließen.

"Der Kerl hat seine Ermittlungen aufgenommen", meinte die 1. Person in der Runde.

"Wie kann es denn sein, dass dieser verblödete Bulle hier ermittelt?", meckerte die 2. anwesende Person.

"Weil dieser verblödete Meinhardt ihn dazu eingeladen hat!", bellte Nr. 1.

"Das hätte nicht sein müssen, tut unseren Plänen aber keinen Abbruch", meinte die 3. Person im Bunde.

"Das kannst du doch gar nicht beurteilen, also halt's Maul!" Wieder Nr. 2.

"Kannst du das denn? Kommt mir nicht so vor, du Depp!", mischte sich Nr. 1 wieder ein.

"Ich kann jedenfalls sagen, dass dieser Kommissar bis jetzt sicherlich noch Nichts herausgefunden hat, außer, dass dieser Udo sich nicht selbst umgebracht hat, ansonsten tappt er komplett im Dunkeln." Das kam beschwichtigend, aber bestimmt von Nr. 3.

"Stimmt, aber es sollte als Selbstmord durchgehen, damit wir Ruhe haben! Wo ist nun unsere Ruhe?", wollte Nr. 1 an Nr. 2 gewandt wissen.

"Ich hab' wenigstens die Courage gehabt, was zu unternehmen, im Gegensatz zu dir!", kam es giftig von Nr. 2.

"Also, ich darf doch bitten! Ob dieser Udo nun nach außen hin Selbstmord begangen hat oder umgebracht wurde ist doch nebensächlich, er ist aus dem Weg und kann uns nicht mehr dazwischen funken. Das Wichtige ist nun, dass wir diesen Kommissar ausbremsen." Nr. 3 blieb abgeklärt und sachlich.

"Noch ein Toter? Das wird auffallen", meinte Nr. 1.

"Jemanden aus dem Weg schaffen und ihn umbringen sind 2 verschiedene Dinge, es gibt andere Wege jemanden zu beschäftigen. Fällt dir da etwas ein?", wollte Nr. 3

von Nr. 1 wissen.

"Da gibt es etwas, eine Bagatelle nur, könnte aber klappen. Das wird ihn aber nicht lange beschäftigen." Nr. 1 legte die Einzelheiten dar.

"Klingt für den Moment ganz passabel. Fangen wir lieber klein an und steigern uns moderat. Leite morgen alles in die Wege." Nr. 3 war zufrieden, es konnte weitergehen mit dem ursprünglichen Plan.

Kapitel 13

An diesem Morgen fiel ihm das Aufstehen um Einiges leichter als tags zuvor, was möglicherweise daran liegen konnte, dass er es um 1 Uhr Nachts hatte gut sein lassen und sich schlafen gelegt hatte. Ebenso hatte er das letzte 'Halt stopp!' eines seiner Tischnachbarn mit einem Lächeln ignoriert und sich auf sein Zimmer verzogen.

Er wachte kurz bevor sein Smartphone ihn geweckt hätte nach knapp 8 Stunden Schlaf auf und machte sich auf unter die Dusche, es wurde langsam Zeit, sich mal wieder zu säubern.

Eine halbe Stunde später war er frisch geduscht auf dem Weg zum Gastraum, in dem sein Frühstück wohl schon auf ihn wartete. Er kam an den Toiletten vorbei und wurde von einem Mann, der aus dem Sanitärbereich heraustrat, angerempelt.

"Passen Sie doch auf!", wurde Max angemeckert. "Sind Sie etwa Gast in diesem Haus?" Der Kerl war ein abgebrochener Gartenzwerg mit gewolltem Oberlippenbart um die 70.

"Zufällig ja. Sie hoffentlich nicht."

"Nein, ganz sicher nicht, und Ihnen würde ich auch empfehlen, hier zu verschwinden, wenn Sie hier nur einmal Essen, können Sie den ganzen Tag in so einem Raum verbringen." Er deutete mit dem Daumen über die Schulter auf die Tür der Toilette, ehe er sich an Max vorbeischob und sich eilig Richtung Hintertür davonmachte.

'Was war denn das für ein Depp?', dachte sich Max während er seinen Weg fortsetzte. *'Rennt mich fast über den Haufen und ranzt mich auch noch an.'* Max dachte kurz nach, nein, ihn traf keine Schuld, er hatte weder eine Klo-

spülung noch einen laufenden Wasserhahn gehört, woraus er hätte schließen können, dass sich jemand in der Toilette befand. Er schob das beiseite und wollte in Ruhe und Frieden sein Frühstück einnehmen,doch kaum dass er in der Wirtschaft stand, begrub er diese Hoffnung gleich wieder.

"Was haben denn Sie hier zu suchen?", keifte ihn ohne Begrüßung eine nervenaufreibende Stimme an. "Wollen Sie mich jetzt doch verhören? Warum haben Sie das dann nicht gleich vorgestern erledigt? Sie wollen mir nur mein Leben schwer machen, habe ich nicht Recht?!"
Max starrte ungläubig die Frau an, die sich breitbeinig vor ihm aufgebaut hatte, es war wirklich diese schräge Kuh aus dem Schlosspark, mit der sich seine Mutter so angeregt unterhalten hatte; offenbar arbeitete sie hier, denn Sie trug gerade sein Frühstück auf...

"Waffen geladen und entsichert?", tönte der Einsatzleiter durch den Flur, sodass sich alle Anwesenden fast die Ohren zugehalten hätten.

"Geladen ja, entsichert nein, wie immer", kam es genervt von einem Mitglied des Einsatzteams. Am Liebsten hätte er dem Idioten seine Waffe in sein arrogantes Maul gestopft.

"Damit das klar ist, ich dulde keine Aufsässigkeit, schon gar nicht bei diesem Einsatz!"

"Schließt das deine Eigene mit ein? Außerdem ist das kein Einsatz, sondern ein schlechter Witz!"

Der Einsatzleiter baute sich vor ihm mit in die Hüften gestemmten Fäusten auf. "Pass' auf, mit wem du redest, Kleiner!"

Sein Gegenüber ließ sich nicht einschüchtern und hielt dem arroganten Blick seines Gesprächspartners mühelos stand. "Ich weiß genau mit wem ich rede", kam mit einiger Beherrschung.

"Dann is' ja gut." Mit diesen überheblichen Worten drehte sich der Einsatzleiter weg, für ihn war die Unterhaltung beendet. Und an alle Übrigen im Raum gewandt: "In 5 Minuten Abmarsch!" Er wollte keine Zeit vertrödeln, sie hatten heute einen wichtigen Auftrag, nämlich einen Kommissar Max Schneider aus dem Verkehr zu ziehen...

Max hatte sich still an seinen ihm zugewiesenen Platz gesetzt und begann ohne Appetit sein Frühstück zu vertilgen, während auf ihn eingeredet wurde.

"Haben Sie denn nun wenigstens eine heiße Spur? Gibt es denn schon Verdächtige? Haben Sie überhaupt schon ermittelt, oder saufen Sie nur die ganze Nacht hier und machen Lärm, damit ich nicht schlafen kann?"

In dem Moment, wo er sich entnervt auf die Toilette zurückziehen wollte, betrat plötzlich der Wirt den Raum.

"Du kannst dich ausruhen, ich mach' weiter Mutter."

'Oh Gott und zum Teufel... Diese Alte ist die Mutter des Hauses...'

Mit einem abschätzigen, stierenden Blick beäugte sie Max noch kurz, ehe sie ohne weiteres Wort den Raum verließ. Max war seinem Hauswirt aus tiefstem Herzen dankbar.

Nun konnte er sich sein Frühstück schmecken lassen. Als er fertig war, sprach er den Wirt auf den gestrigen Abend an.

"Sagen Sie mal...", begann Max, wurde aber unterbrochen.

"Sie müssen mich nicht siezen", meinte der Wirt zwinkernd.

"OK, also sag' mal, stimmt das wirklich, dass es hier 100 Tortlines im Ort gibt?"

"Nein, das stimmt nicht wirklich."

Nun hob sich Max' Stimmung doch merklich, vielleicht war sein Ermittlungsansatz doch noch etwas wert.

"Es sind eher an die 200, mit denen die angeheiratet sind und die, die nach einer Heirat einen anderen Namen bekommen haben, aber gebürtige Tortlines sind."

Und da lag seine Stimmung auch gleich wieder am Boden. Dem Wirt entging sein Stimmungsumschwung auch nicht.

"Was ist denn los, suchst du einen verschollenen Verwandten?"

"Könnte man so sagen..."

"Tja, vielleicht bin ich es sogar", meinte der Wirt breit grinsend.

"Was... aber warum? Ich hab' doch den Namen an der Eingangstür gelesen, der ist doch..."

"Ja, schon, aber meine Großmutter väterlicherseits war eine geborene Tortline, stammte aus dem Nachbarhaus auf der anderen Straßenseite."

Nicht zu fassen, man konnte hier wirklich keine 2 Schritte machen, ohne über einen Tortline zu stolpern. In diese Richtung weiter nachzubohren, schien Max nun mehr als sinnlos, weshalb er eine andere Frage stellte, die ihn schon seit dem 1. Abend hier beschäftigte.

"Woher kommt eigentlich dieses allgegenwärtige 'Halt stopp'?"

"Ah, die Frage hab' ich schon früher erwartet! Das beruht auf einem Grenzstreit hier im Ort."

"Ein Grenzstreit?", wollte Max verwundert wissen.

"Ja, aber bevor ich dir das erkläre", er zog sein Smartphone aus der Tasche und tippte darauf herum, "Sieh' es dir am Besten selbst an." Er legte das Smartphone auf den Tisch und ließ Max das Video ansehen, dass er gestartet hatte.

Es waren einige Personen auf einem Acker mit anschließender Wiese zu sehen die sich gegenüberstanden. Auf der einen Seite einige Leute in schwarzer Kleidung die eine amtliche Erscheinung hatten zusammen mit seinem Wirt in legerer Aufmachung mit Jeans und einem T-Shirt mit der Aufschrift "So gut können Bartträger aussehen", auf der anderen Seite ein bulliger Riese mit leerem Gesichtsausdruck der einen Wurzelzwerg im Blaumann ohne Hemd darunter flankierte. Max musste zweimal hinsehen, aber das war eindeutig der Kerl, der ihm vor den Toiletten gerade eben angerempelt hatte! Seine flache Brust wurde eingerahmt von kümmerlichen Schultern, die durch in die Hüfte gestemmten Fäuste breiter wirken sollten, darunter wuchsen schweißnasse grauschwarze Strähnen dem Boden entgegen. Der arrogante Blick spießte die Vereinigung um den Wirt auf.

"Hier wird Nix ausgemessen, das bleibt alles so wie's hier is'!" Eine quietschend-aggressive Stimme bellte diese Worte, wohl in der Hoffnung, sich Respekt zu verschaffen.

Der Wirt und sein Gefolge schien mehr belustigt denn eingeschüchtert zu sein. Er ergriff das Wort. "Was führst du dich denn so auf? Es wird neu ausgemessen und wenn was nicht passt, wird der Grenzstein wieder richtig gesetzt. Wo liegt das Problem?"

"Haaald stobb! Jätzt reicht äs! Der Stein sitzt richtich! Und es wird sich hier Nix dran rütteln! Du Ober, äh, Pissa!"

"So konntest du dich vielleicht aufführen als du's noch mit meinem Vater zutun hattest, aber jetzt bin ich hier!", polterte der Wirt.

"Egal ob du hier bist und nich! Hier bleibt alles so wie's is'! Der Stein bleibt so wie er is'!"

"Du weißt genau, dass der Stein falsch sitzt, du Affengesicht, jedes Jahr schiebst du ihn mit deinem alten Traktor ein Stück weiter in mein Grundstück rein, und das weiß hier im Ort Jeder!"

"Haaald stobb! Neeeeiiiiin, neeeeiiiiin, dass is' mein Acker..."

"Mein Anwalt weiß schon Bescheid, du hast schon einen Brief bekommen, wenn du nicht einlenkst, sehen wir uns vor Gericht." Der Wirt führte ein langes silbernes Ding zu seinem Mund und zog daran, offenbar war auch er E-Zigaretten-Raucher, oder besser gesagt Dampfer.

"NEIN, jetz' halts du die Schnauzäää!" Der Wurzelzwerg trat zwei Schritte vor und wischte mit seiner rechten Hand durch das Gesicht des Wirtes. Ehe die anderen Personen eingreifen und den kleinen Idioten zurückdrängen konnten hatte der Wirt schon die linke Hand, die zuvor locker seine E-Zigarette hielt, zur Faust geballt und dem Typen auf die Nase gedonnert. Er sackte nach hinten Weg und blieb mit allen Vieren von sich gestreckt liegen, was sehr amüsant aussah, fast so, als wollte er in dem staubigen Ackerboden Schneeengel spielen.

Der Hüne im Hintergrund erwachte urplötzlich zum Leben und wollte auf den Wirt losgehen, doch ehe es dazu kam hatten die Schwarzgekleideten ihre Ausmessungsinstrumente hochgenommen und in seine Richtung gestreckt, es sah aus wie eine antike Gladiatorenszene in modernem Gewand. Nach einem längeren Verharren in seiner Bewegung entschloss sich der Riese für einen strategischen Rückzug, packte den Zwerg unter den schweißnassen Achseln und zog ihn Richtung Schuppen, der im

Hintergrund zu sehen war. Aus dem Off des Videos ertönte lautstarkes Gelächter, in das Max mit einstimmen musste, so absurd wie diese Szenerie war.

Das Video war zu Ende, doch Max konnte nicht mit dem Lachen aufhören. Sein Wirt saß ihm gegenüber und grinste über beide Ohren.

"Einer von den Jungs vom Stammtisch hat Aufkleber machen lassen mit "Haaald stobb!" und dem Kerl auf den Trecker geklebt. Das hat schon fast was von Kunst, oder?"

"Sehe ich auch so, aber ich muss sagen, der Typ ist wirklich ein Volldepp."

"Ja, der gute Bauer Eberfall, einer von der Sorte, der sich nach dem Kacken nicht die Hände wäscht."

"Im übertragenen Sinne, nicht wahr?"

"Nein nein, im Reellen, um Wasser zu sparen."

"Nicht ernsthaft, oder?"

"Doch doch. Aber das hat er auch nicht nötig, er benutzt ja kein Papier, lässt das Abwischen komplett sein."

Max musste wieder lachen. "Das würde zumindest erklären, warum ich vorhin weder die Klospülung noch fließendes Wasser vom Waschbecken gehört hab'."

"Was meinst du damit?"

"Ach, dieser kleine Penner ist mir vorhin über den Weg gelaufen, als ich vom Zimmer kam, er war auf der Toilette und hat mich fast über den Haufen gerannt."

Die Gesichtszüge des Wirtes wandelten sich von freundlich zu einem steinernen Stieren. "Der Typ war hier?"

"Ja, vor 20 Minuten etwa."

Der Wirt ging hastig mit einem "Sorry" auf den Lippen aus dem Gastraum und machte sich vermutlich auf zu den Toiletten, einen Moment später hörte Max ein lautstarkes Fluchen.

"Dieser verdammte degenerierte Sauhaufen!"

Sekunden nachdem man diesen Ausbruch vernehmen konnte stand der Wirt wieder im Gastraum und hatte eine finstere Miene aufgesetzt.

"Was ist denn passiert?", wollte Max wissen.

"Sie es dir selbst an." Der Wirt ging erneut zu den Toiletten, gefolgt von Max.

Sie kamen in der 2. Klokabine der Toilette an und der Wirt öffnete den Deckel mit 2 Fingern. Max sah in die Schüssel und erblickte einen noch immer dampfenden Haufen. Allerdings hatte sich der Wirt geirrt, Bauer Eberfall hatte Papier benutzt, jedoch nicht ein paar Blättchen zum Abwischen, sondern die komplette Rolle am Stück um den Abfluss zu verstopfen.

"So ein...", begann Max bestürzt.

"...Scheißkerl!", beendete der Wirt den Satz.

Kapitel 14

Max war nach diesem Erlebnis leicht verstört in sein Auto gestiegen und hatte sich auf den Weg in den Nachbarort gemacht, um seine Ermittlungen fortzusetzen. Er hatte dem Wirt noch ein paar beruhigende Worte mit auf den Weg gegeben, natürlich mit dem beschwichtigenden Nachsatz, er würde diesen Deppen Eberfall bei der kleinsten Ordnungswidrigkeit, bei der er ihn erwischen würde, sofort verhaften. Insgeheim hoffte Max, dass dieser Traktor wieder vor ihm auf der Straße auftauchen würde, der ihm am vorherigen Tag zweimal den letzten Nerv geraubt hatte, er war sich sicher, dass es sich dabei nur um diesen Bauern handeln konnte, der seinem Wirt den Haufen reingesetzt hatte. Doch diese Hoffnung erfüllte sich leider nicht. Auf der Straße war nicht viel los, abgesehen von einem Leichenwagen, der vor ihm herfuhr kam ihm auf ganzer Strecke nur ein Polizeibus entgegen. Ziemlich tote Hose heute, wie es schien.

Im Nachbarort, der auch die Großgemeinde darstellte zudem der Ort gehörte, indem er sich einquartiert hatte, angekommen fuhr er die Straße entlang, die zu dem Parkplatz der Nervenheilanstalt führte, dabei kam er an einem Haus vorbei in dem ein Notar sein Büro hatte und Max stieg hart auf die Bremse. Da stand dieser verfluchte Traktor! Es war zwar im Bereich des Möglichen, dass es hier in der Gegend noch mehr landwirtschaftliche Fahrzeuge gleicher Bauart gab, aber bestimmt hatten nicht viele einen Aufkleber mit der Aufschrift "Haaald stobb!" auf dem rechten hinteren Blinker...

Max war kaum 5 Minuten aus dem Haus, als ein Fahrzeug auf den Parkplatz der Gaststätte fuhr und ein halbes Dutzend Personen ausstiegen, die in die Wirtschaft eintraten. Der Wirt blickte überrascht auf die Neuankömmlinge, während er noch die Reste von Max' Frühstück abräumte.

"Guten Morgen, die Herren! Was kann ich für euch tun?"

"Wo ist der Kommissar?", kam es ohne Begrüßung und mit harter Stimme vom Einsatzleiter.

Max hatte seinen Wagen auf den Parkplatz des Krankenhauses abgestellt, der direkt neben dem des Notars lag und begutachtete den Traktor. Neben etlichen Kratzern in der grünen Lackierung verlor das gute Stück auch noch eine beträchtliche Menge an Öl. Zuerst wollte Max zu dem Notar hineinstürmen und diesen Mistkerl Eberfall rauszerren, um ihn zu verhaften, doch nun kam ihm eine bessere Idee. Er nahm sein Smartphone und wählte die Nummer seines Kumpels Derek.

Er wurde freundlich von Derek begrüßt, doch nachdem Max sein Anliegen vorgetragen hatte, schien er Max ein wenig reserviert zu sein.

"Mein Guter, also ich weiß ja nicht, ob das so eine gute Idee ist... Dieser Eberfall ist hier in der Gegend eine recht große Nummer..."

"Willst du damit sagen, er hat ein paar Kumpels in einflussreichen Positionen?"

"Ein Typ wie der hat keine Kumpels, eher Kumpane, Komplizen, Kotzbrocken, so in der Art, aber manche von denen könnten eventuell an ein paar Rädchen drehen..."

'Ah, die gute alte Spezlwirtschaft, wie habe ich sie vermisst!' "Dann lass' uns doch an ein paar Rädchen drehen, ehe die dazu kommen."

"Hehehe", kam es zufrieden und leicht bösartig von Derek, "So gefällst du mir, Max. Also gut, ich lasse die Verfügung aufsetzen. Wir sehen uns später." Damit war das Gespräch beendet und Max machte sich daran, den nächsten Anruf zu tätigen, er musste mit seinem Kumpel und Mechaniker Crazy Jessy ein paar Worte wechseln.

Das durfte doch nicht wahr sein! Da hatten sie diesen verdammten Kommissar um wenige Minuten verpasst und der verdammte Wirt konnte, oder wollte ihnen nicht sagen, wo er hingefahren war. Alleine der Hinweis "zur Arbeit" half nicht sonderlich, aber der Einsatzleiter wusste, wen er anrufen konnte...

Nachdem Max seine Nebentätigkeit als Telefonist erledigt hatte, machte er sich schnellstens auf den Weg in die Klinik. Am Empfang der Forensik wurde ihm mitgeteilt, dass der gute Dr. Psychopath nicht im Hause war, sondern eine Untersuchung im Haupthaus hatte, wohin er sich zähneknirschend ebenfalls begab. Vor der Station der, wie ihm sein Kumpel Freddy gesagt hatte, "leichten Fälle", die hier freiwillig in der Psychiatrie einsaßen, stoppte er und beäugte die Personen, die er durch die Glasscheibe sehen konnte. Sie machten einen ganz normalen Eindruck, aber es war dennoch eine psychiatrische Station, wenn auch im offenen Vollzug. Er griff nach der Türklinke und trat ein. Am Empfangsschalter wurde ihm mitgeteilt, dass er noch ein paar Minuten warten musste, ehe die Untersuchung beendet war, also sah er eine Runde aus dem Fenster. Von hier aus hatte man einen guten Blick nach vorne zur Straße, auf der er vorhin hergekommen war und ebenfalls sah man den Parkplatz des Notars. Der Traktor stand nicht mehr dort, aber dafür ein

wild gewordenes Rumpelstilzchen, dass auf dem Parkplatz herumsprang und wild gestikulierend die Passanten anmaulte. Max sah sich die Szenerie zufrieden an,
sein Mechaniker Crazy Jessy hatte sich wirklich beeilt
und den Traktor schnellstmöglich abgeschleppt, so wie
er es ihm aufgetragen hatte. Die polizeiliche Verfügung,
um die er Derek gebeten hatte, sollte auch dafür sorgen,
dass Jessy keinen Ärger bekam, schließlich war der Trek-
ker nicht verkehrssicher, mit einem überklebten Rück-
licht und einem Ölleck. Jetzt konnte dieser Depp von
Eberfall nach Hause laufen oder musste Geld in ein Taxi
investieren, vielleicht fuhr ja auch zeitnah ein Bus.

 Wenige Minuten vergingen, Max lauschte den Unterhal-
tungen der Leute, die in dem Flur standen, während er
weiter fröhlich aus dem Fenster starrte, er meinte fast
den Satz "Haaald stobb!" durch das geschlossene Fenster
gehört zu haben.

 "Öhm, öhm, öhm, öhm, äh, Lehmann?", tönte es plötzlich von einem tatterig wirkenden Mann um die 60.

Max kümmerte sich nicht weiter darum, doch der Alte
schritt von der Wand, an der er gelehnt hatte, zielstrebig
auf ihn zu.

 "Öhm, öhm, öhm, äh, Lehmann?!"

 Max reagierte noch immer nicht, starrte den Alten nur
fragend an.

 "Lehmann, warum antworten Sie nicht, wenn ich Sie rufe?"

 "Ganz einfach, weil ich nicht Lehmann heiße, sondern
Schneider." Max blieb ruhig und sachlich, obschon ihn
der Kerl sehr irritierte.

 "Nun versuchen Sie sich nicht rauszureden, öhm, öhm,
äh, Lehmann, so wie damals als Sie den Ball nicht halten
konnten!"

"Welchen Ball?", wollte Max verwundert wissen.

"Öhm, öhm, öhm, na der Ball! Den wo Sie nicht gehalten haben, öhm, äh, öhm, Lehmann! Bei der WM, gegen, öhm, öhm, öhm, Italien! Weswegen wir kein Weltmeister geworden sind!"

"Mal abgesehen davon, dass das im Halbfinale war und wir dann erstmal ins Finale gekommen wären, ich war da...", wollte Max erklären, doch der Alte fiel ihm ins Wort.

"Ja, eben! Sie warn, öhm, öhm, öhm, da, und danach hat Ihnen keiner mehr was zugetraut, nur ich hab' Ihnen noch eine Chance gegeben, also antworten Sie gefälligst auch, wenn ich Sie rufe!"

Max zermarterte sich das Hirn, wie er diesem schlecht gealterten Fußballfan klarmachen sollte, dass er nicht Lehmann war, als sich eine Tür öffnete und Dr. Psychopath, gefolgt von Prof. Dr. Dr. Sackebier heraustrat.

"Sie müssen entschuldigen, aber ich muss jetzt ein Bewerbungsgespräch führen, ich habe nämlich einen neuen Job in Aussicht, in diesem Sinne: ich kündige!" Max eilte schnell den Gang entlang, ehe sich sein Gesprächspartner aus seiner Schockstarre, die seine Kündigung ausgelöst hatte, befreien würde und erkundigte sich, wo er mit Dr. Psychopath das Verhör fortsetzen konnte.

"Wollen mich heute eigentlich alle verarschen?", tönte der Einsatzleiter durch den Gang der Forensik, nachdem ihm mitgeteilt wurde, dass der Kommissar nicht hier im Haus war, sondern sich im Haupthaus befand. "Wo genau ist der Kerl?"

"In der offenen psychiatrischen Station", kam es mit starker Beherrschung von der Krankenschwester, die hinter dem Empfangsschalter saß.

"Und wo genau dort?", wollte der Einsatzleiter barsch wissen.

"Finden Sie es doch selbst raus." Sie nahm wieder ihr Buch zur Hand und begann zu lesen.

Der Einsatzleiter lief rot an und schlug mit der flachen Hand gegen die Scheibe des Empfangsbereichs. Die Schwester blickte nicht auf, zuckte nicht mal zusammen, sie war anscheinend Schlimmeres gewohnt.

"Da können Sie lange dagegenhämmern, das ist Sicherheitsglas."

Nach einem Moment der Überlegung drehte der Einsatzleiter ab, nicht ohne ihr noch ein paar unfeine Beschimpfungen an den Kopf zu werfen. Sein Gefolge sah entschuldigend zu der jungen Frau, schlichen ihrem Befehlshaber aber stumm hinterher.

"Also nochmal, Dr. Psychopath, könnten Sie mir jetzt endlich verraten, was Sie nach Ihrer Visite gemacht haben, als Sie erfahren hatten, dass Ihr... Patient verstorben ist?"

"Mein guter Herr Kommissar, ich würde mich viel lieber mit Ihnen über seine kunstvollen Schöpfungen unterhalten."

"Ja, schon klar, aber..."

"Nein, nein, Herr Kommissar, für Kunst muss man sich Zeit nehmen, sich daran gewöhnen, an Kunst muss man sich immer gewöhnen, hat Ihnen das noch keiner gesagt?"

"Nein, und ich wünschte, es würde mir auch keiner sagen."

"Aber bitte, was sind Sie für ein Kunstbanause!" Er hörte sich an, als wäre er persönlich beleidigt worden.

"Ja, schuldig im Sinne der Anklage, können wir jetzt bitte

weitermachen?"

"Aber gerne!", kam es fast euphorisch von Dr. Psychopath. "Aber ich möchte Sie bitten, erzählen Sie mir von Ihren Ermittlungen, welche Verdächtigen haben Sie? Welchen Tathergang vermuten Sie? Haben Sie schon eine Tatwaffe? Kommen Sie, füttern Sie meinen Vogel!" Er klang nun wirklich interessiert an dem Fall.

Max war zum wiederholten Male sehr irritiert, wollte ihn der Kerl jetzt verarschen, oder hatte sich seine Stimmung wirklich gerade um 180 Grad gedreht?

"Nun, darüber darf ich mit Ihnen nicht reden, nur soviel: wir gehen von Fremdverschulden aus."

"Also wirklich, wollen Sie mich zum Narren halten? Das habe ich selbst schon vor Tagen ermittelt! Wozu sind Sie eigentlich hier, wenn ich alles selbst erledigen muss?" Nun klang Dr. Psychopath fast so wie Max' Chef Dr. Mutzvink.

"Wozu Sie hier sind, kann ich nicht beurteilen, aber Sie machen mir den Eindruck, als passen Sie ganz gut hier rein. Es ist nicht unbedingt so, dass Sie hier nichts verloren hätten."

"Ja, da ist wohl etwas dran", meinte der Doktor, während er gedankenverloren zur Decke blickte. "Man verliert so Einiges in seinem Leben, und von allen Dingen, die ich verloren habe, vermisse ich meinen Verstand am meisten."

Max musste schmunzeln, offenbar hatte dieser Kerl, hinter all dem Wahnsinn, doch noch Sinn für Humor. Trotzdem, dieses Verhör führte zu genauso wenig, wie die Nachforschung zu der Tortline-Familie, also beendete er das Gespräch und machte sich auf, den Raum zu verlassen. Dr. Psychopath empfahl ihm ein weiteres Mal, sich der Kunst des verstorbenen Udos anzunehmen, ehe Max die Tür hinter sich geschlossen hatte.

Nun wollte er schnellstmöglich aus diesem Trakt verschwinden, ehe der alte Kerl ihn nochmals ansprach und ihn überreden wollte, doch nicht zu kündigen. Leider war es Max nicht vergönnt, diesen Plan in die Tat umzusetzen. Er war schon fast am Empfangsbereich angekommen, als hinter ihm die Stimme ertönte.

"Öhm, öhm, öhm, Lehmann! Sie können nicht einfach, öhm, äh, öhm, kündigen, das geht so nicht! Mein Leibwächter sieht das, öhm, öhm, genauso." Er wies auf einen vierschrötigen Kerl mit Glatze und stierenden Augen, der neben ihm stand. Auch wenn der Kerl keinen gewalttätigen Eindruck machte, wich Max einen Schritt zurück.

Max wandte sich an den "Leibwächter" des Alten. "Kennen Sie diesen Lehmann, von dem Ihr... Chef die ganze Zeit spricht?"

"Ja", bellte der Angesprochene.

"Gut, und sehe ich dem auch nur in geringster Weise ähnlich?"

"Nee."

"Na also!" Max war erleichtert. Er sprach wieder den Tattergreis an. "Ist die Sache damit erledigt?"

"Öhm, öhm, öhm, wie meinen Sie das?"

"Ich sehe nicht wie dieser Lehmann aus, den Sie suchen, also bin ich es auch nicht, deswegen werde ich jetzt gehen."

Max drehte auf dem Absatz um und wollte nun endgültig verschwinden, doch ehe er sich davonmachen konnte, trat ein in sich zusammengesunkener Mann auf zwei Krücken gestützt aus dem Toilettenraum an der gegenüberliegenden Wand und blieb wie versteinert stehen, als er Max erblickte.

Max war nicht minder verwundert, diese Person hier zu entdecken, es war der Regisseur, Kameramann und Filmstudiobesitzer in Personalunion Danny Fux!

"Herr Fux!", begrüßte Max ihn freundlich. "Was verschlägt Sie denn hierher?" Da dämmerte es Max, dass es sich bei ihm um den Regisseur handelte, von dem ihm Freddy erzählt hatte, der einen Nervenzusammenbruch hatte und sich dabei die Filmkamera auf das Knie geschmissen hatte.

"Nein... Nein! Nicht schon wieder!" Er wirbelte, oder besser gesagt stolperte herum und knallte gegen die Toilettentür. "Rufen Sie Frau Menz, ich brauche meine Medikamente, jetzt habe ich schon am Tag diese Wahnvorstellungen!"

Der alte Knacker war mit seinem Leibwächter auch schon wieder herangekommen und mischte sich ein.

"Öhm, äh, öhm, ja, genau! Rufen Sie meine Assistentin, damit Sie meinem, öhm, öhm, Sekretär klarmacht, dass man nicht so ohne Weiteres einfach kündigen kann."

"Ja, gut, ich hol' se', die alte Schubkarre!", presste der Leibwächter hervor und machte sich auf zur Tür, durch die in diesem Moment Frau Menz trat, mit einem verkniffenem Mund und böse blickenden Augen.

"Ach, da bist' ja scho'." Der Leibwächter hob zwei Finger zur Stirn zum Gruß, ehe er beide Arme nach vorne mit zu Fäusten geballten Händen ausstreckte. "Servus Schubkarre!" Das schien Frau Menz gar nicht zu gefallen, ihr Blick wurde noch eine Nuance finsterer.

"Gut das Sie, öhm, öhm, öhm, da sind, Fräulein Menz! Sagen Sie meinem Sekretär, öhm, öhm, öhm, Lehmann, dass er nicht einfach so kündigen kann."

"Ich habe jetzt keine Zeit für Ihre Dummheiten, Herr Artzinger!" Das kam so harsch, dass der Alte leicht zusammenzuckte. Und an Max gewandt: "Da will Sie jemand sprechen, Herr Kommissar." Ein leichtes, aber dennoch gemeines Lächeln umspielte ihre Mundwinkel, was Max gar nicht gefiel...

 Der Einsatzleiter trat hinter der abgehalfterten Krankenschwester in den Flur und endlich erblickte er den Kommissar, den er schon die ganze Zeit gesucht hatte!

 Max war verwundert, als er den Aufmarsch von diesen Personen sah.

"Tag auch, Kollegen, was wird denn das hier?" Er hatte doch gar nicht um Verstärkung gebeten, und doch standen plötzlich 6 uniformierte Polizisten vor ihm, unter ihnen auch Polizeiobermeister Tortline, der eine betretene Miene aufgesetzt hatte. Gestern in der Wirtschaft hatte er um einiges gelöster und glücklicher gewirkt.

 "Herr Kommissar Max Schneider, ich verhafte Sie wegen tätlichen Angriffs." Das war die schadenfrohe und missgünstige Stimme des Einsatzleiters.

 "Was?", platzte es aus Max heraus. Doch anstatt einer Antwort kam der Einsatzleiter mit zwei schnellen Schritten an ihn heran, er wollte Max' Hände in den Polizeigriff nehmen. Doch Max war geübt genug, sich herauszuwinden.

 "Halt, nicht..." Das war die Stimme von Polizeiobermeister Tortline, doch die Warnung kam zu spät, kaum dass Max den Griff abgeblockt hatte, verpasste ihm der Einsatzleiter einen äußerst schmerzhaften Leberhaken, gefolgt von einem Schlag gegen die Schläfe, dass die Lichter ausgingen. Max sackte zusammen und wurde von zweien der Polizisten hochgezogen und durch die Tür geschleift, er bekam davon nur schemenhaft etwas mit. Er hörte noch einige Sätze, bevor er komplett ohnmächtig wurde.

"So hat sich noch keine meiner Halluzinationen aufgelöst." Das kam wohl von Danny Fux.

"Öhm, öhm, öhm, tja, so kann's gehen, wenn man einfach so kündigen will, öhm, öhm, öhm, nicht wahr, Fräulein Menz?" Das kam mit Sicherheit von dem alten Sack.

'Was zum Teufel ist hier gerade eigentlich passiert?', konnte Max noch denken, dann war er weg.

Kapitel 15

Der Tag hatte gut angefangen für Nr. 2, der heute ohne die beiden Anderen seinen Geschäften nachging. Auch wenn es zwischendurch einen Rückschlag gab, so hatte sich der Tag in seinem Verlauf zum Guten gewandelt, da sich eine der Unwägbarkeiten heute Morgen erledigt hatte.

Die Geschäfte liefen wunderbar, jetzt galt es nur noch, alles in trockene Tücher zu bringen. Der Papierkram war weitestgehend erledigt, eine der Unterschriften hatte er, zwei fehlten noch...

Wieviel Zeit war nun schon vergangen? Er konnte es nicht sagen, da ihm sein Smartphone abgenommen worden war. Er saß nun seit einer ganzen Weile hier in diesem kalten und dunklen Loch und konnte nicht mal eine Runde Angry Birds spielen, um sich die Zeit zu vertreiben. Auch konnte er nur herumsitzen, denn sobald er aufstand würde ihm seine Hose innerhalb kurzer Zeit in den Kniekehlen hängen, sein Gürtel war ebenfalls konfisziert worden, nur zur Vorbeugung, wie ihm gesagt wurde, damit er nicht in Versuchung geriet, sich selbst zu strangulieren. Nur um das konsequent umzusetzen, hätten sie ihm auch die Schnürsenkel entfernen sollen, was für blutige Anfänger, zumindest dieser Affe von Einsatzleiter, den seine Kollegen 'Rex' nannten.

Nachdem Max wieder bei Sinnen war und einigermaßen klar denken konnte, fand er sich in einem Polizeibus wieder, zusammen mit der Mannschaft, die ihn festgenommen hatte. Die meisten hatten betretene Mienen aufgesetzt, außer natürlich der Einsatzleiter Rex, er grinste hämisch in der Gegend herum und laberte belanglosen Mist, unzusammenhängende Dinge über die deutschen Gesetze, polizeiliche Vorschriften und angemessenes Verhalten. Da konnte Max nur müde lächeln, als ob dieser haarlose Gorilla auch nur eine blasse Vorstellung davon hatte, was angemessenes Verhalten wäre.

'Bestimmt nicht, einen Verdächtigen bei der Festnahme niederzuschlagen, aufgrund eines nicht näher benannten, angeblichen, tätlichen Angriffs...'

Er hoffte, dass er hier raus kam, bevor er anfing "Nobody Knows" zu singen.

"Ich würd' echt gerne wissen, wie du es immer wieder schaffst, dich in die Kacke zu setzen, Max, mein junger Freund."

Derek hatte sich, zu Max' Verwunderung, vor seine Zellentür geschlichen und sah ihn mit einer zugleich belustigten und besorgten Miene an.

"Hey, alter Kumpel, kommst du, um mich hier rauszuholen?"

"Von was träumst du nachts, Junge?"

"Betsimmt nicht von dir, wie du mich von der falschen Seite der Gitterstäbe aus angrinst."

"Dann is' ja gut, hab' mir schon Sorgen gemacht."

"Aber jetzt ernsthaft, könntest du mir die Zellentür öffnen?"

"Theoretisch könnte ich das, aber werd' ich das tun? Eher nicht."

"Glaubst du wirklich, dass ich es verdient hab', hier drin zu sitzen?"

"Ich glaube keiner hat's verdient, da drin zu sitzen, außer vielleicht mein Boss. Aber wenn ich dich rauslasse, kann ich meine Versetzung in den Innendienst abschreiben und meine Pension wird nur noch aus einem Arschtritt bestehen."

"Gut, das kann ich verstehen, aber kannst du gar nichts für mich tun?" Max hoffte insgeheim auf einen Anruf, den im Grunde jeder Schwerverbrecher bekam, wenn er nicht gerade Mafiaboss oder Terrorist war.

Derek hatte wohl seine Gedanken gelesen. "Vielleicht, aber nichts Auffälliges, wie dich zum Beispiel raus oder dich telefonieren lassen."

"Da bleibt nicht viel übrig, im Grunde verdammt wenig."

"Du sagst es, mein Kleiner."

"Und was ist dann dieses Wenige?"

Derek sah sich kurz um, nur zur Sicherheit, aber auf dem ganzen Gang und ebenso in den anderen Zellen war niemand. Er griff in seine Manteltasche und zog etwas heraus, dass er Max durch die Gitterstäbe reichte.

Zuerst hoffte Max auf sein Smartphone, wurde aber enttäuscht. Es war sein analoger Notizblock mit seinem abgenutzten, aber immer noch funktionsfähigen Kugelschreiber, den er einmal als Werbegeschenk bekommen hatte.

"Weniger geht fast nicht."

"Stimmt zwar, ist aber immer noch mehr, als der Letzte bekommen hat, der hier einsaß. Ach ja, bevor es dir wie dem geht..." Derek griff abermals in die Tasche seines abgenutzten beigen Mantels und zog etwas heraus. "Du sollst nicht behaupten können, dass die Bewirtung schlecht war."

Ein Schokoriegel und ein Energydrink wurden Max in die Hand gedrückt.

"Verstehe, du steckst mit Buhlger unter einer Decke, ich soll hier drinnen am Bluthochdruck krepieren, ehe ich mich beschweren kann."

"Du hast einfach den Durchblick, mein guter Max!",

meinte Derek mit einem aufmunternden Lächeln.

"Und wie sieht deine Hilfsbereitschaft im informativen Bereich aus?"

"Ah, du willst wissen, wem du es zu verdanken hast, dass du dieses großzügige Hotelzimmer bewohnen darfst."

"Exakt, ich möchte mich bei Gelegenheit für diese nette Geste bedanken."

"Kann ich verstehen, aber du musst leider verstehen, dass sich Buhlger sehr bedeckt hält, was das angeht. Nur soviel: es liegt wohl eine Anzeige vor."

"Und die hast du gesehen?"

"Aber Max, wir sind hier auf dem Land, da läuft's wie in der Kirche: man muss an das Glauben, was man nicht sehen kann."

Das hieß soviel wie: es könnte eine Anzeige geben, musste aber nicht. "Und man muss schlucken, was man nicht fassen kann...", meinte Max konsterniert.

"So in etwa. Aber sei froh, dass dich nur unser Rex auf die Hörner genommen hat, bei der Reichspolizei hättest du's nicht so schön gehabt."

"Sehr tröstlicher Gedanke."

"Nicht wahr? Man muss sich nur immer wieder sagen: früher war's noch schlimmer."

"Und du machst jetzt Mittag und lässt mich hier sitzen, oder?"

"Gut erkannt, ich kann nicht riskieren, dass ich wegen Unterzuckerung aus den Latschen kippe, bei dem, was da noch kommt. Wenn ich daran schon denke... Mir Reicht's!" Derek betonte die letzten beiden Worte besonders stark, was wohl seinen Unwillen ausdrücken sollte, wenn er an die restliche Arbeit des Tages dachte, die er mit ziemlicher Sicherheit ohne Max ausführen musste.

"Dann Mahlzeit. Wie spät haben wir's eigentlich? Ohne mein Smartphone bin ich von der zivilisierten Welt total abgeschnitten."

"Hier wärst du auch mit Smartphone abgeschnitten, in diesem Bunker hier unten gibt's nicht den geringsten Empfang. Es ist genau viertel vor 2, also höchste Zeit zum Essen."

"Gut, dann mach's wie 'ne dunkle Regenwolke und ver- zieh' dich."

"Falsch, mein Junge, ich bin der Sonnenschein und lass' dich hier im Regen stehen."

"Ach ja, richtig."

"Kopf hoch, Max. Und denke immer dran: Reich sind die geistig Armen, denn ihrer ist das ewige Reich." Mit die- sem Satz drehte sich Derek um und verschwand in seine Mittagspause.

Max war zwar nicht sonderlich bibelfest, aber er war sich sehr sicher, dass der Spruch eigentlich "Selig die Ar- men im Geiste, denn ihrer ist das Himmelreich" lauten müsste, aber altbekannte Sprüche abzuwandeln war schon immer eine Spielerei von ihm und Derek.

Max sah konsterniert auf seine Mahlzeit und den Block mit dem Kugelschreiber.

Während er den Schokoriegel auspackte und die Dose öffnete, begann er eine Melodie zu summen: Nobody knows the trouble I've seen. Nobody knows, but Jesus...

Kapitel 16

Dasitzen und an die Wand starren. Oder an die Decke. Oder, weil man ja auf Abwechslung steht, durch die rostigen, aber leider immer noch stabilen, Gitterstäbe. Es war schon wieder einige Zeit vergangen, seit Derek ihm sein spartanisches Mahl gebracht und ihm gut zugeredet hatte. In dieser Zeit, die Max wie eine Ewigkeit vorkam, war niemand hier, der etwas von ihm wollte. Niemand, um ihn zu befragen, niemand der ihm etwas zu Essen brachte, nicht mal jemand, um ihn hämisch durch die Gitterstäbe anzugrinsen, was er diesem Rex durchaus zugetraut hätte. Einfach einsperren und den Schlüssel wegwerfen, wie in guten alten Zeiten. Ihm war mittlerweile klar, dass die Anschuldigung mit dem tätlichen Angriff, ob passiert oder nicht, nur als Vorwand fungierte, um ihn aus dem Spiel zu nehmen.

Max hatte in der Zwischenzeit die Hoffnung aufgegeben, aus diesem Loch bald herauszukommen, dennoch glaubte er, dass er in wenigen Tagen wieder freie Luft atmen würde. Selbst ein Scheißkerl wie Buhlger konnte ihn nicht ohne Anklage auf Dauer einbuchten, und sollte Anklage erhoben werden, würde sicherlich Kaution drin sein.

Von daher wollte Max vorbereitet sein, sobald er hier die Biege machen konnte, und die Zeit in diesem Loch sinnvoll nutzen. Da Derek ihm seinen Notizblock und Kugelschreiber gebracht hatte, ließ sich zumindest ein wenig tun. Max hatte mit einer Liste von Leuten begonnen, denen zuzutrauen war, ihn berechtigt oder unberechtigt, bei Buhlger anzuschwärzen.

Eingangs stellte er sich natürlich die wichtigste Frage:

konnte der Vorwurf, der ihm gemacht wurde, zutreffend sein? Er hatte einige Minuten darüber nachgedacht und verneinte es glasklar, er hatte niemanden tätlich angegriffen, auch wenn es hier in der Gegend einige Personen gab, bei denen er sich bei der einen oder anderen Gelegenheit gerne auf diese Art schuldig gemacht hätte, doch hatte er sich jedes Mal beherrschen können.

Also blieb dieser Punkt der Liste leer, weiter ging es mit den Personen, denen er in den letzten Tagen, seit er seine Ermittlungen begonnen hatte, auf den Schlips getreten war.

Obenauf stand hier natürlich Prof. Dr. Dr. Sackebier, der Leiter des hießigen Krankenhauses, mit dem er nie warm werden würde und der ihm recht unverhohlen nahegelegt hatte, vom Dach der Nervenheilanstalt zu springen. Außerdem hatte er bereits versucht, Max im Rathaus schlecht zu machen, was aber gründlich in die Hose gegangen war.

Nummer 2 in dieser Aufzählung war schon etwas kniffliger, weil da gleich mehrere Personen zur Auswahl standen. Zu Anfang dachte Max an den Bruder seines speziellen Freundes Eddie Elster, den guten und wohl geistig sehr verwirrten Emil, der seine Spiegelfahnen umdrehen wollte, weil die Flagge von Deutschland die umgekehrte Farbgebung hätte. Aber Max verwarf ihn, da er nicht davon ausging, dass einer dieser Reichs-Burger-Deppen zur Polizei rennen würde, die alles verkörperte, was sie ablehnten. Der nächste, der zur Auswahl stand, war dieser miese Typ Eberfall, der ihn schon zweimal mit seinem verdammten Traktor ausgebremst hatte und Max eben jenen abschleppen ließ, aber er schied auch aus, da das abhanden kommen des Traktors und seine Verhaftung zu nah beieinander lagen, Eberfall konnte noch nicht erfahren haben, dass Max dafür verantwortlich war. Also setzte Max an zweiter Stelle die Mutter seines Hauswirtes, die ihn nicht ausstehen konnte, sei es nun wegen seiner fehlenden Bereitschaft, sie zu verhören, sein abendliches Mitfeiern in der Gaststätte ihres Sohnes oder einfach nur seine Handyhülle mit einer halbnackten Frau. Wirkte zwar etwas übertrieben, dass sie ihn deswegen mit einer falschen Beschuldigung bei der Polizei anzeigte, aber solchen Leuten traute Max fast alles zu.

Punkt 3 war eine noch härtere Nuss, denn auch da gab es genügend Auswahl. Zum Einen den Bürgermeister des Ortes, der erst der Sackebier-Fraktion zugehörig war, dann aber doch auf die Schiene von Recht und Gesetz einschwenkte, wohl auf Geheiß seines Marionettenspielers Amhofer, seines Zeichens 2. Bürgermeister der hießigen Gemeinde, dem Max ebenfalls zutrauen würde, ihm hintenrum eine reinzudrücken. In dieser Fraktion durfte natürlich auch Buhlger selbst nicht fehlen, da er von Anfang an gegen Max war und dies auch lautstark kundgetan hatte. Aber sollte das wirklich der Fall sein, könnte Max disziplinarisch gut gegen ihn vorgehen, eine erfundene Anzeige und eine rabiate Verhaftung, so etwas überlebt auch kein noch so gut schmierender Beamten-Pisser, zumindest nicht, wenn der Fall öffentlich wurde. Ebenso musste Max hier diesen Landratsamt-Typen unterbringen, den er zwar keine 5 Minuten gesehen, geschweige denn mit ihm geredet hatte, aber dafür hatte er sich zu seltsam benommen, als Max seinen Namen erwähnt hatte. Irgendetwas stimmte da nicht und es brannte Max in den Synapsen, dem auf den Grund zu gehen. Er musste Erkundigungen einholen, nicht nur, aber im Besonderen über diesen Herrn Sämmel.

Aber ehe diese Gedankenspiele Realität werden konnten, musste Max erst mal hier raus kommen. Und nicht nur wegen seinen auf Eis liegenden Ermittlungen, auch wegen zutiefst menschlicher Bedürfnisse, die man in dieser Zelle hier nur unzureichend befriedigen konnte. Max hatte in den letzten Minuten einen erheblichen Drang nach einer bestimmten Tätigkeit aufgebaut, die ihm selbst in den schlimmsten Situationen Entspannung und Seelenfrieden einbrachte, doch wie sollte er diesem Verlangen hier nachkommen? Die Gitterstäbe ließen einen allumfassenden Blick in seine Zelle zu, es gab keine Gardine die man vorziehen, oder einen Paravan, der einen vor neugierigen Blicken schützen konnte. Auch vermisste er die passende Lektüre für sein Vorhaben.

Er wollte es unter diesen Umständen nicht tun, und noch konnte er sich beherrschen, die Frage war nur, wie lange noch?

"Hören Sie mir gut zu, Sie haben mir gar nichts zu sagen, also werde ich es bestimmt nicht tun!", polterte er ins Telefon. Er war es nicht nur gewohnt, seinen Willen zu bekommen, er ging wie selbstverständlich davon aus.

"Nein, Sie hören mir zu, ich werde in dieser Angelegenheit keinen Zentimeter, nicht mal einen Millimeter nachgeben und damit hat sich die Sache!" Der Mann am anderen Ende der Leitung war ebenfalls darauf geeicht, seinen Willen durchzusetzen.

"Das hier ist mein Aufgabenbereich!" Er hätte fast gesagt "Hoheitsgebiet", aber das hätte wohl zu überheblich geklungen, obwohl ihn das nicht sonderlich interessierte. "Und da haben Sie mir kein bisschen reinzureden!" Für ihn war die Sache damit klar.

"Passen Sie mal gut auf", begann der Gesprächspartner seltsam ruhig. "Wenn Sie diese Angelegenheit nicht zu meiner vollsten Zufriedenheit klären, dann wird Folgendes passieren: sie verlieren Ihren schönen Posten, Ihr schönes Gehalt und Ihre viel zu gute Altersvorsorge!"

"Dazu fehlt Ihnen der Einfluss. Und außerdem lasse ich mir nicht von einem wie Ihnen drohen", meinte er gleichmütig.

"Das ist keine Drohung, sondern ein Versprechen! Ich schicke Ihnen den Odenwalder."

Diese Worte ließen sein Herz einen Schlag aussetzen. Der Odenwalder, dieser karrieregeile Opportunist, der über Leichen ging um sich selbst zu profilieren. Nicht, dass er selbst anders wäre, aber dieser Odenwalder saß, im Gegensatz zu seinem Gesprächspartner, wirklich am längeren Hebel...

Er stieg die Treppenstufen hinab in den "Kerker", wie er im Kollegenkreis scherzhaft genannt wurde, obschon die Bezeichnung mehr als zutreffend war. Es war kalt, dunkel und stank hier, wie, wenn nicht so, waren Kerker im Mittelalter wohl? Eigentlich sollte dieser Bereich schon vor Jahren gesperrt werden, es gab bereits neue Räumlichkeiten, die besser geeignet waren für die Gefangenen, aber sein Vorgesetzter bestand darauf, "besondere Fälle", wie er sie nannte, hier unterzubringen. Und zu einem dieser besonderen Fälle war er nun unterwegs.

Als er vor der Zellentür ankam, musste er erst einmal den Blick Schweifen lassen, da der Kommissar nicht auf seinem Bett mit durchgelegener und von Schimmel überzogenen Matratze lag, sondern im rechten hinteren Eck der Zelle saß.

"Ah, Polizeiobermeister Tortline, schön Sie zu sehen", kam es, in Anbetracht der Umstände, freundlich von Max.

Der Beamte hätte die Begrüßung gerne erwidert, bekam in diesem Moment aber keinen Ton heraus. Der Kommissar hatte sich mit heruntergelassenen Hosen auf der Toilettenschüssel, die weder Deckel noch Brille besaß, niedergelassen und blätterte währenddessen in einer Broschüre mit dem Titel "Wie werde ich wieder clean und ein nützliches Mitglied der Gesellschaft", die wohl dem letzten Bewohner dieser Zelle, einem LSD-Junkie, reingeworfen wurde.

"Was kann ich für Sie tun?", wollte Max nach einer Weile der drückenden Stille wissen.

"Ich, äh, sollte Sie zum Telefon bringen, ein Anruf für Sie."

"Ich bin gleich soweit, sagen Sie, ich muss noch ein sehr dringendes Geschäft zu Ende bringen. Sagen wir, in 10 Minuten?"

"Äh, ja, gerne." Polizeiobermeister Tortline wandte sich zum Gehen, ehe Max ihn zurückrief.

"Könnten Sie mir wohl noch eine Rolle Klopapier mitbringen, wenn Sie zurück kommen?"

"Natürlich."

"Ich bin Ihnen zu tiefstem Dank verpflichtet."

Max versuchte sich, so gut es ging, zu entspannen, was bei diesen sanitären Einrichtungen alles Andere als selbstverständlich war. Er hatte den Drang so lange wie möglich zurückgehalten, aber ab einem gewissen Punkt siegte der Körper über den Geist. Und wenn ihm die Situation gerade unter anderen Umständen noch so peinlich gewesen wäre, so musste man auch seine Zivilisiertheit, die ihn sonst immer davon abgehalten hätte, einen solch verdreckten Kackpott zu benutzen, abstreifen und zweckmäßig denken. Auch sollte man in solchen Situationen immer das Positive betrachten: was hätte er gemacht, wenn Polizeiobermeister Tortline nicht aufgetaucht wäre? Hier gab es nichts, außer vielleicht diese Selbsthilfe-Zeitschrift, was man zum Abwischen hätte benutzen können. Er hatte die Tage zuvor natürlich nicht auf seine Mutter gehört und sich eine Packung Taschentücher eingesteckt. Es war eine Ewigkeit her, dass er sich wünschte, auf seine Mutter gehört zu haben, das durfte nicht zur Gewohnheit werden. Aber zum Glück hatte sich das ja jetzt erledigt.

Als der Kollege mit einer frischen Rolle 3-Lagigem zurückkam und sie ihm anreichte, war die Welt schon fast wieder in Ordnung, auch, weil er die Zellentür offen ließ und Max sagte, wenn er so weit wäre, sollte er doch einfach die Treppe hochkommen.

Als alles erledigt war, fand er den Polizisten neben einem Telefon stehend unweit der Treppe vor. Er reichte Max den Hörer.

"Hier Kommissar Max Schneider, wer spricht da?" Max war zwar froh, auf diese Weise aus seiner Zelle zu kommen, war aber auch misstrauisch.

"Hier spricht Ihr Chef, Polizeioberrat Lothar Mutzvink!" *'Oh Gott! Wenn man glaubt es kommt nicht schlimmer...'* "Hm, und was kann ich für Sie tun, Schmutzfink?" Ohne Zweifel wollte sich der Vorgesetzte von Max in dessen Leid suhlen.

"Sie für mich? Verdammt nochmal Schneider, was glauben Sie denn, was Sie für mich tun könnten?"

"Keine Ahnung, deswegen hab' ich diese Frage gestellt." Er hörte ein unverständliches Fluchen, das so etwas wie "Verdammt", "Hölle" und "Arsch" beinhaltete. Mit Letzterem war wohl Max gemeint.

"Ganz wie Sie meinen, Chef. Sonst noch was?"

"Ja, haben Sie eine Ahnung, welches Licht das auf unsere Polizeidienststelle wirft, dass sie im Gefängnis saßen?"

"Der Lichteinwurf auf unser Polizeirevier ist immer von der Tageszeit abhängig. Und sie sollten die verschiedenen Zeitformen besser trennen, ich sitze schließlich noch im Knast."

"Nein, tun Sie nicht."

"Wie bitte?"

"Sie haben schon richtig gehört, ich habe mit diesem Idioten Buhlger telefoniert und er konnte nichts weiter vorbringen, als dass eine Anzeige gegen Sie vorliegt wegen tätlichen Angriffs."

"Das ist mir auch bekannt, aber warum lässt er mich dann so plötzlich frei?"

"Weil dieser unfähige Kerl mir weder die Akte zukommen lassen noch nähere Informationen dazu geben wollte und ich ihm daraufhin mit der Dienstaufsicht gedroht habe."

Max war perplex. "Mit Odenwalder? Sie fahren ja die schwere Geschütze auf, Chef. Also ist die Sache damit vom Tisch?"

"Nicht, wenn es nach diesem Kerl geht. Er meinte, bei der Anklageerhebung wird alles übermittelt, doch wann die sein soll, konnte er mir natürlich nicht sagen, ebenso wenig, wer der zuständige Staatsanwalt ist."

Die Sache stank immer mehr zum Himmel und untermauerte damit den Verdacht von Max, dass es lediglich darum ging, ihn bei seinen Ermittlungen zu behindern.

"Dann kann ich mich wohl vorläufig nur bedanken, Chef."

"Sparen Sie sich das, danken Sie mir auf die Art, dass Sie sich nicht nochmal verhaften lassen und dass Sie sich aus diesen Provinzfällen heraushalten."

"Kann ich nicht versprechen, Chef."

"Verdammt, Schneider! Ich will nicht nochmal so einen Anruf bekommen, wo mir mitgeteilt wird, dass Sie verhaftet wurden! Wenn Sie jemand ins Gefängnis steckt, dann bin ich es! Merken Sie sich das!" Mit diesen Worten knallte sein Chef den Hörer auf die Gabel.

Max war nun relativ guter Laune, wenn auch immer noch irritiert, dass sein Chef in solchem Maße Partei für ihn ergriff, besonders gegen einen Gesinnungsgenossen wie Buhlger. Und mit einer Drohung, diesen Sausack Odenwalder zu seinem Schutz zu schicken.

'Verkehrte Welt...', dachte sich Max, der nun neben einem fröhlich wirkenden Polizisten Tortline stand, der genug von dem Gespräch mitbekommen hatte, um zu wissen, dass sich die Aktion vom Vormittag doch noch zum Guten gewendet hatte.

Er schlenderte den Gang entlang, der zum Ausgang führte und lief dabei einer Gruppe von Polizisten in Freizeitkleidung über den Weg. Er erkannte sie als Polizisten, da es die selben Typen waren, die ihn heute verhaftet hatten. Vorneweg lief natürlich der Einsatzleiter, dieser haarlose Gorilla Rex.

Er hatte seinen Kopf über die Schulter gewandt und erzählte offenbar einen Witz: "Und was ist ein schwuler Mönch? Ein warmer Bruder!" Seine Kollegen lachten, wohl mehr pflichtschuldig als aus Erheiterung. "Und wenn 3 Schwule in der Badewanne sitzen, furzt nur der, der Keinen hinter sich hat!" Noch ein paar Lacher weniger.

"Was ist ein schwuler Terrorist mit Waffe und Dienstausweis?", warf Max ein.

Rex starrte ihn verwundert und ratlos zugleich an.

"GAYfährlich." Die Kollegen von Rex lachten auf. Der Witz war zwar auch sehr sparsam, aber wohl eine willkommene Abwechslung zu den Sprüchen ihres Einsatzleiters.

Rex grinste, aber er war wohl nicht besonders begeistert davon, dass ihm jemand die Show stahl. Dennoch meinte er relativ gelassen: "Na Herr Kommissar, doch wieder auf freiem Fuß."

"Ja, und das werde ich auch bleiben bis zur Anklageerhebung, falls die jemals zustande kommt."

"Naja, nichts für ungut, wir haben ja alle nur unseren Job gemacht. Ist doch alles wieder ok, oder?" Rex stand breitbeinig in dem engen Gang, sodass fast kein vorbeikommen an ihm war.

Max drückte sich an Rex vorbei, ohne ihn eines weiteren Blickes zu würdigen, aber nicht ohne einen Tritt auf seine Zehen, die in Flipflops steckten. Rex heulte auf und hielt sich den Fuß.

"Na klar, alles wieder in bester Ordnung." Die anderen Beamten mussten sich stark beherrschen, um nicht erneut aufzulachen, das konnte Max an ihren Mienen ablesen.

Während Rex jammerte, ging Max weiter Richtung Ausgang, doch vorher trat ihm Buhlger in den Weg.
"Was war da hinten los?", wollte er mit zusammengekniffenen Augen wissen.

"Einer Ihrer Leute hat sich den großen Zeh gestoßen, Sie sollten das Tragen von Flipflops im Polizeigebäude verbieten."

"Sagen Sie mir nicht, was ich zu machen habe! Hauen Sie ab!"

"Gerne doch, geben Sie mir nur meinen Autoschlüssel." Fast hätte Max vergessen, dass er ja mit dem Wagen hier war. Seine anderen Habseligkeiten hatte ihm der Kollege Tortline bereits nach dem Telefongespräch in einem

Aservatenbeutel ausgehändigt.

Ein gemeines Grinsen setzte sich in Buhlger's Gesicht. "Bedauere, aber wir mussten Ihren Wagen aus dem Verkehr ziehen, weil er nicht verkehrssicher ist."

Das war jetzt wohl die Retourkutsche von Bauer Eberfall, der Kerl hatte wirklich Kontakte.

"Und was soll da nicht verkehrssicher sein?"

"Das erfahren Sie bei der Anklageerhebung. Aber keine Sorge, ich habe dafür gesorgt, dass man Sie abholt."

Was sollte das nun wieder heißen? Max hatte eine dunkle Vorahnung, die sich nur Augenblicke später realisierte.

"Also wirklich, das kann ja nicht wahr sein! Wieso tust du mir das an? Da muss man sein eigen Fleisch und Blut aus dem Gefängnis holen, was habe ich nur für einen Sohn!"

Diese keifende Stimme hätte Max aus dem tiefsten Koma geweckt, oder in ein solches verfrachtet, je nach Situation. Seine Mutter trampelte, wild gestikulierend, aus dem Büro dieses Mistkerls Buhlger zielstrebig auf ihn zu, während dieser, feist grinsend, die Szenerie aufsaugte wie ein Schwamm.

Kapitel 17

5 bis 10 Minuten, länger sollte die Fahrt nicht dauern, aber es kam ihm schon wesentlich länger vor. Wie sollte es auch anders sein, wenn einem die ganze Zeit über jemand mit einer keifenden Stimme in den Ohren lag und die gleichen Vorwürfe immer und immer wieder durchging, ohne zu einem Ende kommen zu wollen. Seine Mutter war in diesem Bereich Expertin, wenn auch für sonst Nichts.

"Weißt du eigentlich, was man angestellt haben muss, dass man von seinen eigenen Kollegen verhaftet wird?"

"Nein, und du weißt das auch nicht."

"Das muss schon was sehr Heftiges sein, wenn du mich fragst."

"Dich hat aber niemand gefragt."

"Dealst du etwa mit Drogen?"

"Verdammt, nur weil bei mir die Serienbox von Breaking Bad im Regal steht, hab' ich noch lange Nichts mit Drogen am Hut!"

"Aber durch deine Arbeit hast du jede Menge mit Drogen zu tun! Sowas hinterlässt Spuren!"

Max überlegte, ob es Sinn machen würde, seiner Mutter zu erklären, dass er für die Mordkomission arbeitete, da bekam er von Drogen nicht besonders viel mit. Außer vielleicht bei seinem Fall, den er selbst gerne als 'Hochadelsmord' bezeichnete. Und natürlich bei dem Fall mit dem toten Typen, der in seiner Badewanne 'Abgetaucht' war. Achja, und am Filmset wo dieser 'Lattenkrimi' gedreht wurde, waren ein paar Personen speziell gedopt... Wenn er es sich recht überlegte, war das hier einer der wenigen Fälle, wo bisher keine Drogen im Spiel waren, so gesehen hatte seine Mutter nicht ganz unrecht, was er allerdings niemals laut auszusprechen gewagt hätte.

"Und was war das für ein tätlicher Angriff, den du begangen hast?"

"Verflucht, ich hab' gar nichts begangen! Der tätliche Angriff wird mir vorgeworfen, und das unberechtigt."

"Und warum hat mir der gute Herr Buhlger dann geraten, mich darauf einzustellen, dass ich dich demnächst öfter im Gefängnis besuchen muss?"

"Weil 'der gute Herr Buhlger' ein verdammt großes Arschloch ist."

"Wie kannst du nur so über einen Kollegen reden, woher hast du das nur, du Saubengel?"

'Na, dann denke doch mal scharf nach...' "Dieser Buhlger ist sicher Vieles, aber bestimmt kein Kollege. Und damit hat sich das Thema."

"Ich lass' mir von dir doch nicht in meinem eigenen Auto den Mund verbieten!"

"Musst du auch nicht, ich steige hier aus." Mit diesen Worten öffnete Max den Sicherheitsgurt, zog am Türgriff und stieß den Eingang zu seinem Gefängnis weit auf, ehe er mit einem beherzten Satz diese verbale Folterkammer verließ, gefolgt von einer erschrockenen Schimpftirade seiner Mutter.

'Freiheit!', dachte er sich, während er im grasbewachsenen Straßengraben landete und sich abrollte. Normalerweise unterließ er solche halsbrecherischen Aktionen, aber da seine Mutter aus Prinzip nie schneller als die Hälfte der vorgegebenen Höchstgeschwindigkeit fuhr und sie sich schon innerhalb der Ortschaft befanden, war das Risiko einer Verletzung gering. Er musste nur zusehen, dass er wegkam, bevor seine Mutter eine Gelegenheit zum Wenden bekam und ihm im Schritttempo nach-

stelle. Also machte er sich daran, sich aufzurichten und kurz zu schütteln, ehe er eiligen Schrittes über die angrenzende Wiese zwischen ein paar Häusern verschwinden konnte.

Als er sich außer Gefahr wähnte, verlangsamte er seinen Gang und besah sich den Ort in dem er nun schon seit 2 Tagen sein Quartier bezogen hatte, ein wenig genauer. Es war gemütlich hier, nicht so vollgestopft mit Menschen wie in dieser Pseudo-Stadt, in der er Dienst tun musste. Die Häuser standen hier zwar auch nicht meilenweit auseinander, aber es konnte scheinbar jede Partei eine recht beachtliche Grünfläche ihr Eigen nennen, das gefiel ihm. Auch grüßten ihn die wenigen Menschen, denen er über den Weg lief, fast ausnahmslos, obwohl sie ihn gar nicht kannten. Der Gruß bestand zwar nur aus einem distanzierten Kopfnicken, aber es wirkte dennoch freundlicher als die Massen, die manchmal durch die Stadt trabten.

Nach einigen Minuten, in denen er diese Ortschaft immer mehr zu schätzen lernte, begegnete er doch ein paar vertrauten Gesichtern, die er aus der hießigen Gaststätte kannte, es handelte sich um 3 junge Burschen, denen er allerdings keine Namen zuordnen konnte, außer dem Lila-Fucken-Boy.

Als sie ihn erblickten, grüßten sie ihn freundlich und bedeuteten ihm, doch näher zu kommen, sie hatten alle eine offene Flasche Bier in den Händen und boten Max sogleich eine Flasche aus ihrem Kasten an, den sie hinter sich in einer offenen Garage stehen hatten.

"Is' zwar nicht kalt, aber ein warmes Bier is' immer noch besser als gar keins!", meinte der untersetzte Bursche mit Oberlippen- und Kinnbart, von dem er weder den echten, noch den Spitznamen kannte.

Max bedankte sich und nahm einen großen Schluck aus

der Flasche, vielleicht half das an diesem Tag ja, die Ereignisse ein wenig abzumildern.

"Wo du Recht hast, hast du Recht, Knipso!", warf der Lila-Fucken-Boy ein.

"Du heißt Knipso?", wollte Max irritiert wissen.

"Joa, Knipso Fatzinho is' der werte Name." Das brachte alle Anwesenden zum Lachen, offenbar machte man sich hier mit den Spitznamen gerne einen Scherz und nahm es nicht zu ernst.

Wobei hier Außnahmen die Regeln bestätigten, denn der gute Mr. X, wie er von Max genannt wurde und der 3. Mann der Runde war, weigerte sich weiterhin beharrlich, seinen Namen zu nennen.

'Naja, jeder hat so seine Eigenarten', dachte sich Max, ansonsten war er ja ein recht netter Trinkgenosse.

"Und Ihr macht heute einen ruhigen Tag im Ort und lasst die Wirtschaft links liegen?", wollte Max nach etwa der Hälfte seines Bieres wissen.

"Nee, wir marschier'n dann nauf, es fehlen nur noch a paar!", meinte Mr. X entschlossen.

"Achso, und ich dachte, heut ist mal was Ruhigeres angedacht."

"Wär' zwar machbar, aber ich will nix Ruhigeres mach', nein, NEEEIIIN!", meinte Mr. X gespielt aufgebracht. Wieder einer dieser Scherze, die die ganze Runde erheiterten.

Nach wenigen Minuten kamen die fehlenden Personen hinzu, es handelte sich dabei um Mrs. Gedeck, oMagnuMo und den großen Blonden mit Brille, der seinen Namen auch ungern nennen wollte. Die Gruppe schien nun vollständig und lief sogleich los Richtung Wirtshaus.

Mr. X und der große Blonde hatten offenbar ein paar

Dinge zu bereden und gingen einige Schritte hinter der Gruppe her. Max sah sich die Beiden an und wurde unmittelbar an zwei Figuren aus Simpsons erinnert, Lenny und Carl. So nannte er die Beiden ab jetzt auch für sich.

Auf dem Weg durch das Dorf sah Max noch einige interessante Dinge, wie alte sandsteinerne Bildstöcke, ein Feuerwehrhaus und einen beachtlichen Dorfplatz mit einem kleinen Denkmal, dessen tieferen Sinn er bei seiner Begleitgruppe erfragte.

"Das ist unser Mohnsackdenkmal", gab ihm Knipso Fatzinho grinsend zur Antwort.

"Wie bitte?"

"Hehe, ja, das haben wir zu unserer 1000-Jahr-Feier bekommen, weil wir von den umliegenden Dörfern gerne so genannt werden."

"Aber wieso das denn?"

"Nunja, früher, in den alten Zeiten, waren wir hier auch immer ganz gut bei Kasse, besser als die Leute in den umliegenden Ortschaften. Da haben die gemeint, dass is' nur, weil wir Mohn angebaut haben, der zu Drogen verarbeitet werden kann."

'Und da sind die Drogen mal wieder, also auch in diesem Fall...', dachte sich Max und verfluchte seine Mutter, dass sie doch recht behalten sollte.

"Aber das is' natürlich Unsinn, es is' nur so, dass wir schon immer guten Ackerboden hatten, wo die Saat ertragreich aufging. Aber der Dorfname 'Mohnsäcke' hat sich eingebürgert und wir haben damit kein wirkliches Problem, im Gegenteil, wir finden's lustig."

"Ein bisschen Selbstironie muss ja auch mal sein."

"Exakt, Herr Kommissar!"

Hier gab es wirklich viel zu sehen und der Ort war weitläufiger, als man beim ersten Hinsehen für möglich hielt und Max sah auch nur einen Teil, denn an der Abzweigung am Dorfplatz, wo sie links abbogen, um zur Wirtschaft zu gelangen, führte die Straße auch nach rechts weiter ins Unterdorf, wie ihm seine Begleiter sagten. Bei Gelegenheit musste er sich noch ein wenig mehr hier umsehen.

Bei der Wirtschaft angekommen, sahen sie den Wirt schon vor der Tür stehen, als hätte er auf sie gewartet. In dem Gastraum angekommen, wurden sogleich die nächsten Biere bestellt und angetrunken.

Max überlegte sich, ob er seine Ermittlungen wieder aufnehmen sollte, aber nach einem Blick auf sein Smartphone sah er, dass es schon abends war und er heute wohl kaum noch etwas zustande bekommen würde. Wo war die Zeit nur geblieben? Außerdem hatte er keine rechte Idee, wo er ansetzen sollte. Bei der Gemeinde? Im Krankenhaus? Oder doch besser bei seinem Kollegen Derek? Irgendwie hatte er zu Nichts davon Lust, sei es sein kurzfristiger Gefängnisaufenthalt oder weil Derek ihn nicht herausgeholt hatte. Er wollte seinem alten Freund keine Vorhaltungen machen, aber trotzdem stank es ihm gewaltig.

Max entschloss sich, es für heute wirklich gut sein zu lassen und noch das ein oder andere Bier zu trinken und eine Kleinigkeit zu essen, er hatte heute noch nicht viel in den Magen bekommen, also orderte er eine große Portion Chicken Nuggets mit Pommes.

Als die Getränke wieder zur Neige gingen und der Wirt nicht im Raum war, wurde lautstark nach 'dem Chef' gerufen. Kurze Zeit später öffnete sich die Tür, doch die Person die eintrat, war nicht der Wirt.

"Ah, Chefin, des passt auch!", tönte Mr. Lila.

"Na, das hoff' ich doch!", kam es herzlich von der Frau in

mittleren Jahren, die ein freundliches Lächeln aufgesetzt hatte. Es war nicht die Mutter des Wirtes, dafür war diese Frau zu jung und zu freundlich, wie er fand, es schien eher die Frau, Freundin oder Verlobte des Chefs zu sein. Wenn das der Fall war, musste Max dem Wirt ein Kompliment machen.

Nachdem alle Bestellungen aufgegeben und ausgeliefert, dazu noch einige neckische Worte zwischen Wirtschaft und Gästen ausgetauscht waren, kehrte wieder die Unterhaltung am Tisch ein, die jäh vom Klingeln eines Handys unterbrochen wurde.

Mr. X, aka die Hälfte des Duos Lenny und Carl, stand auf und zog das Gerät dass die Störung verursacht hatte aus der Tasche und nahm mit einem leicht genervten "Ja?" das Gespräch an.

Es folgten einige Sekunden, in denen sein Gesicht keine Regung zeigte, ehe er sich zu Wort meldete. "Ja, ich hab' dir doch schon gesagt, dass ich dich mit hinnehmen kann. Aber ich hab' dir auch gesagt, dass des net viel bringt."

Wieder einige Sekunden, in denen er seine versteinerte Miene aufsetzte.

"Ich sag' net, dass ich dich net hinfahr'n will, ich fahr' da eh durch, aber da is' nix, auch wenn sich des Stadt nennt. Des is dort a Stadtteil, der is a größeres Kaff als hier. Also beschwer' dich später net bei mir, ich hab's dir gesagt. Vielleicht is' dort größer, aber auf jeden Fall a schlimmeres Kaff, da kannst Nix einkaufen, da kannst höchstens Kippen shoppen geh'n!"

Die Stimme von Mr. X war nach jedem Wort ein wenig ungehaltener geworden, am Ende hörte man eine deutliche negative Erregung heraus. Max war sehr neugierig, mit wem er da telefonierte.

Wieder einige Sekunden Ruhe, sein Gesichtsausdruck hatte sich weiterhin kein bisschen verändert.

"Des is' doch keine Kritik Schatz, es is' mir einfach egal." Die Erregung des vorherigen Satzes war komplett verschwunden und die Stimme hatte einen vollkommen ruhigen, fast gleichgültigen Ton angenommen, lediglich das letzte Wort betonte er überdeutlich.

Er verabschiedete sich und beendete das Gespräch, nachfolgend konnten alle am Tisch ihr unterdrücktes Lachen frei herauslassen. Er konnte die Erheiterung wohl nicht ganz nachvollziehen, lächelte aber dennoch schelmisch in die Runde.

Als sich der kleine Zeiger der Uhr an der Wand noch ein wenig weiter bewegt und sich die Sonne verabschiedet hatte, traten wieder die alten Bekannten des 1. Abends herein, die Kartenspieler mit den kräftigen Organen, mit denen sie ihren Unmut über manche Spielweise äußerten. Max hatte leider vergessen, sich ein paar Oropax zu besorgen, also hoffte er auf einen etwas ruhigen Beginn, später war es ihm egal, sobald er in seinem Zimmer war.

Als er darüber nachdachte, ob er noch ein Bier ordern sollte, wurde die Tür der Wirtschaft aufgerissen und ein erboster, vor Zorn vibrierender Kerl stürmte herein, es war der gute Bauer Eberfall, der eine weiße Plastiktüte in der rechten Hand schwenkte. Hinter ihm stand, wie schon in dem Video, dass Max gesehen hatte, der übergroße hässliche Typ mit leerem Blick. Er begann eine Schimpftirade in den Raum zu spucken, während er sich umsah und sein Blick am Wirt hängen blieb, der sich an den Tisch von Max und den Anderen gesetzt hatte.

"Du Ober, äh, Pissa! Was fällt dir ein, du Dreckhund?!"

Der Wirt erhob sich relativ ruhig, in Anbetracht der allgemeinen Überraschung und schritt langsam auf den abgebrochenen Gartenzwerg zu.

"Was fällt dir net ein, hier so einen Aufstand zu machen, du Sausack?"

Max wusste zwar, dass der Wirt auf sich aufpassen konnte, jedoch konnte man nicht abschätzen, ob dieser halb im Koma hängende Riese nicht doch wieder aggressiv werden konnte. Also stand er auf und stellte sich seitlich an den Wirt und den Bauern.

"Darf ich fragen, wo das Problem liegt?"

"Das Problem liegt vor meiner Tür, so eine Scheiße, hier!", keifte Eberfall und deutete auf die Plastiktüte, die er immer noch schwenkte.

"Manchmal kriegt man zurück, was Einem gehört", warf der Wirt böse lächelnd ein.

"Und was soll das sein?", wollte Max wissen.

"Das ist ein Haufen Scheiße!", echauffierte sich Eberfall.

Max überlegte, ob das nun wörtlich gemeint war, ehe ihm einfiel, was der gute Eberfall an diesem Tag hier in der Toilette hinterlassen hatte, und gab sich, nach einem Blick auf den hämisch grinsenden Wirt, selbst die Antwort.

"Das ist natürlich sehr ärgerlich, Herr Eberfall, aber keine Sorge, ich verspreche Ihnen, ich werde mich darum kümmern", meinte Max fürsorglich, wofür er einige schiefe Blicke der übrigen Gäste erntete.

"Wirklich?" Eberfall schien selbst überrascht.

"Aber selbstverständlich. Das erfüllt mindestens den Straftatbestand der Beleidigung, wenn nicht sogar den der vorsätzlichen Sachbeschädigung, falls durch diesen Vorfall ihre Türschwelle beschmutzt wurde." Immer noch eine sehr mitfühlende Stimme. Max legte freundschaftlich seinen Arm auf die mickrigen Schultern seines Gesprächspartners und führte ihn langsam zur Tür.

"Ja, also, dann möchte ich mich schon jetzt vielmals bei Ihnen bedanken, Herr Kommissar!" Eberfall klang freudig erregt.

"Das ist doch gar nicht notwendig, das ist schließlich mein Beruf. Ich werde mich bald darum kümmern." Max führte vor den Augen des Bauern seine Hand zu der Tüte, er dachte nicht im Traum daran, sie anzufassen. "Gleich morgen werde ich diesen Haufen ins polizeiliche Labor bringen, damit wir untersuchen können, von wem er stammt."

Das Lächeln auf Eberfall's Gesicht erlosch und er zog die Tüte weg. "Weshalb denn das?"

"Na, das ist doch ganz klar: wir müssen uns nur absichern, dass dieser Haufen tatsächlich von der Person stammt, die Sie beschuldigen. Ich glaube Ihnen ja aufs Wort, dass er nicht von Ihnen selbst stammt, aber es muss polizeilich alles seine Richtigkeit haben."

"Was bilden Sie sich denn ein, unterstellen Sie mir etwa, dass ich mir selbst vor die Tür sch..."

Max unterbrach ihn. "Nein, nein, selbstverständlich nicht, aber da Sie ja sicherlich Ihre Notdurft nur in den dafür vorgesehenen sanitären Einrichtungen hinterlassen und bestimmt auch jedesmal die Spülung betätigen, sehe ich da gar kein Problem." Nun sah Max den Bauern mit einem wölfischen Grinsen an.

Eberfall schien einen Moment zu brauchen, ehe er begriff, dass dieser Kommissar von seiner 'verrichteten Notdurft' am Vormittag wusste.

"Also wenn Sie mir nun bitte den Haufen aushändigen würden, damit wir feststellen können, von wem er stammt? Ich versichere Ihnen, derjenige, der dieses Ei gelegt hat, wird gewaltigen Ärger bekommen." Max streckte seine linke Hand vor, mit der großen Zuversicht, nichts in ebenjene zu bekommen.

Bauer Eberfall fletschte wütend die Zähne, während er die Plastiktüte fest an seine Brust drückte.

"Soll das heißen, Sie nehmen Ihre Beschuldigungen zurück?"

"Ja, Sie mieser kleiner Möchtegernbulle!"

"Gut, dann würde ich vorschlagen, Sie verkacken sich."

Die Wirtschaft brach in schallendes Gelächter aus, während Eberfall abzog, weiterhin mit der Plastiktüte fest an sich gedrückt.

Max erntete großen Applaus für seine Art, Eberfall vergrault zu haben. Nach einigen Minuten flaute die ausgelassene Stimmung allmählich ab und die Gäste gingen wieder ihren jeweiligen Beschäftigungen nach.

"Sagen Sie mal, Herr Kommissar, kann man überhaupt feststellen, von wem dieser Kackehaufen stammt?"

"Keine Ahnung. Aber haben Sie eine Vorstellung, wie dieser Haufen vor seine Tür gekommen ist?"

"Keine Ahnung" gab der Wirt grinsend zur Antwort.

Es verging eine gute Stunde, die relativ gemäßigt geführt wurde an allen Tischen, jedoch war wenige Minuten nach der ersten, noch eine zweite Kartpartie entstanden, was den Geräuschpegel zwar von jedem Einzelnen nicht erhöht, aber die gesamte Geräuschkulisse verstärkt hatte. Max dachte nach, wieviele Biere hatte er eigentlich schon? Hier konnte man wirklich zum Alkoholiker werden, ohne etwas davon zu merken. Auf jeden Fall war da das Erste, dass er an der Garage mit den 3 Burschen hatte, dann noch ein 'Wegbier', wie es die Einheimischen nannten, als sie hier hochmarschiert waren, und hier mindestens nochmal 2, eher 3 so wie er sich fühlte. Er spürte schon, wie sich ein Schleier über sein Denken legte, ähnlich wie nach dem Schlag von Rex heute vormittag, doch das jetzt war noch um Einiges angenehmer, aber trotzdem kein gewünschter Dauerzustand für Max. Pures Bier vertrug er einfach nicht besonders...

Er rief die Chefin zu sich und wollte seine Rechnung begleichen, es waren doch nur 2, ein Glück dass sie eine Strichliste an der Theke geführt hatte. Doch sie teilte ihm ebenfalls mit, dass er vom Chef eingeladen wurde, als Dank für seinen Einsatz gegen Eberfall.

Max wusste, dass seine Tischkameraden ihn sicher abermals zum Bleiben überreden wollten, wie die letzten Tage auch schon, aber diesmal würde er eisern bleiben. Als sie protestieren wollten, in dem Moment, wo er sich von seinem Platz erhob, meinte er beschwichtigend, dass es sicher bald wieder eine Gelegenheit gab, um in gemütlicher Runde Einen zusammen zu trinken, woraufhin begeistert wieder einmal das ihm noch unbekannte 'Wiesla' erwähnt wurde. Da dämmerte ihm, dass diesen Freitag dort ja eine Feier stattfinden sollte. Er sagte abermals zu, dass er mal vorbei schauen wollte und versicherte sogleich, dass er sich den Weg vom Wirt des Hauses detailliert beschreiben lassen wollte. Dann machte er sich, leicht schwankend, auf den Weg zu seinem Zimmer.

Nachdem er sich die Hose geöffnet und das Gesicht mit Wasser benetzt hatte, fühlte er sich schon um Einiges besser. In wenigen Minuten würde er sich schön in seine Bettdecke einwickeln und selig einschlummern, doch in diese Gedanken mischte sich ein energisches Klopfen. Erst dachte er, das Bier hämmerte in seinem Kopf, doch dieses Geräusch kam nicht von innen, sondern von außen, genauer gesagt von seiner Zimmertür.

'Wer will denn jetzt noch was von mir?', dachte sich Max. Er überlegte, ob er sich noch schnell wieder die Ho-

sen anziehen sollte, aber da gleich wieder mit Nachdruck geklopft wurde, verwarf er diesen Gedanken. Er öffnete die Tür nur einen Spalt breit, sodass er nicht im Freien stand.

"Hallo Herr Kommissar, darf ich reinkommen?" Diese Worte kamen von Mrs. Gedeck, die vor seiner Türe stand und ihn erwartungsvoll ansah.

"Äh, hi. Naja, wenn es nicht sehr wichtig ist, dann..." Sie fiel ihm freundlich, aber bestimmt, ins Wort. "Es ist sehr wichtig, danke Ihnen!" Sie schob ihren zierlichen Körper durch die nur zu einem Drittel geöffneten Tür, ehe Max einen weiteren Einspruch formulieren konnte.

"Ähm, wollen Sie sich..."

"Dutzen Sie mich doch bitte."

"Öhm, ok. Du kannst mich auch dutzen. Also, willst du dich..."

"Ja, vielen Dank." Sie nahm auf einem der beiden Stühle des Zimmers an dem kleinen Tisch platz. "Es tut mir leid, dass ich Sie störe, Herr Kommissar, aber es gibt da eine Sache, die mir sehr wichtig ist, über die ich mit Ihnen sprechen muss." Sie sah ihn wieder so erwartungsvoll an.

"Sicher, dass ich dir dabei helfen kann?", meinte Max unsicher.

"Nur du kannst mir dabei helfen."

Max wurde unbehaglich zumute. Er stand hier in seiner Unterwäsche und da saß eine junge Frau in seinem Zimmer, die vielleicht halb so alt war wie er. Sollte jetzt irgend jemand in diese Szenerie hereinplatzen, würde er in große Erklärungsnot geraten, obwohl er definitiv keinerlei Absichten hatte, er stand mehr auf Ältere, und damit waren nicht nur Autos gemeint.

Außerdem war sie nicht nur viel zu jung, sondern auch vergeben an Mr. Gedeck, von daher kam da für ihn gar nichts in Frage. Jetzt musste er nur einen Weg finden, das diesem Mädchen auch verständlich einzutrichten.

"Es ehrt mich, dass Sie..."

"Wir waren doch schon beim du", warf sie freundlich ein.

'Verdammt, warum hab' ich dem 'du' nur zugestimmt? Das macht die Sache nur noch schwieriger...' "Ja, also, es ist wirklich sehr nett von dir, dass du denkst, nur ich könnte dir bei dieser wichtigen Sache helfen, aber ganz ehrlich, da irrst du dich."

"Nein, das glaube ich nicht." Sie klang bestimmt.

"Nein, nein, da liegst du falsch, ich denke, dein Freund kann sich viel besser darum kümmern."

"Da irrst du dich, ganz ehrlich. Er hat zwar ein paar Talente, aber das gehört nicht dazu."

'Oh, verdammt... Sie idealisiert mich, obwohl ich kaum 10 Sätze mit ihr geredet habe...' "Glaub' mir bitte, ich würde dir sehr gerne helfen..." Oh nein... "Aber das geht nicht, weißt du, ich bin da etwas... eingeschränkt." *'Hoffentlich schluckt sie das...'*

"Das glaube ich nicht, du hast doch jahrelange Erfahrung damit."

"Äh, ja, das schon, aber mit den Jahren geht da schon so Einiges verloren."

"Das sieht Derek aber ganz anders", meinte sie lächelnd.

"Du kennst Derek?" Max war verwundert. "Und hast mit ihm über diese Sache geredet?"

"Ja, natürlich. Er hat mir auch schon weitergeholfen, aber er meinte, du wärst dafür besser geeignet als er."

"Was?! Aber..."

"Er ist sich absolut sicher, dass du der bessere Kommissar von euch Beiden bist."

"Der bessere... Kommissar?"

"So hat er es gesagt, da war er vollkommen überzeugt. Nur du kannst den Tod von dem armen Udo aufklären. Er war ein guter Freund von mir." Sie blickte zu Boden. Nun wirkte sie sehr traurig.

Das, was von Max abfiel, war kein Stein, sondern ein riesiger Fels. "Du wolltest mich also nur darum bitten, dass ich mir Mühe gebe, den Fall aufzuklären?"

"Nicht nur das. Ich wollte dir sagen, dass Udo sich niemals umgebracht hätte, so ein Mensch war er nicht. Und er war auch nicht verrückt, er hatte zwar psychische Probleme, aber die hatte er immer besser im Griff. Ich habe ihn regelmäßig besucht und er hatte etwas herausgefunden, das in dem Krankenhaus nicht stimmt, das hat er mir erzählt. Aber er wollte mir nichts Genaues sagen, er meinte, das könnte gefährlich für mich sein. Und er wollte erst ganz sicher gehen, dass er richtig lag."

"Hast du irgend eine Ahnung, worum es gehen könnte in dem Krankenhaus?"

"Leider nicht. Aber ich vermute mal, dass er sich die Einzelheiten aufgeschrieben hat. Er hat sich früher, bevor er in der Klinik war, immer viele Notizen gemacht, um wichtige Sachen nicht zu vergessen. Hast du soetwas in seiner Zelle gefunden?"

'Hm, das konnte man so sagen...', dachte sich Max. Nun hatte er mit dem Gedanken, sich in Ruhe ins Bett zu legen und friedlich Einzuschlummern, abgeschlossen. Er würde wohl noch einige Zeit wach liegen und sich die Bilder von Udo's vollgekritzelter Wand ansehen und danach noch stundenlang darüber nachdenken müssen...

Kapitel 18

Als der Wecker begann, seinen Dienst zu verrichten, war Max längst wach, oder zumindest soetwas in der Art. Geschlafen hatte er jedenfalls nicht mehr, dazu hatte er zuviele Gedanken im Kopf. Nachdem Mrs. Gedeck gegangen war und ihm seinen Überlegungen überlassen hatte, musste er natürlich nochmals die Bilder von Udos Zimmer in der Forensik genauer ansehen, besonderes Augenmerk legte er auf die Wand mit den "Notizen", in denen, so war er sich mittlerweile ziemlich sicher, die Lösung der Frage zu finden war, was ihn so beschäftigt hatte in diesem Krankenhaus.

Er überflog erst nochmal alles, dann sah er sich die einzelnen Worte, von zusammenhängenden Sätzen konnte nicht wirklich die Rede sein, nochmals länger und intensiver an.

"Haus der Fische", Homo Ecke", "Kackhofaufstieg"... Er starrte und überlegte, doch erschloss sich ihm kein tieferer Sinn, wenn er sich auch noch so anstrengte. Auch machte ihm die abgewischten Stellen zu schaffen, die bestimmt nicht zufällig gewählt wurden.

Da fiel Max ein, dass er sich noch gar nicht mit der hiesigen Spurensicherung unterhalten hatte, warum hatte ihn Derek denn nicht daran erinnert? Aber gut, das würde er heute erledigen, dafür sollte er Zeit finden.

Er zog sich an und machte sich auf den Weg zum Frühstück, das Duschen ließ er heute mal sein, er hatte sich gestern zwishen den beiden Bieren kurz in seinem Zimmer frisch gemacht, was ihm nach dem Aufenthalt in der Kerkerzelle auch sehr gut getan hatte und danach hatte er nichts mehr schweißtreibendes unternommen.

Als er im Wirtsraum ankam, erwartete er die Mutter des Hauses vorzufinden, aber stattdessen war ein großgewachsener, schlanker Kerl anwesend, der um die 50 sein mochte. Er begrüßte Max freundlich und brachte schnell das Frühstück, während Max sich setzte und erst mal einen käftigen Schluck Kaffee zu sich nahm. Das Frühstück war, wie schon die letzten Tage, sehr reichhaltig und fast schon ein halbes Mittagessen, zumindest wenn man den Kaloriengehalt betrachtete: Käse, Wurst, Schinken, Marmelade, Honig und Nougatcreme, alles Dinge, die Max sehr schätzte, jedoch nicht alles auf einmal.

Gerade als er seinen letzten Bissen im Mund hatte und schon daran dachte, sich auf den Weg zu machen, kam der Gastwirt durch die Tür und wünschte ihm freundlich einen guten Morgen.

Max erwiderte den Gruß und wollte soeben aufstehen, als ihm ein Gedanke kam. Er rief den Wirt zu sich an den Tisch.

"Wie kann ich Ihnen helfen, Herr Kommissar?"

"Wir waren doch schon beim du, oder?"

"Ach ja, richtig."

"Ich wollte fragen, gibt es hier im Ort eine Bea Tortline? Vielleicht auch Beatrice oder Beatrix."

Der Wirt legte die Stirn in Falten und überlegte. Max glaubte sich schon selbst auf die Schulter klopfen zu können, wegen seines Einfalls, ehe der Wirt den Kopf schüttelte.

"Tut mir leid, aber da fällt mir niemand ein, aber wir haben hier auch verdammt viele Tortlines im Ort, da kann man unmöglich alle im Gedächtnis behalten. Aber", setzte der Wirt etwas optimistischer an, "Vielleicht ist diese Bea auch schon verstorben und ich kenne sie deswegen nicht."

Das war zwar weniger, als sich Max erhofft, aber immer- hin mehr als er nach dem Kopfschütteln erwartet hatte. Dann würde er demnächst wohl mal die Grabsteine un- tersuchen müssen auf dem hiesigen Friedhof...

Max stand auf, bedankte sich bei seinem Wirt und wand- te sich zur Tür um zu gehen.

"Wieder auf dem Weg zur Arbeit, nehme ich an?", woll- te der Wirt wissen.

"Sie nehmen richtig. Ich hab' meine Ermittlungen ein wenig schleifen lassen, die letzten Tage."

"Mach' dir nichts draus, ich saß auch schon mal in der Zelle, die du gestern bewohnen musstest."

Max war sehr überrascht. Nicht nur, dass sein Wirt eben- falls schon einmal verhaftet wurde, sondern auch, dass er davon wusste, dass er am gestrigen Tag eine Gefäng- niszelle von innen gesehen hatte. Er hatte davon Nichts erwähnt, weil es ihm doch ein wenig peinlich war. Die Verwunderung von Max blieb dem Wirt nicht verbor- gen. "Derek hat es erwähnt, aber er hat dazu betont, dass er nicht glaubt, dass an den Vorwürfen was dran ist."

"Na dann ist ja gut, ich kann mir nämlich beim besten Willen nicht vorstellen, wen ich angegriffen haben soll."

"Das würde ich dir auch nicht zutrauen. Bei mir damals war's 'ne abgekartete Sache, eingefädelt von dem Dreck- sack Eberfall."

"Das wundert mich allerdings nicht."

"Hat's mich damals auch nicht. Naja, der Kerl hat 'ne Be- währungsstrafe dafür kassiert, leider. Aber was soll's. Im- merhin hat er gemerkt, dass ich mich nicht still nach vor- ne beuge." Der Wirt schmunzelte.

"Für solche Typen wie den sollte man sich nie bücken müssen", meinte Max. "Ich mach' mich dann mal los zur Klapse."

 "Alles klar, ich muss auch noch mal weg, ein paar Sachen abholen am Haus der Fische."

 Max hielt mitten in der Bewegung inne, als wäre er vom Blitz getroffen worden. "Wo wollen Sie was abholen?" Dass sie schon beim "Du" waren, war Max wieder entfallen.

 Nun hatte sich alles doch anders entwickelt, als sich Max das vorgestellt hatte. Anstatt nun bei Derek anzurufen und ihn zu bitten, ihn abzuholen, da sein eigener Wagen noch wegen Verkehrsgefährdung beschlagnahmt war, lief er dem Wirt der örtlichen Gaststätte wie ein treuer Hund hinterher zum "Haus der Fische". Max wollte augenblicklich zur Hölle fahren, wenn das ein Zufall sein sollte. Der Wirt hatte ihm auf seine Nachfrage hin erzählt, dass manche Einheimische den örtlichen Anglersee so nannten, ebenso hatte er erwähnt, dass dieser Udo einmal hier im Ort gewohnt hatte, ehe seine psychischen Probleme zunahmen und er sich immer mehr in sich zurückzog.
 Es dauerte kaum eine Minute von der Wirtschaft aus, bis sie an dem See ankamen, der sich nach einem abfallenden Weg in einer Senke befand. Links neben dem Pfad befand sich eine kleine, aber feine Anglerhütte, was Max an der Aufschrift erkannte. Hier musste sein Wirt eine Lampe abholen, die ihm der Anglervorstand für die Wirtschaft besorgt hatte.
 Max sah sich um, er war sich nicht sicher, was er sich erhoffte zu finden, aber es musste hier etwas geben, was Udo's Interesse erregt hatte. Während der Wirt zur Anglerhütte ging, schritt Max die Längsseite des Sees ab, bog um eine mit Büschen bewachsene Ecke und ging die nächste Seite des Sees entlang. Ein Spaziergang hier zum

Entspannen an einem lauen Sommerabend musste himmlisch sein, doch gerade stellte sich kaum Entspannung ein, dazu waren seine Sinne zu geschärft, um mögliche Hinweise nicht zu übersehen. Leider erspähte er nichts, was er in irgendeine Verbindung zu seinem Fall bringen konnte. Egal, weiter um die nächste Ecke des Sees, dabei stieß er auf einen alten Bauernhof, wie es schien. Scheune, Stallungen, Haupthaus und eine weitläufige Anlage, die in früheren Zeiten wohl vielen Tieren und landwirtschaftlichen Maschinen eine Heimat war. Heutzutage herrschte hier natürlich eine große Leere, da die Landwirtschaft für Privatleute kaum noch einträglich war oder die Kinder es nicht weiterführen wollten.

Nun war er 3 Seiten des Sees abgeschritten, ohne dass er in seinem Fall weitergekommen war. Da machte es auch nichts mehr aus, wenn er die letzte Seite noch begehen würde, die ihn wieder zu seinem Ausgangspunkt zurückführen würde. Doch ehe er wieder um eine Ecke bog, trat er aus einigen dicht gewachsenen Büschen heraus und erblickte eine weite leere Fläche. Das war ihm anfangs nicht aufgefallen. Es war zerfurchtes Land, ohne Rasen, nur ein paar einsame Grashalme reckten sich aus dem Ackerboden empor, ansonsten suchte man vergebens nach Pflanzen.

"Wow!", entfuhr es Max. Er hatte zwar schon Äcker gesehen, aber in einem Ort einen Acker dieser Größe aus nächster Nähe, dass war etwas Neues.

"Da staunen Sie, was?", sprach eine Stimme Max von hinten an. Er zuckte zusammen und fuhr herum, da stand ein älterer Herr im Blaumann und einer blauen Mütze. "Entschuldigen Sie, ich wollte Sie nicht erschrecken. Aber Sie waren so in Gedanken. Kein Wunder, so gut wie Jeder ist erst mal wie gelähmt, wenn er diesen

Acker zum ersten Mal sieht. Ist einer der größten inner-
örtlichen Äcker in ganz Franken, zumindest optisch."

"Wieso optisch?"

"Naja, eigentlich sind es 2 Äcker, aber das sieht man mit
bloßem Auge nicht, nur an den Grenzsteinen, und die
versucht der eine Idiot immer wieder, zu seinen Gunsten
zu verschieben."

"Welcher Idiot?"

"Eberfall", meinte der ältere Mann verächtlich und
spuckte aus.

'Warum wundert mich das nicht?' "Und der, dem der andere Acker gehört?"

"Ah, der ist ein feiner Mensch, ist aber kein Bauer, hat
den Acker verpachtet. Aber deshalb meint dieser Depp
Eberfall...", er spuckte wieder aus, als ob die Nennung
des Namens einen schlechten Geschmack verursachen
würde, "meint wohl, dass er deshalb jedes Jahr ein paar
Meter abzwacken dürfte."

Das erinnerte Max an die Geschichte, die ihm sein Wirt
erzählt hatte.

"Ein wirklich feiner Kerl, unser Dorfwirt", meinte der
Mann in der blauen Kappe.

Dann war das hier also der Acker, um den es in der
Grenzstreitigkeit zwischen seinem Wirt und diesem Eberfall ging. Die Stelle, wo das Video entstanden war, musste weiter oben gelegen sein, denn von hier aus konnte
Max die Wiese und den Schuppen nicht erkennen. Max
dachte nochmals nach, stand auf der Wand von Udo
nicht auch das Wort "Betrug", recht nah bei "Haus der Fische"? Das war nun bestimmt kein Zufall mehr, aber Max
konnte die Teile des Puzzles noch nicht zusammensetzen,
dafür brauchte er noch mehr Teile.

Er bedankte sich für die Informationen und ging die letzte Seite des Sees entlang, in nicht allzu weiter Ferne sah er schon den Wirt mit einer altertümlichen Lampe in den Händen, er schien auf ihn zu warten.

Kaum war Max bei ihm angekommen, fragte er nach seiner Meinung zu dem Acker.

"Macht wirklich was her, nur dumm, dass Eberfall der direkte Nachbar ist."

"Ja, das ist der einzige Wermutstropfen, aber zum Glück wohnt der Kerl nicht hier oben im Ort."

"Ja, zum Glück", stimmte Max zu.

"Und, gefunden wonach du gesucht hast?"

"Leider nicht, aber immerhin weiß ich jetzt, wo das Haus der Fische ist. Wenn mir jetzt noch jemand die "Homo-Ecke" und den Kackhof zeigen könnte, wäre ich sehr zufrieden."

"Die Dorfstraße runter, direkt nach dem Feuerwehrhaus links, beziehungsweise rechts." Mit diesen Worten machte sich der Wirt davon, er rief Max noch einen Abschiedsgruß zu. Ihm fiel nicht auf, dass Max mit weit offenem Mund und aufgerissenen Augen zurückblieb.

'Warum gebe ich nicht dem Wirt meine Marke und lasse ihn den Fall lösen, während ich mich hier im Ort zur Ruhe setze?', schoss es Max durch den Kopf.

Kapitel 19

Nun war er wieder angekommen am Gebäude der Forensik der Nervenheilanstalt. Max hatte das Gebäude noch nie bei Tag in Augenschein genommen, bislang war es immer dunkel, wenn er hier war. Jetzt konnte er die Weitläufigkeit des Geländes einmal richtig betrachten, es war noch beeindruckender als der übergroße innerörtliche Acker den er heute entdeckt hatte. Es waren Wiesen, Wälder, Gebäude und, natürlich, Äcker, die wohl aber nicht zu dem Gelände gehörten, aber sie schlossen scheinbar nahtlos an.

Er ging zur Eingangstür und betätigte die Klingel, nach wenigen Sekunden wurde die Tür wieder per Summer geöffnet und Max ging die Treppe hinauf zur nächsten Tür, die ebenfalls geöffnet wurde, als man ihn durch die Sicherheitsglasscheibe gesehen und erkannt hatte, Dienst hatte heute sein früherer guter Kumpel Freddy.

Nach kurzem Palaver führte Freddy Max wie schon einige Tage zuvor zum Zimmer des verstorbenen Udo. Max wollte sich nochmals vor Ort ein Bild seiner Hinweise machen, die Bilder waren teilweise doch nicht so detailliert, wie Max gehofft hatte.

Die Tür war nach wie vor versiegelt, was Max stutzig machte. Warum sollte die Spurensicherung nochmals versiegeln, außer natürlich sie waren noch nicht fertig. Dieser Gedanke regte Max doch ein wenig auf, es waren schließlich schon 3 Tage seit dem Vorfall vergangen.

Er brach die Siegel und ließ Freddy die Tür aufschließen. Nachdem er eingetreten war wurde er noch misstrauischer, es sah alles so aus wie er es in Erinnerung hatte. Da musste er doch gleich mal bei Derek nachfragen, also holte er sein Smartphone aus der Tasche und wählte den Eintrag seines Dienstkumpels.

Nach mehrmaligem Läuten meldete sich die gemütliche Stimme. "Max, mein Junge, was kann ich denn für dich tun?"

"Ja, was kannst du für mich tun? Sag' mir doch für den Anfang, warum man hier im Zimmer von Udo L. Sern keine noch so kleine Spur von der Spurensicherung finden kann. Und erzähl' mir nicht, dass die bei euch auf dem Land so sauber arbeiten."

"Das werd' ich dir auch nicht sagen, so sauber arbeiten die wirklich nicht, aber dafür recht langsam."

"Soll das etwa heißen..."

"... dass die gute Spurensicherung noch keinen Fuß in die Räumlichkeiten der Nervenheilanstalt gesetzt hat."

Max zerkaute einen Fluch, während er versuchte, sich zu beruhigen, was ihm nur ansatzweise gelang. "Und warum hast du mir das nie gesagt?"

"Du hast mich nie danach gefragt."

Nun regte er sich richtig auf. "Verdammt, Derek, du hast mich gebeten, dir zu helfen, aber so kann ich nicht arbeiten!"

"Bingo, mein Guter!" Derek klang seltsam fröhlich.

"Wieso Bingo?"

"Ich kann unter solchen Umständen genauso wenig arbeiten, deshalb wollte ich ja deine Hilfe."

Langsam konnte Max seinen alten Freund verstehen, wenn das hier immer so lief, dann war das wirklich das Allerletzte... Die Frage war nur, wer dafür die Verantwortung trug.

Max hatte so eine Ahnung, wollte es aber von Derek hören. "Wer sabotiert unsere Ermittlungen?"

"Du musst schon die richtigen Fragen stellen, mein

Freund."

"Herrgott! OK, wer hat die Spurensicherung zum Verschleppen angehalten?"

"Da kann ich dir leider nicht weiterhelfen, da musst du mit den höheren Posten reden, ich bin nur ein kleines Licht."

Das sagte für Max schon genug aus. "Gut, dann mach' dich wenigstens nützlich und hol' mich später hier ab, so in etwa 2 Stunden."

"Warum denn ich? Ist dir der Kollege Tortline nicht recht?" Obwohl Derek am Vortag zugesagt hatte, ihn abzuholen, hatte er heute den Kollegen Tortline geschickt, der ihn nach langem und gutem Zureden auf dem gesperrten Parkplatz abgesetzt hatte. Ebenso hatte Polizeiobermeister Tortline es nicht geschafft, sich dieses 'Kriminalkommissar Schneider' abzugewöhnen. Das wollte sich Max doch lieber sparen. Nicht ganz nachvollziehen konnte Max, dass Polizist Tortline privat doch ganz anders war, gesellig, ungezwungen und ihm nicht unsympathisch, doch sobald er die Uniform trug, schien ihm das Pflichtbewusstsein zu Kopf zu steigen, oder zumindest ein etwas zu starkes Gewicht einzunehmen.

"Warum du nicht?", gab Max genauso lapidar zur Antwort wie Derek die Frage gestellt hatte.

"Ja, gut, dann hol' ich dich eben ab, aber ich geh' vorher noch was futtern."

"Lass' dir nur Zeit, bis später Kumpel." Max beendete das Gespräch und machte sich daran, das Zimmer nochmal genau anzusehen.

Die Wandnotizen brachten leider keinen weiteren Aufschluss, auch wenn er noch so sehr auf die abgewischten Stellen starrte. Sein Blick wanderte über die besser lesbaren Stellen, er kam am "Haus der Fische" vorbei, zur "Homo-Ecke" und dem "Kackhofaufstieg". Was mit diesen 3 Dingen gemeint war, hatte sich heute Vormittag in Rekordzeit aufgeklärt, wofür er seinem Wirt noch einen Dank schuldig war.

Nach dem örtlichen Anglersee der sich als "Haus der Fische" entpuppt hatte, wurde er die Dorfstraße runter geschickt und sollte sich nach der Feuerwehr umsehen. Die erste Verwunderung war schon einmal, dass ein kleiner Ort wie der, in dem er sein Quartier aufgeschlagen hatte, überhaupt eine eigene Feuerwehr hatte, auch wenn es nur eine Freiwillige war. Das Feuerwehrhaus hatte er am Vortag schon einmal kurz gesehen, hätte aber im Traum nicht daran gedacht, dass es heutzutage noch in Betrieb war. Auf der rechten Seite der Straße ein Stück weiter war ein Bildstock in eine Hauswand eingelassen, der Jesus mit Dornenkrone darstellte. Max fragte sich schon, wo hier eine "Homo-Ecke" zu finden sein sollte, bis er die Aufschrift in Sandstein gemeißelt las: Ecce Homo. Bedeutete natürlich nicht ansatzweise das, was Max bei "Homo-Ecke" dachte, sondern "Siehe, der Mensch" und wurde gerne in der christlichen Kunst verwendet. Vermutlich hatte dieser Bildstock einmal durch die Schreibweise diesen Spitznamen erhalten.

Mit der letzten offenen Bezeichnung, die Max stark beschäftigte, war wohl der ansteigende Weg direkt neben dem Feuerwehrhaus gemeint, also machte sich Max an den "Kackhofaufstieg". Oben an der Steigung angekommen, erblickte Max einen weiteren weitläufigen Acker, an dessen Ende sich der wohl gemeinte "Kackhof" erhob. Auch wenn Max an eine Überspitzung oder eine sprachliche Gleichheit wie bei der "Homo-Ecke" dachte, so war dieser Name nicht gerade unpassend. Der ehemalige Bauernhof war in einem penetranten Kackbraun gehalten, Zaun, Haus und Dach, ebenso die bereits eingefallene Scheune die rechts an das halbverfallene Haus anschloss.

Anfangs wollte Max sofort herausfinden, wer in diesem Haus wohnte, so hielt er zielstrebig auf dem Feldweg dem Anwesen entgegen, besann sich jedoch, dass Derek ihn gleich an der Wirtschaft abholen wollte. Er nahm schon sein Handy zur Hand, um Derek noch ein paar Minuten zum Warten zu bewegen, jedoch hatte er hier keinen Empfang. Er entschied sich schließlich dazu, nur ein paar Bilder zu machen.

Als er an der Wirtschaft ankam, wurde klar dass ihn Derek nicht abholen würde, da er schon den Streifenwagen und Polizeiobermeister Tortline am Steuer erkannte.

Und so kam er dann wieder hierher, wo er versuchte, weitere Erkenntnisse zu gewinnen, doch das Wandgemälde würde ihm jetzt wohl kaum weiterhelfen, also wandte er sich der "Installationskunst", wie Dr. Psychopath es genannt hatte, zu. Die leeren Tassen, Teller, Untersetzer und Geschirr waren nicht, wie Max zuerst vermutet hatte, dreckig, sondern sehr sauber, was im Zwielicht der Bilder seiner Handykamera nicht klar zu sehen war. Das Geschirr lag, wie er schon beim ersten Ansehen festgestellt hatte, nicht wahllos herum, sondern folgte einem gewissen Muster. Die großen Teller und die Untersetzer bildeten das "Hauptbauwerk", wie Max es für sich nannte, die Messer, Gabeln und Löffel grenzten die Tassen als "Nebenbau" ab, von denen es 2 gab. Und wieder das Gleiche: er konnte sich keinen Reim darauf machen, was das bloß zu bedeuten hatte...

Er machte noch einige Bilder, jetzt bei besserem Licht und aus verschiedenen Blickwinkeln.

Bevor Max wieder relativ resigniert das Zimmer verließ,

wandte er sich dem Fenster zu und warf einen Blick hinaus, man hatte eine gute Sicht über die anschließenden Wiesen und Äcker. Doch als er sich schon umdrehen wollte, sah er zwei kleine Figuren, die sich aus weiter Ferne näherten. Auch wenn es sich lediglich um Spaziergänger handeln konnte, war Max neugierig und wartete, bis die Beiden nah genug waren, um sie zu erkennen, es waren die selben Personen, die er schon einmal hier auf dem Gelände getroffen hatte: der wütende Bauer und Veterinäramtsmitarbeiter Jörg Sämmel!

Max konnte zwar nicht hören, worüber sie sich unterhielten, aber es musste wieder ein Streitgespräch sein, das erkannte man leicht an der Mimik und Gestik des Bauern. Max wollte den Fenstergriff drehen, doch den suchte er vergebens, es gab lediglich ein kleines Schlüsselloch.

"Freddy, hast du einen Schlüssel zu dem Fenster hier?"

"Aber sicher doch!" Er kam mit seinem riesigen Schlüsselbund an und steckte einen kleinen Silbernen in die Öffnung und drehte diesen, doch damit war nicht etwa das Fenster entriegelt, sondern lediglich der eigentliche Schlossschutz, den er herauszog und sogleich einen weiteren, diesmal etwas größeren Schlüssel, in die freigelegte Öffnung steckte.

Als das Fenster endlich geöffnet war, schlug Max schon die Schimpftirade entgegen.

"Was bilden Sie sich ein, Sie verkommener Paragrafenschrubber! Weltfremder Föderalismus-Faschist! Verbeamteter Wichsfehler, Sie!"

Auch wenn ihm der Einfallsreichtum des Bauern beeindruckte, sollte er die Sache lieber wieder vor der Eskalation entschärfen, falls das noch möglich war.

"Einen recht schönen guten Tag, die Herren!", tönte

Max aus dem geöffneten Fenster, was die beiden Personen zusammenzucken ließ.

"Herr... Kommissar", drückte Veterinäramtsmitarbeiter Sämmel erschrocken hervor.

"Ah, Kommissar Schneider! Wo waren Sie denn gestern?", wollte der bärtige Bauer wissen.

"Gestern?"

"Ja, Sie wollten doch einen auf Vermittler machen, im Polizeirevier."

Das war Max vollkommen entfallen, wohl auch wegen seinem unfreiwilligen Kelleraufenthalt im Polizeirevier... "Tut mir sehr leid, gestern war einer dieser speziellen Tage..."

"Ja, hätte wohl sowieso nichts gebracht, mit diesem hirnentkernten Amts-Arschloch!" Der Bauer hatte sich wieder an Jörg Sämmel gewandt.

"Mir reicht es jetzt! Ich werde Anzeige erstatten!" Herr Sämmel war nun sichtlich ungehalten.

"Das will ich sehen!"

"Das werden Sie auch!"

"Nun mal ganz langsam...", kam es von Max beschwichtigend. "Bevor hier irgendwer irgendwen anzeigt, sollten sich erst mal die Gemüter abkühlen. Von daher gehen Sie, Herr Sämmel, rechts am Haus vorbei und der gute Bauer links."

"Warum sollte ich mir von Ihnen was sagen lassen?", ereiferte sich Herr Sämmel.

"Weil ich hier eine Mordermittlung führe und Sie Ebendiese mit Ihrem Gemecker stören. Und wer meine Ermittlungen stört, der fährt ein. Also hauen Sie nach rechts ab."

"Aber mein Auto steht vorne auf dem Parkplatz!" Sämmel wies mit beiden Händen in die Richtung, in die Max den Bauern geschickt hatte.

"Dann müssen Sie wohl einen kleinen Umweg machen. Und jetzt: hauen Sie ab!"

Sämmel starrte wutentbrannt auf den Kommissar, ehe er sich schimpfend davon machte. Der Bauer, der schon den Weg der ihm von Max zugewiesen wurde entlangging, wandte sich nochmals um und reckte grinsend einen Daumen hoch Richtung Max, dieser erwiderte den Daumen.

Nachdem dieser Streit beigelegt, oder besser gesagt, vertagt war, nahm er sein Smartphone zur Hand und wählte den Eintrag seines Kollegen Arni. Ein Läuten und es wurde abgenommen.

"Hey, Max, was tut sich bei dir?"

"Zuviel und doch zu wenig. Ich brauche mal was von dir..."

"Was braucht denn der gute Herr Kommissar von seinem Handlanger?"

"Eine Info. Über einen gewissen Jörg Sämmel. Mitarbeiter des Landratsamtes im Veterinärbereich."

"Sämmel... Irgendwas klingelt da bei mir..."

"Dann lass es mal lauter klingeln und sag mir Bescheid, sobald es ohrenbetäubend wird. Bis dann Arni."

Gespräch beendet, neues Gespräch begann. Nun war sein Kollege Derek an der Reihe.

Hier dauerte es wesentlich länger, bis der Anruf angenommen wurde. "Max, jetzt hetz' mal nicht, ich bin ja schon fast auf dem Weg, um dich abzuholen!"

"Darum gehts nicht, ich will die Nummer, oder besser gleich die Adresse von eurer Spurensicherung."

"Immer langsam, das geht so nicht..."

"Und ob das geht! Wenn du denen kein Feuer unterm Arsch machen kannst, übernehm ich das und trage dafür die Verantwortung."

"Das fällt aber auf mich zurück."

"Wird es nicht. Und falls doch, kannst du dich mit dem guten Gefühl trösten, das Richtige getan zu haben."

"Das ist zu wenig, mein Junge."

"Gut, dann eben so: was müsste ich tun, um auf die Fährte eurer Spurensicherung zu kommen?"

"Keine Ahnung, aber ich könnte dir eine gute Eisdiele empfehlen."

"Verdammt, was soll der Scheiß? Ich kenne eure Eisdiele hier, und..." Max hielt inne. Ja, er kannte die Eisdiele, er wurde vor einigen Tagen von seiner Mutter dazu gezwungen, dort an einem verregneten Tag ein Eis zu essen. Aber das war es nicht, was ihn verstummen ließ, sondern der weiße Kleinwagen, den er in einer Seitenstraße neben der Eisdiele gesehen hatte, dieser hatte einen Heckscheibenaufkleber mit der Aufschrift "Spusi". Max hatte das in diesem Moment für einen Scherz gehalten und er war sich noch nicht ganz sicher, ob Derek ihn damit nur veralbern wollte.

"Ich soll mir also ein Eis genehmigen?"

"Ganz genau. Und am Besten setzt du dich bei diesem schönen Wetter nach draußen."

Der Wink war deutlich genug, also bedankte sich Max und wollte sich schon auf den Weg zur Eisdiele machen, als ihm einfiel, dass er auch noch ein Gespräch mit Dr. Psychopath führen, oder es zumindest versuchen konnte. Schließlich wollte sich dieser verhinderte Kunstkritiker am Vortag über das Schaffen seines "Patienten" so gerne austauschen.

"Freddy, hat euer bester Doktor gerade Visite?"

"Wenn du unseren Dr. Psychopath meinst, der wurde heute in die offene Abteilung verlegt, als Vorbereitung für seine Entlassung."

"Wenn Ihr euch damit nur kein Ei ins Nest legt...", meinte Max gedankenverloren, während sie das Zimmer von Udo L. Sern verließen.

"Sicher nicht, Max. Er ist keine Gefahr, weder für sich, noch für Andere. Wir entlassen hier Niemanden leichtfertig."

"Das will ich hoffen, der Kerl hält sich ja selbst für verrückt."

Freddy schmunzelte. "Hehe, deutliches Anzeichen."

"Dafür, wie verrückt er ist?"

"Nein, ein Verrückter würde niemals zugeben, verrückt zu sein. Für ihn sind alle Anderen verrückt, nur er selbst nicht."

Max blieb stehen und starrte Freddy verständnislos an. "So einfach macht Ihr euch das hier?" Er war regelrecht schockiert.

"Bist du bekloppt? Natürlich nicht, aber es ist eines von vielen Puzzleteilchen. Und man fragt einen wie ihn auch nicht direkt danach, ob er verrückt ist, da können einem geistig Verwirrte eine Menge erzählen, teilweise sogar sehr überzeugend. Was glaubst du, wieviele Typen Psychologen schon hinters Licht geführt haben? Da braucht es schon einen psychoanalytischen Fachmann. Bei solchen Gesprächen geht es um die unbewussten Dinge, Belanglosigkeiten nach außen, in denen sich die Spreu vom Weizen trennt, in diesem Fall die wirklichen Geisteskranken von den Simulanten. Wenn diese Dinge alle überein kommen, dann wird eine Entscheidung getroffen, nicht früher und bestimmt nicht leichtfertig."

"Hm, gut, dann werd' ich das mal so annehmen." Max war ein wenig beruhigter, da sein alter Kumpel recht überzeugend wirken konnte, wenn auch mehr im beruflichen, denn im privaten Bereich. Der Rat, den Freddy ihm schon vor Jahren gegeben hatte, sich glatt zu rasieren, hatte Max nie befolgt und hatte es auch nicht vor.

"Und wer hat diesen Dr. Psychopath beurteilt?"

"Prof. Dr. Dr. Sackebier."

Die Überzeugung, die Max eben noch fast übernommen hätte von seinem Kumpel, war zur Gänze wieder verflogen.

Kapitel 20

Eine gute viertel Stunde und einen strammen Fußmarsch später befanden sich die Beiden wieder im offenen Bereich der Nervenheilanstalt, wo Max am vorherigen Tag einige "nette" Bekanntschaften gemacht hatte,
den guten alten Herrn Artzinger, der ihn für seinen Sekretär "Lehmann" hielt, dann noch den Leibwächter dieses alten Idioten und zu guter Letzt seinen alten Bekannten Danny Fux, den er aus einem früheren Fall kannte
und der ihn für eine Halluzination gehalten hatte...

Max sah sich suchend um, doch keiner seiner Bekannten
war zu sehen, es waren an sich nicht viele Leute unterwegs auf den Fluren, die Wenigen die nicht auf ihren
Zimmern waren, machten allesamt einen normalen Eindruck, wenn auch ein wenig ruhig und in sich gekehrt. Da
sah man es wieder: es gab genügend Menschen, die eine
Nervenheilanstalt aufsuchen mussten und nicht im Ansatz etwas Verrücktes an sich hatten, Einige hatten mit
Sicherheit nur Pech im Leben gehabt und wurden damit
psychisch nicht fertig. Max bedauerte diese Leute, etwa
im gleichen Maße, wie er jene verabscheute, die nie eine
Irrenanstalt von innen gesehen hatten und wohl auch nie
sehen würden, es aber mit ihren Taten und ihrem Denken mehr als verdient gehabt hätten, weggesperrt zu
werden damit sie der Allgemeinheit keinen Schaden
mehr zufügen konnten.

Schon wieder hatten ihn seine Gefühle übermannt, das
war ärgerlich, wenn es auch in diesem Moment wohl keinem aufgefallen sein mochte, aber er hasste es, sich
nicht im Griff zu haben, außerdem behinderte es ihn bei
seiner Arbeit.

Freddy ließ Max am Empfangstresen stehen und sagte ihm, dass er Dr. Psychopath aus seinem Zimmer in das Gesprächstherapiezimmer bringen würde.

Max lehnte locker an einer Wand, als aus einem der Zimmer der Hüne vom Vortag trat, zum Glück ohne seinen "Chef" Herrn Artzinger. Als der große Kerl Max erblickte, setzte er ein Lächeln auf.

"Ah, der Herr Kommissar!" Er hielt sich zur Begrüßung zwei Finger an die Stirn, genau wie gestern bei Frau Menz, doch die Geste und den Ausspruch "Schubkarre" ließ er weg.

"Guten Tag, Ihnen auch, Herr...?"

"Adalbert. Arnwald Adalbert. Habe die Ehre." Er reichte Max eine grobschlächtige Hand.

"Max Schneider." Max schüttelte die Hand; er musste feststellen, dass Herr Adalbert einen ebenso festen Händedruck hatte wie sein alter Freund Derek.

"Und was macht Ihr Chef?"

"Ha! Der alte Artzinger. Nehmen Sie's ihm nicht krumm. Glaubt nur mittlerweile selbst an seine Tatterigkeit, aber wenn's ihm Spaß macht..."

"Wie meinen Sie das, er glaubt an seine Tatterigkeit?"

"Na, der ist doch damals, vor etwa 5 Jahren, gewollt hier rein, um seine Ruhe zu haben."

"Vor wem denn?"

"Na vor seiner lieben Frau!"

"Vor seiner Frau?", wollte Max ungläubig wissen.

"Aber ob! Hat ihm das Leben zur Hölle gemacht, die Alte, aber sowas von! Ganze 23 Jahre Altersunterschied."

"Ach, der gute Herr Artzinger hat sich was Junges geangelt und ist dann damit nicht klar gekommen?" Das amüsierte Max.

"Quatsch, Sie ist 23 Jahre älter!"

"Was? Aber warum...?"

"Na, wegen der Firma. Die Alte war die reichste alte Schachtel in der ganzen Gegend. Und da hat sich der junge Artzinger gedacht: da kann man was Abgreifen. Also schöne Augen und einen Antrag gemacht. Hat nur nicht damit gerechnet, dass die alte Schabracke mit Mitte 50 noch mal wirft, haha! Da hatte der berechnende junge Kerl plötzlich ein Balg und das gemeinste Teufelsweib vom Bezirk am Hals."

"Kaum zu glauben..."

"Nicht wahr? Und die Alte hat ihm das Leben zur Hölle gemacht, das können Sie glauben. Er hatte ja darauf spekuliert, dass er sie so eingelullt hatte, dass sie nicht an einen Ehevertrag denkt, aber die war mit allen Wassern gewaschen und mit einem findigen Rechtsverdreher gesegnet, ihrem Neffen. Die Scheidung hätte ihm dank dem Ehevertrag ein Butterbrot gebracht, aber sie hätte ein Recht auf Kindesunterhalt gehabt. Toller Anwalt, was? Hat seine eigene Kanzlei, wo ihr Sprössling mittlerweile Partner ist. Partner! Und das mit gerade mal 30 und wenig Hirn in der Pfanne, tja... Also hat Artzinger mit Anfang 60 einen auf tatterig gemacht und ist hier freiwillig rein. Hat sich natürlich jegliche Besuche von seiner lieben Frau verbeten."

"Aber Sie kam trotzdem?"

"Nicht zu Besuch, nee nee. Sie ist gekommen, um zu bleiben."

"Hä? Wie meinen Sie das?"

"Hat sich einfach auch hier einweisen lassen, keine 6 Monate nach ihm, meinte, Sie kann ihre Körperfunktionen nicht mehr kontrollieren und nicht mehr allein für sich sorgen. Von wegen, sie wollte ihm nur nicht seinen Frieden gönnen. Hat ihm in jeder freien Minute vollgelabert, beleidigt und geschlagen, das war die Zeit, als er mich zu seinem "Leibwächter" ernannt hat."

"Und Sie haben das einfach so mitgemacht?"

"Naja, so ein bisschen Mitleid hat man schon, also hab ich mitgespielt. Hat am Anfang auch was geholfen, hat seltener die Möglichkeit gehabt, ihn fertig zu machen, dafür hat sie's ihm aber, wenn sie konnte, doppelt und dreifach reingedrückt, wenn ich nicht da war."

"Und die ist immer noch hier auf der Station?"

"Hehe, nee, nicht mehr, seit der Schlägerei."

"Welche Schlägerei?"

"Da war ich beim Doc. Sie is' ausgerastet, weil er ihr das Essen nicht anständig kleingeschnitten hat. Tablett, Teller und Tassen hat sie ihm übergezogen, hatte viele Prellungen und 'ne gebrochene Nase, da kam sie in die Geschlossene. Lässt sich jetzt den Hintern nicht mehr von ihrem Mann, sondern von jungen Pflegern abwischen und ich sag' Ihnen was: die genießt das! Aber seit damals hat er 'nen Schlag weg, hat dauernd Angst, dass sie wieder kommt."

Jetzt machte es klick bei Max. Die Frau, die Freddy so freundlich herbei gerufen hatte, als er das erste Mal in der Forensik war... Er hatte Freddy durch die geschlossene Tür "Frau Artzinger" sagen hören!

Das war eine interessante Geschichte, wie Max fand. Und wieder einmal zeigte sich, dass Jeder eine Entwicklung hinter sich hatte, die einem zu dem werden ließ, der man war.

Das Gespräch ging noch ein paar Minuten weiter und Max fand diesen Adalbert immer sympathischer. Er war einmal Profiboxer gewesen, der sich auch im Wrestling versucht hatte, doch der Alkohol hatte ihm seine Karriere und Zukunft geraubt. Mit dem Alkohol hatte er angefangen, als ihn seine Frau verlassen und sich seine psychischen Probleme wegen seiner steigenden Bekanntheit und den Erwartungen an ihn ebenso schnell erhöht hatten wie der Stand seines Bankkontos. Seine 15 Minuten Ruhm hatten ganze 3 Jahre gedauert, nach seinem Totalabsturz kam er erst in die geschlossene Abteilung zur Entgiftung vom Alkohol und anschließend auf die offene Station, aus der er auch entlassen werden sollte. Doch dort draußen hatte er nichts mehr, wohin er zurückkehren konnte, also blieb er einfach freiwillig hier, unter dem Vorwand von psychischen Problemen. Rückblickend, so sagte er zu Max, hatte er die beste Zeit seines Lebens hier, er wurde trocken und psychisch ging es ihm soweit auch wieder besser.

Gerade als Max danach fragen wollte, was es mit der Bezeichnung "Schubkarre" für Frau Menz auf sich hatte, kam Freddy mit Dr. Psychopath im Schlepptau an. Er verabschiedete sich von Arnwald und folgte Freddy in das Zimmer für Gesprächstherapie.

"Verdammte Scheiße!", tönte es durch die Flure der Station. Viele der Insassen, die sich auf den Gängen aufgehalten hatten, zuckten erschrocken zusammen. Es war ein Poltern zu hören, so als ob sich jemand gegen eine Tür geworfen hätte.

"Hilfe!" Die selbe Stimme, gefolgt von einem abermaligen Poltern.

Freddy, der gerade eine Zigarettenpause eingelegt hatte im Raucherraum, kam sehr hastig heran, er hatte die Stimme seines alten Kumpels Max erkannt. Er kramte nach dem Schlüsselbund und fingerte den richtigen Schlüssel hervor. Auf Bitten von Max hatte er den Raum verschlossen, weil Max nicht gestört werden wollte, bei seinem Verhör.

Als er endlich das Schloss geöffnet hatte, fiel ihm sein Kumpel schon regelrecht in die Arme, mit einem Blutrinnsal unter der Nase und einem geröteten Gesicht. Im hinteren Bereich des Raumes stand Dr. Psychopath mit versteinerter Miene und zu Fäusten geballten Händen.

"Großer Gott! Was... ist hier passiert?"

"Das fragst du noch? Euer Psychopath macht seinem Namen alle Ehre!", drückte Max hervor, während er sich mit Freddy's Hilfe aufrappelte.

Freddy drückte den Panikknopf an seinem Gürtel und wenige Momente später rannten ein halbes Dutzend breitschultriger Krankenpfleger den Gang entlang und in den Raum, in dem Dr. Psychopath noch immer so dastand wie zu dem Zeitpunkt, als Freddy die Tür geöffnet hatte.

Es dauerte kaum eine Minute, da war er überwältigt und wurde auf einer Trage fixiert und aus dem Zimmer getragen.

Max beobachtete das Schauspiel zusammen mit Freddy. Als die Pfleger den fest gegurteten Insassen den Flur entlang zum Ausgang trugen, ergriff Dr. Psychopath nochmals das Wort, vollkommen ruhig und gefasst, als säße er einem Patienten an einem Schreibtisch gegenüber.

"Melden Sie sich bitte in der nächsten Woche bei mir, Herr Kommissar. Ich möchte gerne wissen, ob meine Behandlung bei Ihnen zum Erfolg geführt hat." Nach diesen Worten war er weg, auf dem Weg zurück in die Forensik, aus der er so schnell wohl nicht wieder herauskommen würde.

Freddy entschuldigte sich bei Max, doch er meinte, dass ihn keine Schuld traf, schließlich wollte er ja mit dem Patienten eingeschlossen werden. Wenn jemand Schuld war, "dann dieser Biersack", meinte Max.

 Nachdem Max noch ein paar Worte mit Freddy gewechselt hatte, machte er sich lächelnd auf zu seinem nächsten Ziel. Auch wenn diese Vernehmung schmerzhaft war, so hatte er ein paar interessante Informationen erhalten, die es zu überprüfen galt. In Gedanken richtete er ein Dankeschön an Dr. Psychopath.

Kapitel 21

Sein Gesicht und die Schulter schmerzten zwar noch, als hätte er sich eine Schlägerei mit einem Profiboxer geliefert, trotzdem ging er zügigen Schrittes seinem Ziel entgegen, das nur noch wenige Meter vor ihm bei der örtlichen Eisdiele lag. Er erblickte schon den Kleinwagen, der halb um die Häuserecke geparkt stand, den er vor einigen Tagen bereits gesehen, ihm aber keine Bedeutung beigemessen hatte; das war nun anders, nach dem dezenten Hinweis von Derek und einem weiteren Fingerzeig.

Er kam an dem Auto an, auf dessen Heckscheibe das Wort "Spusi" stand, angebracht mit einem offenbar selbst entworfenen Aufkleber.

Max schlenderte um das Gebäude der Eisdiele herum und stand nun direkt neben dem Wagen. Er sah sich suchend nach einem weiteren Hinweis in dem alten, wenn auch gepflegten, Kleinwagen um, ehe er den Suchradius erweiterte und sich die Türen der angrenzenden Häuser näher ansah, beziehungsweise die Klingel- und Briefkastenschilder. Und siehe da, er wurde fündig, an einer Tür direkt neben der Notaufnahme des hiesigen Krankenhauses, wie er vermutete. Mit dickem Filzstift hatte jemand "Spusi" auf ein viel zu kleines Klingelschild geschrieben, ebenso auf den Schlitz des Briefkastens, der direkt in die metallene Haustür eingearbeitet war. Noch ehe Max den Klingelknopf drückte, vernahm er gedämpfte Musik hinter den Wänden des Gebäudes.

Max drückte den Klingelknopf und wartete eine halbe Minute, doch nichts geschah. Nochmal das Gleiche, doch diesmal blieb Max länger und entschiedener auf dem

Taster, wieder keine Reaktion. Dritter Versuch, diesmal drückte er den Knopf bis zum Anschlag und das für eine Dauer die seiner gesamten bisherigen Wartezeit entsprach, abermals vergeblich. Er wollte schon wutentbrannt aufgeben, doch boxte er noch kurz gegen den Türknauf und die Tür öffnete sich einen Spalt breit. Max hätte sich am Liebsten selbst Eine gelangt, aber das unterließ er dann doch. *'Nein, nicht schon wieder...'*

Er schob die Tür komplett auf und sah sich in dem Flur um, wo Nichts zu sehen war, was auch nur im Ansatz nach Spurensicherung aussah. Die Musik war nun etwas lauter zu hören, aber immer noch relativ gedämpft, als ob sich die Quelle noch mindestens hinter 2 Wänden befinden musste.

Es gab hier außer der Eingangstür noch 3 weitere, jeweils Eine an jeder Wand des Flures, alle mit Hinweisschildern versehen, die aus einem beschrifteten Din A 4-Blatt bestanden. Auf der rechten Seite stand "Lager", die Tür geradeaus hatte "Privat" und die linke Pforte die Aufschrift "Kein Zutritt". Das nahm Max als Aufforderung wahr, also bog er nach Links ab; aus der Nähe sah man, dass wohl der selbe Filzstift verwendet wurde, wie für den Briefkasten und das Klingelschild. Er drückte die Klinke, die Tür war ebenfalls nicht verschlossen. Hinter der Tür kam eine Treppe nach unten zum Vorschein und die Musik wurde wieder ein wenig lauter, Max konnte mittlerweile die Melodie und einzelne Worte des Liedtextes erkennen.

"... und der..."

Es wurde immer lauter, während Max die Treppenstufen hinab stieg und in einem weiteren Flur landete.

"... hat Tränen..."

Diesmal gab es nur eine Tür, die aus dickem Eichenholz

zu bestehen schien.

"... laufen vom Gesicht..."

Nach seiner bisherigen Erfahrung sollte auch diese Tür unverschlossen sein, also testete er erneut sein Glück. Das Klopfen sparte er sich, da man es aufgrund der Musik wohl sowieso nicht gehört hätte. Er betätigte die gusseiserne Klinke und schob die schwere Tür auf.

"... doch der Haifisch lebt im Wasser, so die Tränen sieht man nicht..."

Nun bekam Max die volle Dröhnung der Musik ab und auch wenn der Hausherr einen guten Musikgeschmack hatte, so war es hier eindeutig zu laut nach seiner Meinung. Doch nicht nur die Lautstärke der Musik, die ganze Situation war Max eine Spur zu heftig. Er stand hier in einem vermutlich recht alten Gewölbekeller, allerdings aufwändig renoviert, hier befanden sich meterlange Aktenschränke an den Wänden, ein riesiger Computerbildschirm, einige Gerätschaften die Max an das Labor seiner Spurensicherung erinnerten, Unmengen an mutmaßlich leeren Pizzaschachteln mit zusammengeknüllten Fast Food-Tüten obenauf und inmitten all dessen ein hagerer Typ in schwarzen Hosen und weißem Kittel, unter dem er kein Hemd trug, mit einem schwarz-blonden Iro und einem dünnen Kinnbart, der mit wilden Verrenkungen zu der ohrenbetäubenden Musik "tanzte", während er, die Augen geschlossen, den Text scheinbar mitgrölte. Er drehte sich schwungvoll um die eigene Achse und wandte Max nun den Rücken zu.

"Bin ich hier im Irrenhaus gelandet? Nein, da bin ich gerade raus..." Max hatte diese Worte laut ausgesprochen, doch konnte er sich nicht selbst hören, dank der Musik.

Er ging kopfschüttelnd zu diesem Typ, der ihn nicht bemerkt hatte, und tippte ihm auf die Schulter, woraufhin er zusammenzuckte. Er wirbelte herum und starrte Max erschrocken an. Er sagte wohl so etwas wie: "Wer sind Sie und was wollen Sie hier?" Doch Max konnte das nur vermuten, weil er wegen der Hintergrundmelodie lediglich die Lippenbewegungen sah.

Max bewegte die Lippen, sagte aber nichts, hätte ja eh keinen Sinn gehabt, woraufhin sein "Gesprächspartner" die Brauen zusammenzog und ihn fragend anstarrte. Max tippte sich daraufhin an ein Ohr, was ein Licht bei dem Metal-Punker aufgehen ließ. Er griff in eine Kitteltasche und zog eine Fernbedienung heraus auf der er einen Knopf drückte, der die Musik verstummen ließ.

"Schon besser." Max war zufrieden, sein Hörnerv konnte sich endlich wieder erholen.

"Ja, aber wer sind Sie?" Sein Gegenüber war noch immer leicht verschreckt.

"Kommissar Max Schneider."

"Aha, und was wollen Sie?"

"Tja, was kann ein Kommissar wohl von der Spurensicherung wollen?", meinte Max in übertrieben nachdenklichem Ton.

"Ah, sind Sie neu hier?"

"Kann man so sagen, warum?"

"Dann wissen Sie wohl nicht, wie das hier läuft." Das kam schon selbstsicherer. "Ich bekomme meine Aufträge direkt von ganz oben." Da hörte Max Resignation heraus.

"Ich spare mir einfach mal die Frage, wo dieses 'ganz oben' ist, aber ich bezweifle, dass Sie in der letzten Zeit überhaupt irgendwelche Aufträge erhalten haben."

"Kommt ganz drauf an, wie Sie 'in der letzten Zeit' definieren." Er hielt sich zurück und sprach sehr unverbindlich, wohl aus Erfahrung mit 'ganz oben'.

"Die Definition wäre, in den letzten Tagen, hier ganz in

der Nähe, im Garten und einer Räumlichkeit auf dem Gelände der hiesigen Nervenheilanstalt."

"Hm, da könnten Sie nicht ganz unrecht haben." Immer noch nicht entschlossen, sich festzulegen.

"Gut, dann mal Klartext: Sie haben keinerlei Auftrag erhalten, bei dem Todesfall der sich ereignet hat, Spuren zu sichern, nicht wahr?"

"Ich weiß jedenfalls von keinem Auftrag in diese Richtung, aber meine Sekretärin ist zur Zeit verreist." Er setzte eine Unschuldsmiene mit einem leichten Lächeln auf.

"Ebenso wie Ihre Haushälterin, vermute ich mal. Aber egal, kommen wir zur Sache, ich will, dass Sie Ihren Iro in die Hand nehmen und sich daran machen, die Spuren dort zu sichern, solange noch welche zu finden sind."

"Jetzt mal ganz langsam, wie ich schon gesagt habe, ich bekomme meine Aufträge..."

"... ab heute von mir, und zwar nur noch von mir", herrschte Max ihn an. "Ihr Job ist es, Spuren zu sichern. Also, packen Sie Ihren Arsch zusammen, setzen Sie sich ein paar Kopfhörer auf, für den Fall, dass Sie dann besser arbeiten können, und sichern Sie, verflucht nochmal, die Spuren!"

"Aber die Verantwortung dafür..."

"... übernehme ich. Richten Sie nur jedem, der Sie danach fragt, aus, dass Kommissar Max Schneider Sie dazu bevollmächtigt hat."

"Sie verlangen von mir, dass..."

"... Sie Ihre Arbeit machen. Und zwar so gewissenhaft wie nur irgend möglich. Achja, wo wir gerade dabei sind: an der Wand des Zimmers, dass Sie untersuchen sollen, gibt es ein recht beeindruckendes Wandgemälde, das beschädigen Sie mir bloß nicht! Lediglich die Stelle, an der augenscheinlich etwas weggewischt wurde, untersuchen

Sie auf alles, wenn nötig, schneiden Sie die Tapete raus, von mir aus auch den ganzen Putz und wenn's sein muss auch noch die dahinter liegenden Ziegelsteine." Da fiel Max noch etwas ein. "Und übrigens: schöne Grüße von Ron."

Max rechnete mit weiteren Widerworten, Ausflüchten und dergleichen, doch stattdessen wandte sich der Punk-Metler zu einer Ablage um, griff sich einen Koffer mit einem ebenfalls handschriftlichen "Spusi" darauf und einen Schlüsselbund. Anschließend eilte er an Max vorbei in den Flur.

"Alles klar, ich fang' sofort an! Ziehen Sie einfach die Tür hinter sich zu, wenn Sie gehen!" Aus seiner Stimme konnte man freudige Erwartung heraushören.

Kapitel 22

'So lässt es sich leben...', dachte sich Max, während er sich auf einem gemütlichen Bistrostuhl unter einem Sonnenschirm sitzend ein Vanilleeis mit Sahne schmecken ließ.

Kaum war er aus dem Gebäude der "Spusi" getreten, hatte der Himmel aufgeklart und die Sonne lachte ihm ins Gesicht, was lag da näher als in der nahegelegenen Eisdiele einzukehren und sich ein wenig zu entspannen. Das war heute auch der Fall, nicht wie bei seinem letzten Besuch in diesem Lokal, da musste er nicht nur einen von Regenwolken verhangenen Himmel, sondern auch seine Mutter ertragen, was ihm heute Beides erspart geblieben war. Desweiteren hatte er noch einen Anruf von seinem Kollegen Arni aus der Heimat erhalten, der ihm Informationen zu seinem Bekannten vom Veterinäramt mitzuteilen hatte, die sehr interessant waren. Der gute Herr vom Landratsamt war Arni zwar nicht persönlich bekannt, doch hatte er von ihm gehört im Zuge eines alten Falles von Max, dem des toten Tauchers in der Badewanne. Jörg Sämmel war damals der Abteilungsleiter im Landratsamt, der dafür verantwortlich zeigte, dass dem Wasserpanscher Paramo, der verunreinigtes Mineralwasser auf den Markt gebracht hatte, kein neuer Gesundheitsprüfer zugeteilt wurde, in einvernehmlicher Kungelei mit einem damaligen Polizeirat, den Max nur zu gut kannte. Der Kommissar hatte die Beteiligten an dieser Vetternwirtschaft im Verborgenen zur Verantwortung ziehen lassen, sodass jeder von Ihnen, wenn auch nicht vor Gericht, eine gerechte Strafe erhielt, im Falle des Abteilungsleiters die Strafversetzung mit inbegriffener Degradierung. Max hatte Jörg Sämmel damals nie persönlich gesehen und den Namen wohl auch nur am Rande mitbekommen, was erklärte, warum er ihm nicht im Gedächtnis geblieben war, dieser Aspekt des Falles hatte wenig mit den Umständen des Todesfalls zutun, den Max damals aufzuklären hatte, wenngleich ihm dieses Dreckswasser aus Paramo's Fabrik einige Tage das Leben schwer gemacht hatte...

Dieser Sachverhalt erklärte natürlich Jörg Sämmels Abneigung gegenüber Max, schließlich war es ein tiefer Fall, von der Stelle eines Abteilungsleiters mit viel theoretischer Arbeit im Landratsamt zu einem Veterinäramtsmitarbeiter der sich mit der Genehmigung von Schweineställen live vor Ort herumplagen musste. Trotzdem war Max der Meinung, dass es dieser Kerl noch zu gut getroffen hatte, in Anbetracht seiner alleinigen Verantwortung für seine neue Situation.

Gerade als Max sein Eis verputzt hatte und sich daran machen wollte zu gehen, sah er wie 2 Personen die Straße überquerten und zielstrebig auf ihn zuhielten. Nach wenigen Sekunden erkannte er beide und entschied sich, doch sitzen zu bleiben, bei dem, was auf ihn zukam. Mit Derek hätte er keine Probleme gehabt, aber Prof. Dr. Dr. Sackebier hätte er jetzt wirklich nicht gebraucht. Er lehnte sich zurück und wollte noch ein paar wenige Augenblicke Ruhe und Frieden in sich aufnehmen...

"Was fällt Ihnen nicht ein?!", kam es, ohne Begrüßung vom ärztlichen Leiter des Krankenhauses.

"Was soll mir denn nicht einfallen?", wollte Max mit einer gleichgültigen Unschuldsmiene wissen.

"Sie schicken mir diesen... Gammler, in mein Krankenhaus, der behauptet, von der Spurensicherung zu sein und Auftrag von Ihnen hätte, eine Wand abzutragen!" Sackebier brüllte so laut, dass sich selbst die Leute von der anderen Straßenseite umdrehten, er übertönte sogar die vorbeifahrenden Autos und einen alten Traktor, der, laut klappernd, vorüber fuhr.

"Hm, alles soweit richtig, und weiter?"

"Weiter? Wie... Was bilden Sie sich..." Er griff sich an die Brust und japste nach Luft. Sackebier schien kurz vor einem Herzinfarkt oder einem Kreislaufkollaps zu stehen. Max fragte sich, ob er sich selbst verarzten konnte, oder ob man vielleicht doch einen Krankenwagen rufen sollte, aber die paar Meter bis zu seinem Arbeitsplatz hätten er und Derek den Oberarzt auch noch schleppen können, jeder ein Bein gepackt und als Sack hinter sich herziehend.

"Wenn das alle Ihre Fragen waren, Herr Prof. Dr. Dr. Sacktier, empfehle ich mich." Max stand auf und nickte seinem Kumpel Derek, der die ganze Zeit still grinsend neben Sackebier verharrt war, fragend zu. "Kannst du mich in meine Herberge bringen?"

"Klar, machen wir uns gleich los!"

Die beiden Kommissare ließen den geschwächten Sackebier stehen und machten sich auf zu dem alten Schlachtross, dass Derek sein Auto nannte und auf dem Parkplatz des hiesigen Polizeireviers geparkt war.

Die Zeit rannte und es war schon früher Abend, Max hatte noch eine Einladung zu einer kleinen Dorffeier am sogenannten "Wiesla", doch bevor er sich dorthin auf den Weg machen konnte, sollte er bei seinem Wirt noch in Erfahrung bringen, wo sich dieser Ort überhaupt befand...

In seiner Stammkneipe angekommen ging er sogleich in den Gastraum und erblickte die Dame des Hauses beim Wischen des Bodens. Er begrüßte sie freundlich und erkundigte sich nach dem Wirt. Lächelnd wurde ihm gesagt, dass sie ihn holen werde, er würde mal wieder an seinem PC sitzen und vermutlich zocken. Diesen Drang verspührte auch Max des Öfteren, offenbar verband ihm mit dem Wirt das ein oder andere Hobby.

Nach knapp einer Minute, in der Max aus dem Fenster sah und eine große Zahl an Fußgängern vorüber ging, trat der Wirt mit anscheinend frisch gestutzten Haaren in die Wirtsstube. Der Bart, der in den letzten Tagen mehr breit wirkte, war zu einer glänzend steifen Spitze modelliert und machte den Eindruck, als könnte sie eine Kugel abfangen.

"Wow, das nenne ich einen Bart!", entfuhr es Max.

"Danke, hab' mir auch verdammt viel Mühe gegeben. Stundenlange Arbeit mit Bartkamm, Bartöl und Bartwachs."

"Fehlt nur noch das Bartshampoo", meinte Max grinsend.

"Kommt morgen, per Nachnahme", entgegnete der Wirt zwinkernd. "Wie kann ich helfen, Max?"

"Ich wollte nur mal den genauen Weg zu diesem... 'Wiesla' erfragen."

"Aja, stimmt, also das ist eigentlich ganz einfach..." Er ging zum Fenster und öffnete es. "Siehst du die Einfahrt dort oben?" Er deutete die Straße entlang. "Da biegst du einfach links ab, dann immer dem Fahrradweg nach und die 4. Einfahrt auf der gegenüberliegenden Seite rein, einen sanft-strammen Fußmarsch später über die Brücke und nach links, und schon bist du da. Einfach immer dem Feuer nach."

"Ein 'sanft-strammer' Fußmarsch?", hakte Max nach.

"Jo, sanft wenn's trocken ist, ein strammer wenn's vorher geregnet hat." Der Wirt grinste, offenbar hatte er beides schon des Öfteren erlebt.

"OK, das bekomm' ich wohl gerade so hin."

"Denke ich auch mal. Bis wann kommst du raus?"

"Ab wann gehts denn los?", war Max' Gegenfrage.

"Es ist schon losgegangen."

Max sah auf sein Smartphone, um die Uhrzeit zu checken. "Jetzt schon?"

"Sicher, der Aufbau ist sozusagen die 'Before Party'."

"Ah, ok, und wann geht dann die richtige Party los?"

"Das ist meistens ein fließender Übergang, aber ich schätze mal so gegen 8."

"Gut, ich sehe mal, dass ich bis dahin da bin, vielleicht ein paar Minuten später."

"Passt! Und wenn du willst, kannst du auch gern noch ein paar Freunde mitbringen. Dann bis dahin!" Der Wirt verabschiedete sich wieder, mit der Bemerkung, er müsse sich noch fertig machen. Max ging ebenfalls auf sein Zimmer und wollte sich noch etwas auffrischen. Auch wenn er nicht glaubte, dass es auf dieser Wiesla-Party so gehoben zuging, er fühlte sich, als würden seine Klamotten bald ohne ihn rumstehen können.

An anderer Stelle zur selben Zeit in dem kleinen Ort:

Nr. 1 hatte die Ereignisse des Tages zusammengefasst, eines Tages, der für die ganze Gruppe zum Vergessen war.

"Tja, Respekt, diese Aktion hat uns ja sehr weit voran gebracht", meinte Nr. 2 zynisch.

"Hast du einen besseren Vorschlag eingebracht? Ja? Muss mir wohl entgangen sein, du unfähiger kleiner Penner!" Nr. 1 ließ sich nicht in die Ecke drängen, trotz seines Versagens oder gerade deswegen.

"Nun bleiben wir doch bitte mal sachlich, ja, meine Herren? Gut. Also, die geplante Aktion hat den Kommissar nur kurzfristig von seinen Ermittlungen abgehalten, aber wir waren uns im Vornherein klar darüber, dass es ihn nicht komplett aus dem Spiel nehmen wird, von daher lassen wir diesen teilweisen Fehlschlag auf sich beruhen." Natürlich hatte Nr. 3 nicht im Geringsten vor, diesen Rohrkrepierer von einem Plan ungesühnt zu lassen, Nr. 1 hatte dafür gerade zu stehen, aber dies war nicht der Ort und schon gar nicht die Zeit dafür. "Ich hätte einen Vorschlag zu machen: dieser Kommissar scheint mir Einer zu sein, der sich sehr kräftig in etwas verbeißen kann, er lässt dann auch nicht mehr locker, bis er hat, was er will, sind wir uns in dieser Betrachtungsweise einig?"

Nr. 1 und Nr. 2 nickten, auch wenn Sie die ausschweifenden und umständlichen Formulierungen von Nr. 3 nicht ausstehen konnten.

"Das ist wohl die größte Stärke von diesem Schneider, aber ebenfalls seine größte Schwäche. Also geben wir ihm einfach, was er will."

Nun starrten ihn die beiden Anderen fragend an. Nr. 3 rieb sich die Stirn, warum war er nur mit solchen Schmalgeistern geschlagen? "Der Kommissar verbeißt sich gern in Dinge, wenn wir ihn davon nicht abhalten können, dann geben wir ihm ein paar mehr Dinge, an denen er sich abarbeiten kann, Dinge, die ihn und die Personen in seiner unmittelbaren Umgebung betreffen. Wenn er sich damit beschäftigen muss, und sein Ego wird ihn dazu zwingen, haben wir vorerst unsere Ruhe."

"Aber was ist mit den Ergebnissen der Spurensicherung? Das kann uns das Genick brechen", gab Nr. 2 zu bedenken.

"Selbst wenn dieser junge Bursche in dem Kellerloch etwas herausfinden sollte, heißt das nicht, dass der Kommissar diese Erkenntnisse jemals zu Gesicht bekommen wird." Die Stimme von Nr. 3 zeugte von Entschlossenheit.

"Also doch eine weitere Leiche...", kam es resigniert von Nr. 1.

"Und wenn schon." Nr. 2 sah das lockerer. "Es darf nur keine Verbindung zu dem 1. Toten geben, sonst haben wir den Kommissar gleich wieder am Hals."

"Nur keine Sorge, soweit ich weiß arbeitet der gute Junge mit Gerätschaften von Faraday, Desaga und Bunsen." Nr. 3 lächelte kalt. Seine beiden Partner konnten mit dieser Aussage ein weiteres Mal nichts anfangen.

Max war nun frisch geduscht, frisch angezogen und seit 5 Minuten auf dem Weg Richtung Wiesla. Allerdings war mehr Zeit vergangen als geplant, da er noch einen Anruf seiner beiden 'Lieblingslesben' bekommen hatte, Mia und Tanni. Sie meldeten sich zwar sehr selten, aber heute war es mal wieder an der Zeit wie es schien. Nach einigen allgemeinen Sätzen in beide Richtungen fragten sie ihn, ob er schon etwas vorhätte und er antwortete leicht zähneknirschend, dass er auf eine Feier in einem kleinen Ort eingeladen war, ehe ihm der letzte Satz seines Wirtes einfiel und er die Beiden kurzerhand fragte, ob sie nicht auch Lust hätten, hier vorbei zu kommen. Zu seiner Verwunderung sagten sie ohne lange zu Überlegen ja und verabschiedeten sich mit "Wir sehen uns dann am Wiesla!". Offenbar kannten sie sowohl das Dorf als auch den Ort der Feier.

Mit dieser schönen Überraschung hatte sich Max dann auf den Weg gemacht und traf direkt vor der dunklen Wirtschaft mit Mrs. Gedeck und einem weiteren Gast aus der Wirtschaft zusammen. Sie begrüßte ihn herzlich und war ganz aus dem Häuschen, dass sie sich zu Dritt auf den Weg machen konnten, offenbar hatte sie schon zu Hause ein wenig ins Glas geschaut.

Durch die unverhoffte Gesellschaft war der Fußmarsch recht kurzweilig, man unterhielt sich über Dieses und Jenes, natürlich kam die Sprache auch auf den Fall, doch Max konnte natürlich keine Einzelheiten ausplaudern, er sicherte aber nochmals zu, dass er tun würde, was in seiner Macht stehe, ebenso merkte er an, dass die Spurensicherung ihm demnächst wohl neue Anhaltspunkte liefern würde. Da konnte er sich zwar keinesfalls sicher sein, aber er hatte ein recht gutes Bauchgefühl in solchen Dingen.

Max konnte schwer abschätzen, wie lange sie unterwegs waren, als sich seine beiden Begleiter plötzlich in die Straßenböschung aufmachten und über die Straße eilten. Max hatte sich offenbar bei den Einfahrten auf der anderen Straßenseite verzählt, er hatte mit Dieser erst 3 bemerkt. Aber gut, diese Beiden sollten es wissen, waren Sie nach eigener Aussage doch schon 'dutzende Male' hier draußen.

Als Max die Straße überquert hatte, sah er, dass am Ende des Weges alles mit Bäumen zugewachsen war, wie sollte man hier ein kleines Lagerfeuer entdecken? Aber dafür hatte er ja die Beiden dabei. Es kam eine Windböe heran und die blickdichte Blätterwand etwa 50 Meter entfernt zerbrach für einen kurzen Moment, sodass Max von einem Feuerschein fast geblendet wurde.

'War das das Lagerfeuer?', dachte er sich verwundert. Nein, dafür war die Helligkeit und die Größe von etwa 2 Metern zu enorm, vermutlich hatten die Jungs aus dem Dorf einen orangenen Partyscheinwerfer aufgestellt, der direkt auf die Bäume gerichtet war, um ein riesiges Feuer zu imitieren und die kleine Feier nach außen hin so auf-

zuwerten.

'Jugendliche Naivität', dachte sich Max, fand es aber ganz erheiternd. Die Anlage hingegen konnte nicht von schlechten Eltern sein, kaum hatte er in dem Dorf den Weg zum Wiesla betreten, drang schon eine Melodie an seine Ohren. Er dachte zuerst, einer der Nachbarn machte sich einen gemütlichen Abend zuhause, doch je weiter er sich vom Dorf entfernte, umso lauter wurde die Melodie und als sie die Straße überquert hatten, konnte Max ganz deutlich das Lied erkennen, es war 'Engel' von Rammstein. Die Leute hier im Ort hatten einen guten Musikgeschmack, ebenso wie der Bursche von der Spusi. Sie waren nun an der Schnittstelle des Weges mit der Baumwand, hier war eine Kerbe in der ansonsten zugewucherten Wand aus Ästen und Blättern und hier befand sich auch die von seinem Wirt erwähnte Brücke, auch wenn es mehr ein Bachübergang war, aber immerhin.

Die Musik war noch weiter angeschwollen und man hörte auch schon einige Stimmen, die den Song lauthals begleiteten. Der orangene Schimmer war hier noch kräftiger und er schien zu flackern, Max wunderte sich, wie die jungen Dörfler das wohl bewerkstelligt hatten.

Noch wenige Schritte von der 'Brücke' ins halbhohe Gras, einen Schwenk nach links und...

Max blieb abrupt stehen, als wäre er gegen eine Wand gelaufen. Sein Blick erfasste die Szenerie, aber fassen konnte er es nicht. Er ging von einer kleinen Wiese mit vielleicht 10 bis 15 Leuten aus, die sich mit ein paar Bierkästen und eventuell ein paar Flaschen Hochprozentigem auf ein paar Liegestühlen um ein kleines Lagerfeuer lümmeln und Musik hören würden. Stattdessen standen, liefen, tranken und sangen mindestens 40, eher 50 Personen um ein 'Lagerfeuer' mit nicht 2, nein, sondern etwa 4 Metern Höhe herum, links flankiert von einer stattlichen Hütte die wohl als Bar diente, rechts von an einem Hang erbaute Bühne, auf der nochmals etwa ein Dutzend Personen feierten und grölten "Gott weiß ich will kein Engel sein!".

'*Nein*', dachte sich Max, mit großen Augen, immer noch ungläubig den Kopf schüttelnd. '*Dieser Ort kann kein kleines unscheinbares Dorf sein...*'

Kapitel 23

Max war aus dem Staunen immer noch nicht herausgekommen, während er auf der Wiese des sogenannten "Wieslas" stand und sich umsah. Aus den Boxen der an einem Hang erbauten Bühne dröhnte mittlerweile nicht mehr Rammstein's "Engel", sondern die Beats eines Hip Hop-Songs, dazu stand oMagnuMo, der berufene Rapper, auf der Bühne und lieferte den passenden Text.

Max ging an einer Gruppe junger Typen, die sich gerade zuprosteten, vorbei zur Theke, oder besser gesagt, zu einer recht ansehnlichen und stabil wirkenden Hütte die an der Vorderseite 2 Fensteröffnungen hatte, begleitet von den Vocals die Magnum in die Nacht schmetterte.

"Du musst auch mal was riskier'n..."

Max wollte erst mal ein kühles Bier an diesem Tag.

"... musst rausgeh'n und auf dein Herz hör'n..."

Er kam an der kurzen Schlange an der Bar an, in der ein paar bekannte Gesichter aus der Wirtschaft standen.

"... dann können sie dich nicht mehr zerstör'n..."

Der Song kam irgendwie gar nicht schlecht, um Einiges besser als der Freestyle-Bullen-Diss, vielleicht auch, weil es nicht gegen ihn ging.

"... Scheiß mal auf die Schranken und die Warnhinweise..."

'Verdammt, der Song ist echt gut', dachte sich Max.

"... wenn du mit dir im Reinen bist sind dann auch die Hater leise..."

Nun war Max an der Reihe und bestellte ein Bier bei dem jungen Hüpfer hinter der Bar, den er als den Lila-Gesöff-Liebhaber erkannte.

"Ah, nice dass du da bist, Max!"

"Jo, seh ich auch so. Ihr lasst es ganz schön krachen hier, ich dachte die ganze Chose hier wäre... kleiner."

"Is' es doch auch, also wir haben hier schon größere Feiern gehabt, so um die 150 bis 200 Leute."

Max' Augen quollen hervor. *'Soll das ein Scherz sein?'* Das wäre ja das halbe Dorf. Die gut 50 Leute hier machten schon eine gewaltige Stimmung.

Er unterhielt sich noch kurz mit seinem geselligen Tischnachbarn aus der Gaststätte und warf einen Blick hinter die Theke, wo einige Kartons des hier sehr beliebten Whiskeys standen, in der unverkennbaren schwarz-weißen Verpackung, ehe ihm klar wurde, dass sich hinter ihm schon eine beachtlich lange Schlange gebildet hatte. Er verabschiedete sich erstmal vom Lila-Fucken-Boy mit der Versicherung, dass er bestimmt noch ein paarmal an der Bar vorbei schauen würde. Max ging einige Meter weiter ein wenig näher ans Feuer, da es doch langsam frisch wurde. Dort tummelten sich bereits einige gut angeheiterte Dörfler, unter anderem der Wirt der Gaststätte. Als Max erkannt wurde, kam der optische Salafisten-Nazi heran und stieß mit ihm an.

"Schön, dass Sie es einrichten konnten, Herr Kommissar! Und, wie gefällt es dir bei uns am Wiesla?"

"Ich muss sagen, es ist doch sehr... interessant." Das meinte Max ohne bösen Hintergedanken, da es ihm einerseits gefiel, aber dennoch ein wenig gewöhnungsbedürftig für ihn war.

"Das hört man gern", meinte der Wirt lachend. "Wenn du noch ein wenig länger hier bei uns bist, wird es noch interessanter."

Davon war Max überzeugt, nachdem er schon einige Male überrascht wurde. Ein paar Meter weiter erkannte Max die Dame des Hauses aus der Wirtschaft, die sich ebenfalls gut amüsierte. Desweiteren hingen an der Bühne auf der oMagnuMo einen weiteren Song angestimmt hatte Mr. und Mrs. Gedeck herum, ebenso Braumeister Knörd und der von ihm so betitelte Mr. X, da sich dieser bislang standhaft geweigert hatte, ihm seinen Namen zu verraten.

Max war schon reichlich irritiert, kaum war man in diesem Ort angekommen, kannte man schon die interessantesten Leute, zumindest schien es ihm so.

Gerade als er sich fragte, ob seine 2 Mädels noch auftauchen würden, sah er die Silhouette zweier Personen, die Hand in Hand aus der Dunkelheit auf das Feuer zuschlenderten. Das mussten sie sein! Er machte sich daran, sie zu begrüßen, es war schon eine ganze Weile her, dass er die Beiden zu Gesicht bekommen hatte.

"Mia! Tanni! Na endlich lasst Ihr euch wieder mal sehen!" Nach einer herzlichen Umarmung und ein paar allgemeinen Floskeln stellte er sie seinem Wirt vor, der sich im selben Moment wie Max, wohl durch Zufall, in ihre Richtung aufgemacht hatte.

"Lieb gemeint Max, aber den kennen wir schon", meinte Tanni mit einem Lächeln.

"Wirklich? Wie kommt das denn?"

"Wir haben einen gemeinsamen Kumpel, auch aus der Gastronomie", antwortete Tanni.

"Ja, aber mittlerweile hat er stark umgesattelt", meinte Mia. "Macht jetzt Einen auf Ballermann-Sänger."

Das erinnerte Max an einen seiner Kumpels. "Der Typ heißt aber nicht zufällig Luigi, oder?"

"Doch, genau so heißt er immer noch!", warf eine Stimme hinter Max ein. Max wirbelte herum und starrte seinem Kumpel Luigi direkt in die grinsende Visage.

"Was treibt dich denn hier her Mr. Malle?"

"Ach, mein Management wurde angefragt, ob ich nicht mal auf dem Land auftreten will anstatt in großen Konzerthallen, also bin ich heute mal hier. Ich muss auch gleich auf die Bühne, die Leute erwarten mein 'La Familia'!"

'Genauso bescheiden und bodenständig wie früher der Gute... Aber er hat schon was erreicht, von daher...'

Sie unterhielten sich noch eine Weile über ihren gemeinsamen Bekannten, während Dieser auf der Bühne einen seiner Songs zum Besten gab. Er konnte ein wirklich netter Kerl sein, wenn er denn nur wollte und er ein wenig sein Temperament im Zaum hielt. Mia und Tanni machten sich nach einigen weiteren Themen die kurz angeschnitten wurden auf zur Bar um sich etwas zu Trinken zu holen. Max stellte sich ein paar Meter näher an die Bühne, da gerade von den Onkelz "Auf gute Freunde" angespielt wurde. Er war dieses Jahr wieder einmal auf einem ihrer Konzerte gewesen, so langsam wurde das zur Gewohnheit, einer guten Gewohnheit. Wenn auch einige Dinge aufblitzten, die weniger gut waren, wie die Erinnerung an seine Ex-Freundin.

"Verschüttete Träume, Bilder aus alten Tagen..."

Ja, manchmal kamen die hoch, nicht so schlimm wie früher, eher wie hinter einem Schleier aus Zeit, aber immer noch erkennbar.

"... Vom Wahnsinn den ich lebte und was sie mir heute sagen..."

Naja, seit er in der Nervenheilanstalt ermittelte, kam er sich wieder einigermaßen normal vor.

"Ich trinke auf, auf gute Freunde..."

Ja, das tat er wirklich gern, nicht zu oft, aber immer wieder gerne...

"... verlorene Liebe..."

Nein, auf die trank er nicht mehr...

"... auf alte Götter..."

So gläubig war er nicht, und auch nie gewesen...

"... und auf neue Ziele..."

So langsam glaubte er, das eine Bier hatte ihn schon in die Richtung von 1 Promille gebracht, er vertrug pures Bier einfach nicht... Diese melancholischen Gedanken waren eigentlich nicht seine Sache, zumindest schon einige Jahre nicht mehr...

Max ließ die Vernunft siegen und machte sich auf den Weg zur Bar, um einen Jack-Cola zu ordern, den vertrug er seltsamerweise besser als Bier. Kaum war er dort angekommen hatte er schon einen großen Becher mit einer schwarz-braunen Flüssigkeit vor sich stehen. Er sah seinen Tischkumpel aus der Wirtschaft fragend an.

"Den spendier' ich dir, Max!"

Ein weiteres Mal setzte Max seinen verwunderten Blick auf, nicht, weil ihm etwas ausgegeben wurde, sondern das der Barkeeper offenbar seine Gedanken gelesen hatte. Noch einer dieser Zufälle, die ihn langsam zu verfolgen schienen...

Er bedankte sich und gab das Versprechen ab, dass er demnächst in der Wirtschaft auch Einen ausgeben würde.

Dieses Mal schaltete er schneller und ging gleich den weiteren Durstigen aus dem Weg, während er sich suchend nach Mia und Tanni umsah. Nach kurzer Zeit erblickte er sie etwas ab vom Feuer im Gespräch mit einem dunkelhaarigen, untersetzten Kerl, den er auch schon mal gesehen hatte in der Wirtschaft. Er versuchte sich an den Namen zu erinnern. Der Name war so etwas wie Wachtl. Das musste ohnehin ein Spitzname sein, also nahm er es nicht so genau. Max wollte sich in die Unterhaltung mit einschalten, stoppte aber, als er das Thema erkannte, offenbar versuchte sich der Typ, an die Beiden heran zu machen, was Max amüsierte.

Mia und Tanni lächelten höflich, aber mit Distanz, ehe sie ihn unterbrachen und Mia meinte: "Sorry, aber weißt du, wir sind Lesben!" Mia konnte so herrlich direkt sein.

Ihren Gesprächspartner schien dieser Satz jedoch weder zu schockieren, noch zu verschrecken. "Wisst Ihr, des stört mich ned. Kannst dich mal auf mei Gsicht setz'?", kam es schlagfertig mit einem spitzbübischen Lächeln.

"Äh, nein, wie gesagt, wir sind Lesben", meinte Tanni leicht irritiert.

"Ja, scho klar, aber wenn du ned siehst, wer dich leckt, was macht das für'n Unterschied?" Max hätte fast laut losgelacht, konnte sich aber gerade noch beherrschen. Er hatte diesen Satz selbst schon einige Male im Kopf und wollte ihn im Scherz den Beiden mal aufdrücken, aber er sah die Gefahr, dass es falsch rüberkommen konnte. Diese Angst hatte Wachtl nicht. Schelmisch grinsend erwartete er die Reaktion.

Es vergingen einige Sekunden, die sich sehr zogen, in denen die beiden Mädels wohl darüber nachdachten, was sie erwidern sollten, ein belustigter Spruch, ein verärgerter Kommentar oder eine schallende Ohrfeige. Schlussendlich mussten Beide anfangen zu lachen, worin Max und ihr Gesprächspartner einstimmten. Hier auf dem Land liefen die Dinge einfach etwas anders.

Max ging nach dem kollektiven Erheiterung doch dazwischen und der Baggerer schien nichts dagegen zu haben, er wandte sich einer anderen Gruppe bierseliger Dörfler zu.

Max unterhielt sich eine ganze Weile mit den Mädels, es gab Vieles zu erzählen nach etwa 6 Monaten, in denen sie sich nicht gesehen hatten. Plötzlich stoben Funken vom Feuer herüber und Max machte einen erschrockenen Schritt zur Seite, Mia und Tanni taten es ihm gleich. Zuerst dachte er, jemand hatte Holz nachgelegt und dies etwas zu hastig getan, doch dann sah er, dass eine große Holzplatte quer über das Feuer gelegt worden war, auf die sogleich einige Personen sprangen, während aus den Boxen an der Bühne "Feuer frei!" von Rammstein ertönte.

"Geladelt wird, wer Schmerzen kennt..."

Die 5 Jungs waren mit nacktem Oberkörper auf die Platte die auf dem Feuer balancierte gesprungen und machten Party, sie grölten jede Textzeile lauthals mit.

"... vom Feuer, dass die Haut verbrennt..."

Max machte sich Sorgen um ihre Bein- und Brustbehaarung...

"Ein heißer Schrei, Feuer frei!"

Seine Sorgen schien niemand zu teilen, außer vielleicht Mia und Tanni, da alle Umstehenden die Gruppe mit "Yeah!"-und "Ultra!"- Rufen noch anfeuerte. Max versuchte die Gesichter zu erkennen, die aber kaum eine Sekunde stillstanden. Es gelang ihm nach ein paar Sekunden dennoch, es war auf jeden Fall Mr. Gedeck, sein Wirt und die beiden Jungs, die er nur "Lenny und Carl" nannte. Den letzten im Bunde erkannte er als weiteren Gast der Wirtschaft, Don Woody.

Max musste zweimal hinsehen, um sich zu vergewissern, dass er sich dieses Bild nicht nur durch den Alkohol einbildete, aber es war real, außer es hatte ihm jemand Drogen in den Drink geschüttet.

Die Musik fing leicht an zu stottern, sodass Don Woody aus der Gruppe ausbrach und zur Bühne hechtete, als Ersatzmann sprang ein weiterer Wirtschaftsbesucher ein, dessen Namen Max nicht einfallen wollte. Das Problem mit der Anlage war schnell behoben und die Party konnte weitergehen.

Nachdem der Song zu Ende war, stiegen die Jungs von der Platte und wurden von den anderen Partygästen frenetisch gefeiert. Hier auf dem Land läuft so Einiges anders...

Die Stimmung kühlte sich langsam wieder ab, hielt sich aber auf einem weiterhin guten Level, alle waren gut gelaunt und unterhielten sich in wechselnder Zusammensetzung.

Max warf einen Blick in seinen Becher, der schon wieder leer war. Also wieder zur Bar. Dort angekommen, war er mutterseelenallein, was ihn doch sehr überraschte. Er sah sich um und fand mit seinem Blick eine größere Gruppe von Leuten, die sich vor der Bühne gesammelt hatte. Als er noch überlegte, ob er sich dazugesellen sollte, wurde ihm auf die Schulter geklopft.

"Hey, du fumpst scho Eine mit, odda?" Das war sein Kneipen-Kumpel, der Lila-Fucken-Boy.

"WAS?" Wie oft wollten ihn die Leute hier denn noch mit Ausdrücken, die er nicht kannte, aus der Fassung bringen.

"Komm einfach mit und mach alles nach was du siehst", meinte er lachend.

Naja, es konnte ja wohl kaum schlimmer sein, als ein auf den ersten Blick undefinierbares lila Gesöff zu trinken, also folgte er widerstandslos.

Die Menschentraube vor der Bühne, auf die sie zuhielten, hatte sich mittlerweile zu einem Kreis gewandelt. Die meisten der Leute hielten eine Bierdose in der linken Hand, die Andere war zur Faust geballt und an die rechte Schläfe gedrückt. Sein Kumpel reckte ihm von der Bühne eine Dose hin, in die ein Loch gestochen worden war, von daher musste er sie schräg halten. *'Dosenstechen also, das sollte ich noch hinbekommen...'* Er nahm die selbe Haltung ein wie alle Anderen.

Oben auf der Bühne hatte sich der unbekannte Feuertänzer aufgestellt, um seinen nackten Oberkörper war ein dunkles Tuch gewickelt, oder war das eine Art Mönchskutte?

"Fumpergemeinschaft, angetreten!" Die Leute im Kreis streckten den Rücken, die, deren rechte Hand noch nicht an der Schläfe saß, nahmen nun diese Haltung an.

"Wir sind heute hier zusammengekommen, um diese Dose zu Ehren des eintausendundeinjährigen Jahres zu fumpen!"

Die Menge gröhlte und es wurde leicht unruhig, einige der Dosen begannen bereits ihren Inhalt ungeregelt preiszugeben.

"Denn es ist nicht nur unser Recht, sondern auch unsere gottgegebene Pflicht, dass es nicht nur in tausend, sondern damit es auch in tausend mal tausend Jahren hier noch heißt: 1, 2, 3, Fumper bei!"

Das schien die Initialzündung zu sein, nach einem weiteren kurzen Aufbranden von zustimmenden Lauten wurden die Dosen an den Mund angesetzt, die Dose mitsamt dem Kopf geschüttelt und der Verschlussring geöffnet. Max hing zeitlich leicht hinterher, konnte aber die Jüngeren in der Gruppe beim Leeren der Dose wieder einholen, er hatte doch noch nicht alles verlernt aus seiner wilden Zeit.

Nach wenigen Sekunden waren die meisten Dosen geleert, zerdrückt und in die Mitte des Kreises geworfen worden. Auf einen kurzen Moment der fast absoluten Ruhe, selbst die Musik machte eine Pause, erfüllten mehrere, lautstarke Eruktationen die Nacht. Max konnte sich auch nicht beherrschen, aber er sah niemanden, der sich zur Zeit daran störte.

Das war schon sein zweites Bier am heutigen Abend und er hatte es sich wesentlich schneller einverleibt als das Erste, was seinem Befinden nicht unbedingt zupass kam, aber er wollte noch ein wenig durchhalten und die Feier genießen.

Mit zunehmender Dauer der Wiesla-Party wurde das Feuer kleiner und die Stimmung ruhiger; verhaltener wäre das falsche Wort gewesen. Einige der Gäste hatten sich in die Bar verzogen, ein paar Weitere lümmelten sich auf die ums Feuer verteilten Sofas und Stühle, auf denen sie scheinbar einschlafen wollten. Max setzte sich auf eine Bank ans Feuer, die aus einer Holzbohle und 2 Baumstümpfen zusammengebaut worden war, und genoss alkoholisch erheitert den Feierausklang. Gerade als er sein Getränk geleert hatte und sich überlegte, den Heimweg anzutreten, tauchte aus der Dunkelheit von den Feldern eine Gestalt auf einem tiefergelegten Fahrrad auf, die zielstrebig auf die Feuerstelle zuhielt. Aber das war nicht der eigentliche Blickfang, die Person trug eine dunkle Sonnenbrille auf dem versteinert wirkenden Gesicht, der Bart ragte vom nach vorne gestreckten Kinn ab und die Brusthaare auf dem nackten Oberkörper tanzten im Fahrtwind, während das Gefährt mit seinem Fahrer seine Runden um das Feuer zog. Die einzige Kleidung, die er trug, waren ein paar Badelatschen und Badeshorts in Tarnfarben. Max musste ein zweites Mal hinsehen, um den lebenslustigen Bobby zu erkennen, der den gesamten Abend wie kein Anderer das Feuer am Brennen gehalten hatte.

Allein diese Aktion ließ alle schläfrig gewordenen Party-
besucher wieder lebendig werden, sie stellten sich um
das Feuer auf und bejubelten ihren Animateur. Ein weiteres Mal war Max beeindruckt, gar überwältigt von der
Art der Leute hier.

Nun, da sich die Stimmung der Leute wieder gehoben
hatte und fast alle wieder in allgemeine Heiterkeit aufge-
stiegen waren, genehmigte sich Max doch noch einen
Absacker in Form eines Jack-Cola.

Die Musikuntermalung wurde von oMagnuMo aufge-
wertet, der die Leute erinnerte, wie es ihnen Morgen gehen würde, der Song hatte den Titel "Erwachen im
Rausch".

"Meine Sicht is' noch nicht klar, weiß nicht genau was
gestern war..."

Max hoffte, dass es ihm morgen nicht so gehen würde...

"Erwachen im Rausch, kennst du doch auch, alles
schmeckt nach Staub..."

Oja, das kannte er!

"Der Generator hat wohl keinen Sprit und ich hab einfach voll den Silberblick..."

Er traf wirklich genau das Gefühl, wenn man am nächsten Tag aufwachte, was Max zum Schmunzeln brachte.
Den Song als Mahnung im Ohr, nahm sich Max nun ernsthaft vor, die etwa 2 Kilometer bis zu seinem Bett auf sich
zu nehmen. Doch wie auf ein lautloses Stichwort trabten
von dem Feldweg, den er gerade selbst betreten wollte 3
Gestalten heran, eine Kleinere, eingerahmt von 2 Fleisch-
bergen die breit wie lang schienen. Max war zwar nicht
sonderlich schreckhaft, doch trat er lieber ein paar
Schritte zurück, sodass er wieder im Schein des Feuers
stand; falls diese Typen jemanden überfallen wollten,
sollten sie das nicht ohne Zeugen schaffen. Sie kamen nä-

her heran und traten ebenso wie Max in die Helligkeit der Lichtung ein, die Silhouetten schälten sich aus den Schatten und Max erkannte 3 Männer, die ihm bekannt vorkamen. Die beiden untersetzten Schränke sahen sich sehr ähnlich, trugen Beide blaue Latzhosen mit unpassend schicken Hemden darunter. Sie hatten unbewegliche Gesichter, die fast leer in die Gegend starrten. Auf den breiten Köpfen waren zu enge Schirmmützen gezogen, die das Logo einer vor wenigen Jahren gegründeten Rechtsaußen-Partei zierte. Jetzt erkannte Max die kleinere Person als den miesen Schleimbolzen ebendieser Partei, der in bester goebbelscher Art zur Zeit auf Wahlkampftour in diesem Bundesland war. Doch anders als sein großes Vorbild Bernd Höckner, der die großen Reden in den großen Städten halten und dabei die Grenzen der Redefreiheit ausloten durfte, musste sich dieser Kerl mit den Bauerndörfern und Vororten begnügen, er stand in der Nahrungskette der politischen Bühne noch recht weit unten, sprang aber der Publicity wegen gerne in die Bresche, wenn es einem der Nasen aus dem Bundesvorstand aufgrund verbaler Entgleisungen an den Kragen ging.

Max verzog das Gesicht und trat noch ein paar Schritte weiter zurück, diesmal jedoch nicht aus Vorsicht, sondern aus einer tiefen Aversion heraus.

Die ungebetenen Gäste wurden mittlerweile von mehreren der Einheimischen bemerkt und neugierig beäugt, was dem kleinen Pisser offenbar gefiel.

"Einen recht schönen guten Abend, liebe Patrioten und Patriotinnen! Es freut mich, Sie alle kennen zu lernen!"

'Was reimt sich auf "rechte Patrioten"? Richtig, "braune Idioten"...', dachte sich Max, ließ es aber unausgesprochen.

"Darf ich mich vorstellen, liebe Genossen, ich bin A. Tarx, stellvertretender Bezirksvorsitzender aus ihrem benachbarten Bundesland von unserer allseits bekannten Partei, die die letzte Hoffnung auf vernünftige Politik darstellt, für die es bei Ihnen hier sicherlich Bedarf gibt." Seinen 2. Vornamen, selbst die Initiale unterschlug er nur zu gerne, ein "Ö" verwies leider zu deutlich auf seine türkischen Wurzeln, was in den Kreisen und den Wählerschichten, in denen er sich bewegte, gar nicht gut ankam. Dennoch warb seine Partei gerne damit, dass jede Nationalität bei ihnen willkommen sei, weshalb man einige wenige Aushängeschilder von Minderheiten benötigte. Allerdings dürfte dies in rechtslastigen Gegenden nicht zu sehr nach außen getragen werden, da sich die dortige Wahlklientel an zu vielen dieser Personen störte.

Nach anfänglichen, skeptischen Blicken löste sich aus der Masse der Partygäste ausgerechnet Bobby mit einem einladenden Lächeln, ihn hätte Max als Letztes eine solche Ideologie unterstellt.

"Ah, Herr Tarx, ich heiße Sie und Ihre Begleiter herzlich willkommen bei unserer kleinen Sommerfeier!" Er schüttelte enthusiastisch die Hand die ihm entgegengestreckt wurde, dass Tarx fast aus dem Anzug kippte. "Was können wir denn für Sie tun?"

"Oh, es geht in erster Linie gar nicht darum, was Sie für uns tun können, sondern, was wir für Sie tun können."

"Ah, das klingt ja sehr interessant."

"Nicht wahr?", meinte Tarx nun sehr selbstsicher. "Wie Sie sicher wissen, haben wir hier in der Gegend bereits einige Ortsverbände gegründet und Demonstrationen organisiert, gegen den ausufernden Asyl-Irrsinn und der übertriebenen Genderisierung. Verschwindend kleine Minderheiten haben doch kein Anrecht darauf, die öffentliche Diskussion zu bestimmen, da liegen wir sicherlich auf einer Linie."

Max sah einige böse Blicke in der Runde, die Herrn Tarx nach dieser Aussage trafen, hauptsächlich von Mia und Tanni, aber auch von Mrs. Gedeck und ihrem jungen Begleiter, denen er auf dem Weg hierher begegnet war. Er hatte auch über diese Demonstrationen gelesen, es gab dabei einige Ausschreitungen und offen rechtsradikale Parolen zu hören und zu lesen. Und das, obwohl die Asylbewerberzahlen seit Monaten nur eine Richtung kannten: nach unten. Mittlerweile kamen hier in der Region kaum noch Asylsuchende an, was an den Parolen aber kaum etwas änderte. Ebenso waren die Gleichungen die diese Partei aufmachte schwer nachzuvollziehen: es gibt zu viele Asylbewerber und eine zu große Homolobby auf der einen Seite, auf der Anderen wird dieser "lauten Minderheit" zuviel entgegengebracht. Und nicht zuletzt waren etwa 7 bis 8% in den Umfragen zur nächsten Wahl ein Ausdruck der "schweigenden Mehrheit".

'In Mathe durchgepennt', dachte sich Max.

"Ah, das ist genau das Thema, dass wir gerne mit Ihnen erörtern würden, Herr Tarx." Bobby schien ernsthaft interessiert an einem Gespräch, was Max befremdete.

"Sehr gut! Wissen Sie, wir suchen noch einige engagierte Personen, die sich in unserer Partei verdient machen. Und was mit einem kleinen Ortsverband unserer Partei in Ihrem, ich sage einfach mal, eurem wunderschönen Dorf beginnt, kann irgendwann einmal im Bundesvorstand enden. Ich denke, Sie wären genau der Richtige dafür." Er hatte das Honigglas aufgedreht und wartete auf die Bienen...

"Das klingt doch sehr vielversprechend. Aber bevor wir zu tief in die Materie eintauchen, dürfen wir Ihnen etwas zu trinken anbieten?"

"Sehr freundlich", meinte Herr Tarx höflich mit einem Lächeln, "Aber ich bin dienstlich hier, um über die Gründung eines Ortsverbandes unserer Partei bei Ihnen hier im Dorf zu sprechen und..." Bobby unterbrach ihn, weiterhin lächelnd.

"Das ist sehr nett von Ihnen und ich kann versichern, wir werden darüber reden, aber Sie verstehen sicher, bei uns auf dem Land, da bespricht man solche Dinge am Besten bei einem Bier, am Stammtisch oder bei der Feuerwehr, und da hier nur eines davon verfügbar ist, müssen wir wohl oder übel das Bier nehmen." Seine Stimme war freundlich, aber duldete keinen Widerspruch.

Tarx wirkte unsicher, ehe er zaghaft zustimmte, unter der Voraussetzung, dass es nicht die Runde machen würde in seiner Partei. Mit einem Lachen versprach er dem engagierten Wahlkämpfer, dass "bei seiner Parteitreue" niemand auf die Idee käme, ihm etwas von diesem Abend negativ anzukreiden.

Bobby verzog sich in die Bar und kam kaum eine Minute später mit 3 halbe Bier in Krügen zurück, was Max irritierte, da bisher nur Flaschen ausgegeben wurden am heutigen Tag. Bekamen diese braunen Futzis etwa noch eine Sonderbehandlung? Max musste sich doch sehr getäuscht haben in den Leuten hier. Mittlerweile hatten sich die Blicke der weiteren Einheimischen aufgeklart, sie wirkten offen und fröhlich.

Bobby gab die Krüge an die 3 Neuankömmlinge weiter, während er seine angetrunkene Bierflasche zur Hand nahm und mit ihnen anstieß. Lächelnd nahm Tarx einen zaghaften Schluck, seine beiden Begleiter tranken mit besserem Zug.

"Verzeihen Sie mir bitte, aber... Es schmeckt ein wenig

seltsam", kam es unsicher von Herrn Tarx.

"Ach, das ist nur, weil Sie unser Bier nicht gewöhnt sind. Da müssen Sie nur einen kräftigen Schluck nehmen!"

Tarx kam der Aufforderung nach, was Bobby breit grinsend zur Kenntnis nahm und leicht in Richtung der Bühne nickte. Der gerade laufende Song von Falco "Egoist" wurde unterbrochen und ein Song von J.B.O. eingespielt, jedoch nicht von Beginn an, sondern eine bestimmte Textpassage.

"Er setzt sein Bier an..."

Max erinnerte sich vage an diesen Song... Das war doch nicht...?

"...und ich hab' Spaß daran..."

Das Grinsen von Bobby ging mittlerweile über beide Ohren.

"...weil ich hab' nei g'schifft!"

Es war der Song, den Max vermutet hatte!

"Er ist so ahnungslos, und meine Freude groß..."

Tarx, der den Krug noch an den Lippen und einen großen Schluck des Bieres im Mund hatte, erstarrte, seine Augen traten hervor und er prustete los, während ihm der Krug aus der Hand fiel. Der Song lief erbarmungslos und sehr passend weiter.

"Ich hoff', dassers austrinkt und mit dem Brechreiz ringt..."

Die Versammlung an Dorfbewohnern brach in kollektives Gelächter aus, allen voran Bobby und Max, während Tarx auf die Knie sank und zu Würgen begann. Die beiden Fleischberge schienen nicht realisiert zu haben, was dieser Song aussagte, zumindest setzten sie die Krüge erneut an und tranken.

"Ich hoffe mal, damit konnten wir klären, was wir von Ihnen und Ihrer Partei hier im Ort halten, Herr A. Ö. Tarx."

Bobby hatte immer noch eine freundliche und sachliche Stimmlage, was die Situation nur noch komischer machte.

Tarx warf seinen Kopf in den Nacken, weiterhin auf den Knien und starrte Bobby wütend an. "Du Drecksau!", drückte Tarx hervor, ehe er nochmals kräftig würgen musste, dann wandte er sich an seine beiden Bodyguards, die den 3. Schluck aus ihren Krügen nahmen. "Schmeißt die verdammten Krüge weg und packt euch diesen Penner, Ihr Idioten! Prügelt die Scheiße aus ihm raus!"

Die Beiden brauchten einen Moment, bis die gehörten Worte vom Ohr zum Gehirn gedrungen waren, doch dann taten sie, was ihnen aufgetragen wurde, ließen die Bierkrüge ins Gras fallen und bewegten sich schwerfällig, aber mit brutaler Entschlossenheit auf Bobby zu. Dieser hatte sein Lächeln nicht abgelegt, wartete einen Moment, ehe er nach links ausbrach und auf den Stapel mit Feuerholz sprang, sodass einer der beiden Kolosse gegen einen Baum rannte und der Andere ins Gebüsch fiel, dass hier am Bachrand sehr üppig wuchs. Man hörte zwei Aufschreie, nach denen ein dumpfer Schlag zu hören war, als der Baumrempler zu Boden ging und der Buschspringer die Böschung des Baches hinunterrollte und platschend im Wasser landete.

Tarx, immer noch auf allen Vieren, betrachtete schockiert dieses Schauspiel, alle anderen Umstehenden hielten sich die Bäuche vor lachen.

"So", begann Bobby, während er leichtfüssig von dem Holzstapel heruntersprang, "Jetzt unterhalten wir uns über parteipolitische Winkelzüge..." Er nahm einen alten, aber noch intakten Stuhl vom Stapel mit dem Feuerholz und hielt ihn locker an der Lehne fest, leicht vor und zurück schwenkend.

Tarx hatte versucht sich aufzurichten, war dabei aber ge-
strauchelt und nach hinten gekippt, er versuchte wegzu-
krabbeln, aber es waren schon 2 Einheimische hinter
ihm, die ihn unter den Schultern packten und hochhievten. Bobby ließ den Stuhl sinken und stellte ihn, nun mit
einem humorlosen und harten Gesicht mit der Lehne
zum Feuer an den Rand der Glut, die um das Feuer herum entstanden war. Ein kurzer Wink mit dem Kinn und
seine beiden Kumpels zogen Tarx unter heftiger, aber
sinnloser Gegenwehr zu dem Stuhl und hatten ihn in wenigen Sekunden mit Kabelbindern an Diesen gefesselt.

"Wie kommen Sie bitte darauf, dass wir hier, das überhaupt irgendwo, auf Gottes weiter Welt, ein Bedarf besteht, an einer Partei wie der Ihren und an einem Typen
wie Ihnen?"

"Wir... sind die Stimme der Vernunft, die Partei des kleinen Mannes... Die letzten Patrioten die sich gegen die
ausufernde Gewalt... ", stammelte Tarx, dem mittlerweile ziemlich heiß zu sein schien, mit dem Rücken so dicht
am Feuer und einem böse dreinblickenden Bobby vor
der Brust.

"Vernunft? Kleine Leute? Gegen Gewalt? Mit Parolen
wie "Ministranten statt Minarette" oder "Wer Flüchtlinge
importiert, darf nicht über Terroranschläge meckern"?
Haben Sie nicht gerade eben Ihre beiden Bodyguards an-
gewiesen, die Scheiße aus mir rauszuprügeln? Das ist ein
großer verlogener Haufen von Kleinscheiß, den Ihr da
tagtäglich umrührt und uns zwingen wollt, es auszulöf-
feln!"

"Das ist nichts Anderes als linksgrüne Propaganda, aus-
geheckt von den Staatsmedien! Wenn Ihr denen hinterher laufen wollt, bittesehr. Aber dann wird euer Kaff hier

von Demonstrationen überrannt, besonders wenn unsere Weggefährten, wahre Patrioten, davon hören,was Ihr mit uns gemacht habt! Wenn die Deutschen ihre Identität wieder entdeckt haben, werden Typen wie Ihr nichts mehr zu lachen haben, zieht euch lieber warm an! Macht mich los, oder ich verspreche Euch, Ihr werdet es noch bitter bereuen, noch früher als dieses Gesocks von Sozialtouristen!" Er hatte von ängstlichen Stammeln zu verbalen Attacken umgeschwenkt, ganz nach Parteilinie, doch Max bezweifelte, dass er damit weit kommen würde.

"Du drohst uns, hier, in unserem Dorf, auf unserer Feier, unseren Leuten? Ihre Sichtweise ist anscheinend ziemlich beschränkt, ansonsten würden Sie daran denken, was wir mit Euch machen könnten, damit niemand irgendetwas hiervon erfährt." Er holte mit der linken Faust aus und ließ sie auf das Gesicht des 'Patrioten' zuschnellen, hielt aber kurz vor dem Auftreffen inne und gab ihm, statt eines harten Schlages mitten ins Gesicht, einen kleinen Klaps mit der flachen Hand auf die Backe, was Tarx zusammenzucken ließ. "Wir sind sehr kreativ, was Bestrafungen angeht..."

"Das könnt Ihr doch nicht machen! Ihr verdammten Hinterwäldler, das ist Wahnsinn!"

Bobby sah Tarx mit stechenden Augen an.

"Wahnsinn?" Ein bedrohliches Flüstern, gefolgt von einem lauten: "DAS... IST... WE... RI... THAAA!" Bobby setzte einen Fuß auf die Brust von Tarx und stieß ihn, mitsamt Stuhl, nach hinten. Max war von diesem Gewaltausbruch dermaßen überrascht, dass er einen Moment brauchte, um ihn zu realisieren. Auch wenn er von diesem Tarx wenig bis gar nichts hielt, ihn einfach ins Feuer stoßen ging dann doch zu weit. Doch ehe Max sich in Bewegung setzen und den kleinen rechten Hetzer vom Feuer wegstoßen konnte, bemerkte er, dass sich der Stuhl mit Tarx gar nicht Richtung Feuer bewegte, sondern nach links Richtung Hütte, wo er auf dem weichen Rasen aufkam. Wie Max erst jetzt realisierte, hatte Mr. X wohl im selben Moment, in dem Bobby seinen Fuß auf der Brust von Tarx platziert hatte, eines der Stuhlbeine durchtreten, womit der Sitzplatz nicht mehr nach hinten, sondern mehr zur Seite umkippte. Tarx lag mit seinem Gesicht halb im Gras und wimmerte vor sich hin, während hämisches Lachen aufkam, als dieser versuchte, sich aufzurichten. Der Stuhl war an einigen Stellen geborsten und hing nur noch mit Teilen der Lehne an den Handgelenken von Tarx, im Grunde war er wieder frei, schaffte es aber trotzdem nicht, sich aufzurappeln. Es kamen zwei Dörfler an, die ihn hochhievten und auf den wackeligen Beinen hielten.

"So, jetzt haben wir wohl alles geklärt", meinte Bobby zufrieden, während er Tarx spielerisch ein wenig Staub von den Ärmeln klopfte. "Wenn von Ihrer Seite alles gesagt wurde, empfehle ich Ihnen, für Heute Schluss zu machen mit dem Wahlkampf und nach hause zu gehen, eventuell sollten Sie auch die Hosen wechseln." Bobby deutete auf die Vorderseite von Tarx' Beinkleidern, auf der sich ein feuchter Fleck befand. Es war nicht mit Sicherheit zu sagen, dass er sich eingeschifft hatte, es konnte auch ein Bierfleck sein, doch nach dieser Aktion war es auch nicht unwahrscheinlich.

Die beiden Fleischberge waren auch wieder auf der Bildfläche erschienen, doch hatten sie wohl ihre Entschlossenheit eingebüßt, oder sie warteten auf Anweisungen ihres Kommandanten.

Tarx sah sich kurz in der Runde um, mittlerweile hatten

sich nicht wenige kräftige Dörfler gesammelt, die wenige Meter von den beiden Kolossen entfernt standen und einen weiteren Angriff spielend hätten unterbinden können. Seine Chancen kurz abwägend, schob sich Tarx durch die schmale Gasse Richtung Feldweg, die ihm zu Ehren gebildet wurde und rief mit zittriger Stimme: "Wir verschwinden! Nichts wie weg von hier!"

Die Dorfversammlung applaudierte hämisch, während sich die drei Figuren davon stahlen. Sich in sicherer Entfernung wiegend, drehte sich Tarx noch einmal um und reckte drohend den rechten Arm hoch, an dem immer noch mit Kabelbinder ein Teil der Stuhllehne baumelte: "Das werdet Ihr mir büßen, Ihr Schweine! Ihr verdammten Hinterwäldler! Euer Dreckskaff wird von der Landkarte getilgt!"

Eine Gruppe von 12 Mann stellte sich auf und setzte zu einem Sprint an, den sie nicht vorhatten auszuführen, was Tarx straucheln und nochmals umfallen ließ, mitten in einen Haufen von Brennnesseln. Er wurde von seinen Begleitern heraus gezogen und mitgezerrt, unter dem Gelächter der Partygäste.

"Wenn Ihr Hinterwälder seh'n wollt, schaut euch in eurer Partei um, hier in Weritha sind wir höchstens Landeier!", rief ihnen Don Woody noch hinterher.

Nachdem sich die allgemeine Aufregung leicht gelegt hatte, suchte Max das Gespräch mit einigen Leuten, unter anderem Bobby. "Schön gemacht, wie ich finde. Hätte nicht gedacht, dass Ihr so heftig mit Rechtskonservativen umgeht."

"Rechtskonservativ? Ha! Rechte Ratten, nix weiter!", meinte einer seiner Wirtschaftskumpel.

Da mischte sich von hinten Wachtl mit ein: "Solche Affa! Könne ned amal des 'Errr' gscheit rrrollen, aber wolle uns

194

was erzähl'."

"Tja, ich hab' bei meiner Parteitreue geschworen, nur Pech für Tarx, dass ich in keiner Partei bin", kam es zwinkernd von Bobby.

"Selber net rrreinrrrassig, aber was vom Biodeutschen labern", meinte ein Anderer lachend.

"Und dann immer schö' auf den Ober-Russen verweisen, was für a feiner Kerl und so. Früher war der Sowjet der natürliche Feind vom Arier, von weche Tradition...". warf ein Weiterer ein.

"Lass' den 'Putting' ma nur mache, der finanziert doch den ganzen Populismus-Bums in Europa..."

Max amüsierte sich köstlich. Man sollte einige aus diesem Ort in eine politische Diskussion mit der Partei werfen, die würden diese Alternativ-Deppen mit ihren eigenen Waffen schlagen und populistisch in der Luft zerreißen.

So langsam wurde es aber wirklich zu spät und zu alkoholisch für Max, ihm kam immer häufiger der Gedanke: 'Ich bin zu alt für diesen Scheiß...' Aber der Scheiß gefiel ihm heute Abend einfach zu gut.

Kapitel 24

Während sich Max, leicht schwankend, auf dem Nachhauseweg befand, hatte an anderer Stelle in dieser Gemeinde ein junger Mann im weißen Kittel seine Arbeit gerade wieder aufgenommen.

Er hatte einen Abstecher zur Tankstelle gemacht, da ihm seine Energy-Drinks ausgegangen waren, ebenso war sein Vorrat an Minisalamis sehr ausgedünnt.

Er begab sich mit seinen zu teuer eingekauften Lebensmitteln zu der Kühlzelle mit den 3 Fächern. Er öffnete das Oberste und zog den Leichenschlitten mit seinen spärlichen Vorräten heraus. Er verstaute die Energy-Dosen und Minisalamis sorgsam, behielt ein Getränk und einen Snack gleich bei sich, er hatte noch einige Arbeit zu verrichten, wenn er die gesicherten Spuren aus dem Zimmer des Toten aus der Nervenheilanstalt auswerten und dem Kommissar etwas Interessantes liefern wollte.

Nun nahm er wieder das gesicherte Stück der Tapete zur Hand und legte es in den hochauflösenden Scanner, der sogleich mit seiner Arbeit begann und die Tapete in dem Analyseprogramm, das auf dem 40 Zoll-Bildschirm des PC's geöffnet war, Stück für Stück erscheinen ließ.

Max dachte, ein Spaziergang an der frischen Nachtluft würde ihm guttun, doch leider hatte er sich da gründlich verschätzt. Je weiter er sich von dem 'Wiesla' entfernte, umso unsicherer fühlte er sich auf seinen Beinen, ebenso trübte sich sein Blick ein, was aber auch an dem nachlassenden Feuerschein liegen konnte. Es war zwar eine Vollmondnacht, doch der Mond war stark verhangen.

Er öffnete die Taschenlampen-App auf seinem Smartphone, um sich heimzuleuchten. Der tanzende Schein des Kamera-Blitzes der sich über den unebenen Feldweg bahnte, machte es ihm zwar leichter den Weg zu finden, doch verstärkte er den leichten Schwindel, der sich in seinen Kopf geschlichen hatte.

Er verließ den Feldweg und überquerte die Straße, den Graben neben der Fahrbahn durchschritt er vorsichtig ohne Sprung, auf dem anschließenden Fahrradweg hatte er einen besseren Stand.

Der Lichtschein erhellte den Weg, wanderte aber weiterhin unkontrolliert von links nach rechts, während die Minuten verstrichen. Der Hinweg schien ihm wesentlich kürzer gewesen zu sein. Je weiter er ging um so leiser wurde die Musik der Feier und er hörte die in dieser Gegend wohl üblichen Hintergrundgeräusche in Form verschiedener Insekten, allen voran Grillen.

Als er schon dachte, er wäre den falschen Weg langgegangen, sah er nach einer Baumreihe eine Abzweigung des Weges nach rechts. Auch wenn sein Gedächtnis vernebelt war, erinnerte er sich noch, dass er nach dem Ortsschild auf dem Hinweg nach links abgebogen war. Er bog also nach rechts ab, begleitet vom Zirpen der Grillen. Er folgte dem Weg, der ihm doch sehr uneben vorkam, was aber auch an seinem Blutalkoholspiegel liegen konnte. Dennoch, er war der festen Überzeugung gewesen, dass der Hinweg asphaltiert war, doch der hier war ein besserer Feldweg mit Kieselsteinen, die teilweise die Größe seiner Faust hatten. Er musste acht geben, nicht auf einen Solchen zu treten und der länge nach hinzuknallen.

Nach einigen Minuten, die er diesen Weg nun gegangen war, kamen die ersten Anzeichen einer Zivilisation zum Vorschein, in Form eines recht stabil wirkenden Gartenzaunes. Er legte eine Pause ein und stützte sich an dem Zaun ab, während er ein paar tiefe Atemzüge nahm. Sein Hirn fühlte sich an, als schwimme es in einer Mischung aus Bier und Whisky, die im Zusammenspiel immer weiter in seinen Geist vordrangen, um ihn komplett zu vereinnahmen.

Es vergingen einige Minuten, in denen Max versuchte, seine Gedanken zu sortieren, was ihm nur schwerlich gelang. Er setzte sich dennoch wieder in Bewegung, auch wenn die Nacht nicht zu kalt war, fröstelte es ihn, der Alkohol, den er intus hatte, ließ ihn nun, da er sich nicht mehr in Reichweite des überdimensionalen Feuers befand zusehends auskühlen.

Nach wenigen Schritten fiel der Feldweg plötzlich ab und Max starrte ungläubig auf das Gefälle, dass seine provisorische Taschenlampe erhellte.

"Das kann doch nicht wahr sein!", polterte er. Sein lautstarker Wutausbruch ließ selbst die Grillen für einen Moment verstummen. Es mochten nüchtern betrachtet nicht einmal 10% sein, die dieses Gefälle hatte, doch zu dieser Sichtweise war er in seinem jetzigen Zustand nicht mehr fähig.

Er sah skeptisch die Senke hinab, soweit sein Licht ihm eine Sicht gewährte und war sich nun absolut sicher, dass dies nicht der Weg war, den er heute schon einmal genommen hatte, aber was blieb ihm übrig? Den ganzen Weg zurück zur Feier laufen, in der vagen Hoffnung, dass dort noch jemand sein würde, der ihm den Weg beschreiben konnte? Nein, er hatte diesen Pfad eingeschlagen und würde ihn jetzt auch beenden, komme was da wolle. Also ging er, langsam und mit größerer Sorgfalt als zuvor, weiter.

Es vergingen wenige Minuten, ehe er doch einen der

übergroßen Kiesel unter seinem Fuß verspührte, aber die Reaktionsfähigkeit war in seiner Lage zu träge, um die Situation gleich zu erfassen, so stand er mit einem Fuß auf diesem Stein und hob den Anderen, was dazu führte, dass sein Gewicht den Kiesel wegrutschen ließ und ihn aus dem spärlichen Gleichgewicht brachte. Er ruderte mit den Armen und stolperte ein paar Schritte, sein Smartphone glitt ihm aus der Hand und segelte durch die Luft, was den Strahl der Taschenlampe wie einen Discoscheinwerfer aussehen ließ.

Er hatte sich schon fast damit abgefunden, hart auf diesem verdammten Feldweg aufzuschlagen, als er mit seiner linken Hand einen weiteren Zaun ertastete, einen der guten alten Maschendrahtzäune mit viel Luft zwischen den einzelnen Maschen. Er krallte sich in Diesen und sein drohender Fall wurde gebremst, begleitet von einem metallenen Kreischen des Zaunes, dem die plötzliche Last offenbar gar nicht gefiel. Auf diesen Moment der Erleichterung folgte für Max sogleich wieder Wut, als sein Smartphone mit einem heftigen Poltern auf dem Boden der Tatsachen aufkam. Seine einzige Lichtquelle erstarb und er stand vollkommen im Finstern.

"Gottverdammte Scheiße noch Eins!" Wieder ein Aussetzer der insektischen Hintergrundmusik.

Er sammelte seine verbliebene Beherrschung zusammen und tastete sich an dem Zaun wieder nach unten, an dem er sich nur Momente zuvor mühevoll hochgezogen hatte. Auf allen Vieren angekommen, tastete er den Feldweg ab. Nach kurzer Zeit stieß er auf etwas, dass kein Stein war, er packte es und wollte schon sein Smartphone an sich drücken, als ihm ein beißender Geruch in die Nase stieg, gefolgt von einem seltsamen Gefühl zwischen seinen Fingern. Das war nicht sein Smartphone, sondern ein morsches Stück Holz, dass einen widerlichen Gestank verbreitete. Er warf es Richtung Zaun und entließ einen weiteren Fluch in die Nacht. Es dauerte mehrere Minuten, bis er doch noch sein Handy fand, in mitten einiger spitzer Kieselsteine. Er legte vorsichtig seinen Daumen auf den Fingerabdrucksensor, doch da tat sich gar nichts. Bevor er ein weiteres Mal eine vulgäre Redewendung aus seinem beachtlichen Fundus bemühte, drückte er den Powerknopf und, oh Wunder!, es erschien das altbekannte Logo des Geräteherstellers.

Wieder besser aufgelegt griff Max abermals nach den Maschen des Zaunes und zog sich zum zweiten Mal an diesem hoch. Er ließ seinem kleinen Helfer noch die Zeit, komplett hochzufahren und öffnete sogleich wieder die Taschenlampen-App, was einen, in dieser Dunkelheit fast gleißend hellen, Lichtschein auslöste und über den Feldweg jagte.

Einen Augenblick später hörte er hinter sich auf der anderen Seite des Zaunes ein Scheppern. Max wirbelte herum und leuchtete mit seinem Handy in die Gartenparzelle, es tanzten gespenstische Schatten des Zaunes über das halbhohe Gras und die Bäume, ebenso auf dem...

Was zur Hölle war denn das?

Max sah sich das Objekt an, dass er im ersten Moment für einen Wohnwagen gehalten hatte, aufgrund der vier Räder, aber es bestand offenbar komplett aus Holz und hatte ein Giebeldach. Es wirkte auf Max wie ein portables Mini-Hexenhaus.

Während er noch überlegte, was dieses seltsame Gebilde wohl darstellen sollte, hörte er ein Geräusch von Schritten im Gras und erspähte an einer Seite des "Hauses" eine Bewegung. Er ließ den Lichtkegel dorthin gleiten und dort verharren, ohne etwas Weiteres zu sehen.

So langsam wurde ihm mulmig. "Hallo?", rief er, unsicherer als beabsichtigt. "Ist da irgend jemand?"

Die Antwort ließ Max erschauern, es war ein langgezogenes, fast guturales "Muäh", was ihm den Rest gab.

Er ließ von dem Zaun ab, schleuderte herum und war mit einem Satz wieder auf dem Feldweg, den er entlang hastete. Seine Vorsicht auf diesem düsteren und gefährlichen Weg war vollends verschwunden, sein Handeln wurde jetzt nur noch von seinen Instinkten beherrscht und die sagten ihm: Hau ab!

Er sprintete fast den Feldweg hinunter, seine Arme machten naturgemäß die Bewegungen seiner Beine mit, was seiner Wegbeleuchtung gar nicht zupass kam, da er so lediglich einzelne Abbilder des Weges vor seinem Auge beleuchtete, nicht aber die komplette Strecke.

'Wie lange soll dass nur gutgehen? Wie weit ist dieser Weg überhaupt?', fragte sich Max. Neben seinem Zeitgefühl hatte sich auch der Schwindel in seinem Kopf verabschiedet, dem Adrenalin sei dank, doch ewig würde er das nicht durchhalten, falls ihn, was-auch-immer-das-war, verfolgen sollte.

Der Sprint zog sich und Max wunderte sich schon, wie leichtfüßig er den Feldweg beschritt, ohne größere Probleme zu haben. Doch just an diesen Gedanken erlosch abermals seine Notlampe, was ihn geistig dazu veranlasste, abzubremsen. Doch leider reagierten seine Beine nicht schnell genug, sei es durch den Schreck oder den Alkohol verursacht, und er begann zu Straucheln, ehe er jeglichen Halt unter seinen Füßen verlor.

Es war ein reiner Matrix-Moment, wie Max fühlte, abzuheben und leicht nach rechts ausgerichtet vornüber zu fallen. Alles wurde verlangsamt und er schien durch die Lüfte zu schweben, sich vollkommen bewusst, dass er gleich hart, mit dem Gesicht voran, in diesen steinigen Feldweg knallen würde. Mit etwas Glück, dachte er sich, würden keine dauerhaften Verletzungen zurück bleiben, außer vielleicht kosmetischer Natur. Aber mit etwas Pech, konnte er seine Augen, seine Nase und einen Teil seiner Zähne später hier aufsammeln. Und sollte es ganz schlecht laufen, dann würde sich dieses, was-auch-immer-es-war, zu ihm gesellen, wenn er schwer verletzt und unfähig sich zu verteidigen auf dem Boden lag und sonstwas mit ihm anstellen. Er versuchte sich vorzustellen, was die gefährlichsten Tiere waren, die einem hier in dieser Gegend in freier Wildbahn über den Weg laufen konnten. Wölfe und Bären sollten für Deutschland ausscheiden, aber damit erschöpfte sich auch schon sein waidmännischer Sachverstand.

Während er dem Boden immer näher kam, schlich sich ein Satz von der kryptischen Kunstwand des verstorbenen Udo's in seinen Kopf: BEA si an allem schuld!

Max hätte auch gerne Bea für alles die Schuld gegeben, aber ihm war trotz allem bewusst, dass er selbst dafür verantwortlich war, er hätte bei dem ersten Gedanken, dass es für heute reichte, sich selbst am Arsch packen und verschwinden sollen, dann wäre ihm das alles hier erspart geblieben.

Der Matrix-Moment ebbte ab und er stellte sich auf die Landung ein, die ihm dank seines guten Bekannten Jack sanfter traf als erwartet. Es war ein gedämpfter Schmerz, der sein Gesicht traf, ehe sein Kopf schmerzhaft in den Nacken gedrückt wurde, sodass bei ihm alle Lichter ausgingen. Wie der Rest seines Körpers auf Erdgleiche kam und dort gekrümmt liegen blieb konnte er nicht mehr wahrnehmen.

Es klingelte nicht, es ertönte lediglich die altbekannte Ansage: "Der Teilnehmer ist im Moment nicht erreichbar." Wie oft hatte er es jetzt schon bei dem Kommissar versucht, ohne Erfolg?

Er strich sich mit der Hand über seinen Iro und überlegte sich, wie er weitermachen sollte. Die Erkenntnisse die er aus der Untersuchung der Tapette gewonnen hatte, wollte der Kommissar doch unbedingt haben, aber warum schaltete er dann sein Handy aus?

Er sah auf die Uhr und konnte sich selbst die Antwort geben, es war 5 Uhr in der früh! Er hatte es mal wieder geschafft, die ganze Nacht durchzuarbeiten, ganz wie in der guten alten Zeit. In den letzten Monaten war nicht viel mit Arbeit, dank dem Deppen von Buhlger, der ihn kaum mehr einsetzte. Wenn irgend etwas passierte, was sowieso selten der Fall war, wurde er von dem Polizeichef damit abgespeist, dass sich dem Fachleute aus der Stadt annehmen würden, nicht so ein dahergelaufener Bengel vom Lande.

Hah! Diesen Typen aus der Stadt konnte er noch allemal was vormachen, er hatte sowohl sein Chemiestudium als auch seine praktische Ausbildung zum Polizisten mit der Spezialisierung zum Kriminaltechniker mit Auszeichnung bestanden. An seinen Qualifikationen konnte diese Ignoranz also nicht liegen, ebenso wenig an seinen praktischen Einsätzen, da mehr als einmal durch seine Analysen der Tatortspuren Täter überführt werden konnten, zuletzt bei einem Fall von Sachbeschädigung in einem Nachbarort. Er hatte ein kleines Detail gefunden und durch seine Analyse einer Person zugeordnet, gegen die ansonsten keine Beweise vorlagen, dadurch wurde der Fall damals vom guten Derek Meinhardt gelöst. Allerdings hatte ihm der Polizeichef damals schon einen gifti-

gen Blick zugeworfen und seither immer wieder ausgebootet.

Aber nicht genug damit, nachdem er sich darüber be-
schwert hatte, schoss Buhlger mit einer offiziellen Be-
schwerde im Rathaus zurück, wegen angeblicher Zweck-
entfremdung von Mitteln der Spurensicherung. Das Einzige, was er je zweckentfremdet hatte, waren die Bunsen-
brenner im Labor um sich seine Kippen anzuzünden,
wenn er sein Feuerzeug vergessen hatte! Seither war er
kaltgestellt, da diese Ermittlung Buhlger den Vorwand
lieferte, dass auf ihn kein Verlass wäre. Er war weder sus-
pendiert noch sonst etwas, aber wenn er keinen Auftrag
erhielt, konnte er auch nicht auf eigene Faust arbeiten,
also schlug er sich seither mit Musik, Computerspielen
und Junkfood die Arbeitszeit tot.

Nach kurzer Überlegung schickte er dem Kommissar eine Messenger-Nachricht, die besagte, dass er sich doch
bitte melden solle, sobald er dies las, da es neue Erkenntnisse gab bezüglich der Tapete.

"Genug getan für heute", sagte er in den menschenlee-
ren Raum, er hatte die Angewohnheit, des Öfteren seine
Gedanken laut auszusprechen, was ihm in der Schulzeit
den wenig schmeichelhaften Spitznamen 'Monolog-Her-
zog' eingebracht hatte, doch heute störte er sich nicht
mehr daran. Er machte sich auf den Weg in seine Wohnung, um ordentlich auszuschlafen.

Kapitel 25

'Wo bin ich?', war der erste Gedanke, der ihm in den Sinn kam, als sich der Nebel in seinem Kopf langsam lichtete. Sein Mund fühlte sich an, als wäre er voller Staub und die Lider öffneten sich keinen Millimeter. *'Hab' ich geschlafen?'* Es fühlte sich an, als hätte er auf einem Felsen gepennt, mit einem Baumstumpf als Kopfkissen. Er vernahm ein Geräusch, dass ihm gar nicht gefiel, es hörte sich an wie ein "Grrrr", was er sofort mit dem Wesen, was ihn zuvor so erschreckt hatte, in Verbindung brachte. So langsam kamen ihm wieder die Dinge in den Sinn, die zuvor geschehen waren und er schreckte auf. Die Augen öffneten sich schmerzhaft und seine Beine waren schwammig, aber immerhin stand er wieder. Es war auch nicht mehr so finster, die Morgendämmerung schien langsam einzusetzen, aber die Augen sahen noch nicht wieder mit voller Kraft, er versuchte trotzdem, seine Umgebung nach dem Tier, oder was auch immer es war, abzusuchen, das dieses Geräusch verursacht hatte, es war aber weit und breit nichts zu sehen.

Max blinzelte mehrmals, bis sich der Rausch aus seinen Augen verflüchtigte, was aber nur ansatzweise gelang. Er fuhr sich mit der Zunge im Mund herum, teils aus Nervosität, teils um zu testen, wieviele Zähne er eingebüßt hatte, seltsamerweise schienen noch alle vorhanden. Als er etwas besser sehen konnte, erkannte er, dass er nicht auf dem Feldweg, den er beschritten hatte, sondern auf einer Wiese mit halbhohem Gras stand, direkt neben dem Feldweg mit den mörderischen Kieselsteinen. Es war auch nicht die Morgendämmerung, die für Licht sorgte, sondern der Vollmond, der hinter den Wolken hervorgekommen war.

"Oh Gott, wie lange war ich nur hier gelegen?", kam es ihm über die trockenen Lippen. Seine Kehle brannte, ebenso wie seine Stirn, mit der er ungebremst in das Gras und die darunter liegende Erde der Wiese gepflügt war. Glück im Unglück, das hätte viel schlimmer ausgehen können. Langsam wurde ihm auch bewusst, dass das "Grrrr", was er glaubte gehört zu haben, eher ein "Krrrr" war, sein eigenes Schnarchen hatte ihn also aus dem Schlaf aufgeschreckt.

Er war alles Andere als Ausgeschlafen, ebenso hatte sich der Schwindel extrem verstärkt. Er tastete an sich herum, fand aber in keiner seiner Taschen sein Mobiltelefon, bis ihm klar wurde, dass er es bei seinem Hinleger in der Hand gehalten hatte. Wieder auf die Knie und den Rasen abtasten und nach kürzerer Suche als erwartet hielt er es wieder in seinen Händen, doch es reagierte auf keine Berührung. Seine Wut kochte abermals hoch, doch wurde ihm schnell bewusst, dass wenn sein Handy das Einzige war, dass bei diesem Sturz zu Bruch gegangen sein sollte, und danach sah es aus, er mehr als zufrieden sein konnte. Die Lampe des Smartphones musste er auch nicht mehr bemühen, da der zuvor wolkenverhangene Mond nun mit voller Kraft die Gegend erhellte.

Max sah sich um und ihm kam nun alles hier irgendwie bekannt vor. Nach kurzer Überlegung machte es klick, er war hier auf dem Weg, den er heute, oder besser gesagt gestern, schon einmal eingesehen hatte, allerdings aus der anderen Richtung. Er befand sich bei den angrenzenden Äckern von seinem Wirt und diesem Widerling Eberfall! Die Gartenparzellen mussten wohl die Grünflächen auf dem Video sein, dass ihm der Wirt gezeigt hatte, aber um das abschließend zu klären, war es dann doch zu dunkel.

Zumindest konnte er sich nun sicher sein, dass er auf dem richtigen Weg war, wenn auch nicht auf dem, den er genommen hatte um zu diesem 'Wiesla' zu kommen. Er ging am Rand des steinigen Weges weiter, immer die Augen nach vorne gerichtet um nicht einen weiteren dieser mörderischen Kieselsteine zu erwischen. Als er am Ende des Weges angelangt war, sah er auch schon den See des Ortes im Mondschein, es war ein wunderschöner, beruhigender Anblick und hätte er nicht diesen bösartigen Schwindel in seinem Kopf gehabt, hätte er diesen Anblick noch eine Weile genossen, doch so wie es war musste er dringend in sein Bett.

Er wandte sich vom See ab und ging in Richtung Straße, wo er nochmals links abbog und schon das Schild der Dorfwirtschaft erspähte, ebenso fiel sein Blick auf eine Gestalt, die aus entgegengesetzter Richtung auf ihn zukam. Max erschauerte, da er die Person nicht gleich erkannte und ihm wieder das Geräusch einfiel, dass seinen Sturz mitverursacht hatte, doch nach wenigen weiteren Schritten erkannte er Polizeiobermeister Tortline.

"Herr Kommissar!", meinte dieser verwundert, "Wo kommen Sie denn her?"

"Fragen Sie lieber nicht... Ich hab' wohl eine falsche Abzweigung genommen und bin da hinten bei ein paar Äckern und Gärten rausgekommen."

"Ah, da war früher unser geheimer Raucherplatz, aber dieser Eberfall hat uns immer vertrieben, meinte, wir schmälern den Wert von seinem Grundstück."

"Ich würde sagen, seine Anwesenheit schmälert den Wert am meisten."

Tortline lachte auf, Max stimmte mit ein. Wenn der Kollege nicht im Dienst war, wirkte er sehr sympathisch, nicht so steif und paragraphentreu.

Max wollte sich schon verabschieden, als ihm eine Frage in den Sinn kam. "Sagen Sie mal, welche Art von wilden Tieren gibt es hier in der Gegend eigentlich?"

"Abgesehen von einigen herrenlosen Katzen, Mardern und Feldhasen? Nicht besonders viel, gelegentlich mal einen Fuchs, wir hatten auch schon mal eine entlaufene Kuh."

"Hm, nein, das passt alles nicht..."

"Zu was?"

"Zu dem Geräusch, dass ich dort hinten gehört habe, klang wie ein 'Muäh', oder so ähnlich." Die Tatsache, dass er im Schockzustand durch dieses Geräusch eine Bauchlandung hingelegt hatte, sparte er aus.

"Ah, Sie meinen das Terrorschaf." Tortline schmunzelte.

"Wie bitte, was?", wollte Max verwundert wissen.

"Den Spitznamen haben wir ihm gegeben. Früher waren wir im Sommer immer mal im Garten von unserem Wirt, bevor er seinen Biergarten hatte. Da haben wir ein paar Bier gemacht und uns unterhalten, da ist plötzlich aus einem kleinen Schuppen ein Schaf rausmarschiert, hat uns mit eisigem Blick angeschaut und 'Määäääh' gemacht, hat sich rumgedreht und ist wieder in dem Schuppen verschwunden. Hat uns einen ganz schönen Schrecken eingejagt, beim 1. Mal."

'Verdammt, ein Schaf!' Und das hatte ihn zu Tode erschreckt, aber immerhin war er nicht der Einzige, dem das passiert ist.

Max bedankte sich für die Info und wünschte seinem Kollegen eine gute Nacht. Er machte sich auch schnell auf den Weg in sein Zimmer, er brauchte unbedingt einen Schluck Wasser und dann ein schönes, weiches Bett.

Im selben Ort wie Max hatten sich 3 Personen zusammengefunden, die Anderes im Sinne hatten, als zu schlafen, ihr Tag hatte soeben begonnen.

"Wie laufen die Vorbereitungen?", wollte Nummer 1 wissen.

"Bestens, abgesehen von einer kleinen Störung. Es kann wie geplant losgehen." Nummer 2 lächelte.

"Sehr gut, ich werde dir später den genauen Zeitpunkt mitteilen, diese ganze Sache muss zeitlich genau abgestimmt sein." Das kam von Nummer 3.

"Nicht dass es läuft wie beim letzten Mal, dass hat den Kommissar nicht lange aufgehalten." Nummer 1 war skeptisch.

"Das hast du zu verantworten, also beschwer' dich nicht über deine eigenen Fehler. Was ist mit den Unterschriften?", wollte Nummer 3 wissen.

"Es fehlt nur noch der bärtige Idiot, dann ist der Kuchen komplett. Am Montag habe ich mit ihm einen Notartermin." Nummer 2 war mit sich zufrieden.

"Ausgezeichnet! Ich habe da auch schon ein Ablenkungsmanöver für Montag im Auge, für den Fall, dass die Aktion heute nicht ausreichen sollte..." Nummer 3 ließ die anderen Beiden mal wieder im Unklaren, was ihn diesmal amüsierte.

Kapitel 26

Weder ausgeschlafen, noch komplett ausrasiert und schon gar nicht geduscht jagte er wie der Teufel auf der Landstraße entlang, gefolgt von mindestens einem halben Dutzend Feuerwehrfahrzeugen, die es kaum schafften, an ihm dran zu bleiben. Er sah das blaue Blinklicht im Rückspiegel und hörte das melodische Lalü-lala, dass ihm als Schrittmacher für seinen pochenden Kopfschmerz diente.

'Wie kommt das verdammt nochmal nur, dass ich immer wieder in die Scheiße greife?!', scholt er sich selbst in Gedanken, während er nochmals vor seinem inneren Auge den Beginn seines Tages Revue passieren ließ, während er selbst mit Blaulicht und Martinshorn zu schnell in einen Kreisverkehr einbog und das Polizeiauto fast mit 2 Reifen abhob...

Vor 15 Minuten:

Das neuerliche Erwachen an diesem Tag war nicht angenehm, wenn auch weniger bösartig als das Erste vor einigen Stunden auf der Wiese, nachdem er sich unbeabsichtigt niedergelegt hatte. Der Mund zwar trocken, die Kehle brennend und die Augenlider schwer, aber das kannte er in dieser Intensität schon von so einigen Wochenenden, wenn er übertrieben hatte.

Er rollte sich aus dem Bett und streckte sich, was ein deutlich hörbares Knacken in der Wirbelsäule zur Folge hatte, offenbar hatte er es mal wieder geschafft, ziemlich verkrümmt einzuschlafen, aber die Erinnerung daran lag unter einem Schleier aus Alkohol und Müdigkeit begraben.

Max nahm einen großen Schluck aus der vollen Wasser-flasche, die er neben seinem Bett strategisch günstig po-sitioniert hatte und sog das flüssige Nass regelrecht ein. Als er wieder absetzte, war die Flasche halb leer. Er dank-te Gott dafür, dass er gestern vor der Feier 2 Flaschen mit auf's Zimmer genommen hatte, die Erste hatte er be-reits geleert, bevor er sich schlafengelegt hatte.

Da er nun seinen Beschwerden ein wenig Linderung ver-schafft hatte, ging er ins Bad und versuchte sich mit sei-ner Zahnbürste und einer ordentlichen Portion seiner grün-weißen Zahncreme die letzten Reste des üblen Al-koholnachgeschmacks aus dem Mund zu schrubben, was relativ gut gelang.

Anschließend betrachtete er seine Bartstoppeln im Spie-gel, die ihm am heutigen Tag gar nicht gefielen. Ein eini-germaßen gepflegter 3-Tage-Bart stand ihm gut zu Ge-sicht, doch das, was sich da entwickelt hatte, war mehr ein 11 Tage altes Gestrüpp, dass in alle Richtungen abra-gte und neben den üblichen Bartstellen auch große Teile seiner Wangen und von seinem Hals bedeckte.

Einen Fluch zerkauend fischte er seinen Rasierer und die Haarschere aus dem Kulturbeutel, das Rasiergel stand bereits auf dem Waschbecken. Sein kleines Maschinchen dass er Ansonsten zum Trimmen seiner Gesichtsbehaa-rung benutzte, hatte er natürlich zuhause gelassen.

Er hatte es gerade geschafft, eine seiner Backen auf an-sehnlichen Bartbewuchs zu trimmen, da vernahm er aus der Ferne die Sirenen von Feuerwehrwagen, die sich rasch näherten. Dazu hörte er einige aufgeregte Stim-men, die sich direkt unter seinem Fenster zu befinden schienen. Als die Feuerwehrsirenen immer lauter an-schwollen und sich nun anscheinend auch im Hof seiner Herberge einfanden, wollte er nun doch sichergehen und stolperte zum Fenster. Da stand wirklich ein großes Feuerwehrauto mit blinkenden Lichtern und einige Leute wuselten wild umher, Max erkannte seinen Wirt sowie dessen Mutter, den Frühstücksmann und die Bedienung aus der Wirtschaft, die den Feuerwehrleuten augenscheinlich wild gestikulierend klarmachen wollten, dass sie hier falsch seien.

Max beruhigte sich wieder ein wenig, wohl doch nur ein Fehlalarm. Er wollte sich von dem Fenster abwenden, doch dann sah er über dem Dach der großen Scheune zu seiner Rechten, wie Rauchschwaden aufstiegen. Er riss die Augen auf und sah wieder zu den Personen im Hof, sein Wirt und die Anderen zur Wirtschaft gehörenden Personen wiesen die Feuerwehr nicht ab, sondern um das Haus herum, der Brandherd musste sich also in eben jener Region befinden, die er selbst in der Nacht fälschlich als Weg zur Gaststätte betrachtet hatte!

Er drehte sich auf dem Absatz um, schlüpfte in seine Schuhe, riss sein Handy vom Ladekabel, warf sich seine Jacke über und stürzte aus dem Zimmer, hechtete die Steintreppe hinunter und ab ins Freie und fragte seinen Wirt, was passiert sei.

"Jemand hat in meinem Garten Feuer gelegt", entgegnete dieser, halb wütend, halb verstört.

"Verdammt! Was brennt denn?"

"Der Bauwagen der Jugend."

"Wie? Bauwagen?" Max dachte an dieses seltsame Gebilde, dass für ihn nach einem Hexenhaus auf Rädern ausgesehen hatte.

"Die Dorfjugend hat sich einen Bauwagen zusammengebastelt, für kleine private Feiern. Sonst wollte sie keiner in seinem Garten haben. Ich wollte mal nicht so sein, schließlich war ich auch mal jung."

'Das hat man von seiner Gutmütigkeit...', dachte sich Max und bedauerte den Wirt.

Da fiel ihm auf, dass er sein Handy noch ausgeschaltet in der Hand hielt... Er hatte es, in der Hoffnung, dass nur der Akku leer wäre, an das Ladekabel gehangen und sich schlafen gelegt. Nun betätigte er den Power-Knopf und es erwachte wieder zum Leben.

'Noch mal Glück gehabt...', dachte sich Max, während er darauf wartete, dass die Eingangs-Animation endlich beendet wurde.

Während er noch ein paar Worte mit dem Wirt und seinen Angestellten wechselte, fuhr ein Streifenwagen auf den Parkplatz der Gaststätte, mit einem blassen Polizeiobermeister Tortline am Steuer. Er stieg aus und schritt auf den Wirt zu.

Nun war das Handy von Max endlich bei der PIN-Eingabe angelangt.

Polizist Tortline drückte sein bedauern aus, gefolgt von der Feststellung, dass der Brand unter Kontrolle war und die nächsten Minuten komplett gelöscht sein würde, offenbar war er zuvor bei den Feuerwehrleuten, die den Brand bekämpften.

Endlich hatte Max wieder Zugriff auf die Außenwelt, sein Smartphone vibrierte freudig in seiner Hand, was bedeutete, dass es wieder einsatzbereit war. Als es seinen Empfang gefunden hatte, kamen sogleich einige Meldungen, dass er mehrere Nachrichten erhalten hatte. Max öffnete die App und rief die Messenger-Mitteilungen ab, sie stammten von dem Punk-Meddler der Spurensicherung! Offenbar hatte er bei der Analyse der Tapete etwas entdeckt, womit Max fast nicht gerechnet hatte, seine Hauptintention, diesem Jungspund an die Arbeit zu schicken, war eigentlich, dass es den oder die

Täter, die Max in der Nervenheilanstalt vermutete, aufschrecken würde, sodass sie sich zu einer Dummheit hinreißen ließen und sich selbst enttarnten. Die nächste Nachricht war ebenfalls von ihm, einige Stunden später, die besagte, dass er sich nun nach einer viel zu kurzen Nacht wieder an die Arbeit machen würde, nachdem er einen Termin im Rathaus wahrgenommen hätte.

 In diesem Moment heulte eine Sirene los, was Max zusammenschrecken ließ. Es handelte sich wohl um einen Feueralarm von einer Sirene, die auf dem Dach eines Hauses montiert war. Fast im selben Moment ging ein Funkspruch bei Tortline ein, der nichts Gutes verheißen sollte: "Achtung! Explosionsartiger Brand in Gemeindegebäude..." Die nachfolgende Adresse ließ Max abermals erschrocken zusammenzucken.

 "Nein, das darf nicht sein...", drückte Max geschockt heraus.

 Die umstehenden Personen starrten Max fragend an, doch er hielt sich nicht mit Antworten auf.

 "Tortline, ich brauche Ihren Wagen!", presste Max hervor, während er schon auf den Polizisten zustürzte und nach den Autoschlüsseln griff, die dieser noch in der Hand hielt. Ehe der Kollege von Max die Situation erfassen konnte, hatte er schon die Schlüssel gegriffen und sich auf den Fahrersitz des Einsatzwagens fallen lassen, bevor er mit quietschenden Reifen und noch offener Fahrertür vom Hof brauste.

 Max trat das Gaspedal bis zum Anschlag durch, er schoss die Straße Richtung Gemeindehochburg entlang, nur eine Sekunde, bevor aus einer Straße rechts neben ihm ein Feuerwehrfahrzeug nach dem Anderen herausbog, die wohl durch den selben Funkspruch das gleiche Ziel hatten wie er: die Spurensicherung der Gemeinde.

Kapitel 27

Max ging durch die verkohlten Überreste, die einmal das Labor der Spurensicherung dieses Ortes waren.

Als er in dem "geborgten" Polizeiwagen mit der Feuerwehr im Schlepptau ankam, war die Hauptsache schon vorbei.

Das Gebäude, bei dem im Erdgeschoss von außen betrachtet sämtliche Fenster fehlten, stand qualmend und bedrohlich als Kulisse für ein Heer von Schaulustigen, die offenbar aus jedem verfügbaren Loch gekrochen kamen bei einem solchen Anlass. Wenigstens machten die Meisten Platz, als die Feuerwehrwagen in die viel zu enge Seitenstraße einfuhren, nur einige Wenige fühlten sich ihres verfassungsmäßigen Grundrechts auf Voyeurismus beraubt und prostestierten mit sinnfreien Parolen gegen die Beschneidung ihrer Bürgerrechte. In solchen Momenten wünschte sich Max eine Axt und einen Satz Daumenschrauben. Ersteres hätten die Feuerwehrmänner vor Ort wohl auch im Gepäck, dürften aber nicht notwendig sein, da es keine Türen zum gewaltsamen Öffnen mehr gab.

Anstatt weiter seinen selbstjustizidalen Gedanken nachzuhängen, betrachtete er die Leute, die sich hier eingefunden hatten: es war eine heterogene Masse, Frauen wie Männer, alt und jung, gekleidet in Freizeitlook und auch förmlich. Einige Personen stachen für ihn heraus, so zum Beispiel eine junge zierliche Frau um die 20 mit Dreadlocks, die einen traurigen Ausdruck hatte, anstatt neugierig zu glotzen. Dann ein ordentlich beleibter Kerl in Latzhose, der leer in die Szenerie blickte und bei dem sich Max sicher war, dass er ihn schon einmal gesehen hatte, er kam nur nicht darauf wo. Und dann war da noch eine Person, Typ Handelsvertreter, der sorgenvoll dreinblickte und sich mit einigen der Feuerwehrmänner, die nicht damit beschäftigt waren, die Unglücksstelle zu sichern, unterhielt. Erst beim zweiten Hinsehen erkannte er in dem vermeintlichen Geschäftsmann den Schönling aus dem Rathaus, den er vor einigen Tagen kurz zu Gesicht bekommen hatte und vom 2. Bürgermeister Amhofer zum Kaffee-holen abkommandiert wurde.

Als er das Gespräch mit den Feuerwehrleuten beendet hatte, wurde er von Max mit einem freundlichen "Guten Tag" angesprochen. Er erwiderte den Gruß und wollte wissen, was er für Max tun könne.

"Vielleicht erinnern Sie sich an mich, ich war vor einigen Tagen im Rathaus geladen, um dem Bürgermeister meine Aufwartung zu machen, bezüglich der Ermittlungen des Todesfalls im Krankenhaus."

"Tut mir leid, aber ich kann mich nicht wirklich an Sie erinnern..."

"Kein Problem, Sie waren da gerade in einer lebhaften Diskussion mit dem 2. Bürgermeister Amhofer, wegen irgend einer Plakataktion."

Diese Worte ließen es Klick machen. "Ah, natürlich! Ich habe Sie kurz gesehen, bevor ich stinksauer abgezogen bin!"

"Bingo! Darf ich fragen, was der Grund dafür war?"

"Ich wollte meine Kollegen davon überzeugen, bei der Aktion 'Gemeinde gegen Rassismus" mitzumachen, wegen verschiedener Umtriebe in unserer Region. Hirnlose Parolen werden an Hauswände und Türen geschmiert und es schießen die Ortsverbände dieser halbneuen Hetzer-Partei wie Pilze aus dem Boden, es gibt fast keinen Gemeindeteil mehr, der noch frei von Denen ist. Zum

Glück" und bei diesem Satz sah man ein wenig stolz in seinen Augen aufblitzen, "ist mein Heimatort nach wie vor sauber."

"Hm, also Sie hätten gerne gegengesteuert, aber die Herren Bürgermeister waren nicht gerade zugänglich."

"Mehr als einmal schon, da hätte ich auch gegen eine Wand reden können, die wäre Argumenten gegenüber noch mehr aufgeschlossen gewesen als dieser Amhofer. Er meinte, man würde normale Bürger, die sich endlich wieder politisch interessieren, in die rechte Ecke stellen, ebenso laufe man dann Gefahr, verschiedene ansässige Firmen zu verprellen, die diese Partei unterstützen."

"Hm, der gute Herr Amhofer hat Sie ziemlich auflaufen lassen, aber wie war die Meinung des Bürgermeisters?"

"Eine eigene Meinung wäre zumindest ein Fortschritt... Die einzige Aussage von ihm war: das hat schon immer so funktioniert, also lassen wir es mal lieber so..."

"Aha, verstehe. Tut mir leid für Sie. Was ist denn Ihre Position in diesem Possenspiel?"

"Ich bin der 3. Bürgermeister der Gemeinde."

'Oh shit... Wo bin ich hier nur hingeraten?', dachte sich Max. Der 1. Bürgermeister ein profil- und meinungsloser Bedenkenträger, der 2. ein durchtriebener Vetternwirt und der 3. ein engagierter Bürgervertreter, der sich nicht durchsetzen kann da man seine Initiative aus Ignoranz abwürgt...

"Und jetzt das hier...", meinte der 3. Bürgermeister, während er auf das Haus blickte, sein jugendliches Aussehen schien mit einem Schlag verschwunden.

"Glauben Sie, dass das ein Unfall war?", wollte Max halblaut von seinem Gesprächspartner wissen.

"Glauben Sie's denn, Herr Kommissar?"

"Da glaube ich eher, dass Ihr Kollege Amhofer eine Auszeichnung von Transparency International bekommt." Das ließ den 3. Bürgermeister Hagen schmunzeln, nur um einen Moment später wieder ernst zu werden und mit dem Kommissar den Feuerwehrleuten beim Verrichten ihrer Arbeit zuzusehen, die bange Hoffnung im Hinterkopf, dass niemand zu Schaden gekommen war.

Als nach einer quälenden Wartezeit ein Feuerwehrmann an Max und Hagen heran trat, um ihnen mitzuteilen, dass keine unmittelbare Gefahr mehr bestand, wollten Beide sogleich wissen, ob es Überlebende gab, was verneint wurde, allerdings wurden auch keine sterblichen Überreste entdeckt. Das ließ einen kurzen Hoffnungsschimmer in Max aufkommen, den der Feuerwehrmann aber sogleich wieder im Keim erstickte, als er anmerkte, dass bei einer solchen Gasexplosion nicht mehr viel zu finden sein würde, wenn eine Person zu nahe am Explosionsherd stünde.

Diese Aussage, gepaart mit der Tatsache, dass Max den jungen Spurensicherer nach zig Versuchen, ihn telefonisch zu erreichen mit der Ansage "Der angerufene Teilnehmer ist zur Zeit nicht zu erreichen" fehlgeschlagen waren, machte er sich keine Illusionen mehr darüber, dass der schlimmste Fall eingetreten war.

Max wollte sogleich einen Blick in den Keller werfen, was von Hagen und dem Feuerwehrmann mit skeptischen Blicken quittiert wurde. Ihn scherte das nicht, er hatte dieses Szenario mitzuverantworten, also musste er da runter!

'Hier sollte sich die Spurensicherung austoben', dachte sich Max und war sich der bitteren Ironie darin vollauf bewusst. Ebenso der Tatsache, dass er die Schuld trug daran, dass es hier aussah, wie nach einem Brandbom-

benanschlag. Er wollte die Ratten aus ihren Löchern locken und hatte dem Jungspund, der in diesem umgebauten Kartoffelkeller seinen Dienst für die Gemeinde tat, oder besser gesagt auf Anweisung nicht tat, aufgetragen, eine aufwändige Show abzuziehen, die Aufmerksamkeit erregen sollte. Max hatte vermutet, dass dann die Verantwortlichen in das Labor einbrechen um die, nicht vorhandenen, Beweise zu stehlen. Doch da hatte er sich gründlich verrechnet. Mit einem Einbruch hatten sich diese Mistkerle nicht begnügt, sie hatten das ganze verdammte Labor gesprengt, mitsamt dem jungen Metal-Fan.

Er erinnerte sich an die Gerätschaften, die er tags zuvor noch bewundern durfte. Von dem Glanz war nichts mehr zu sehen, nur zerbröselnde schwarze Klumpen, die hier und da herumlagen, die knirschende Geräusche von sich gaben, wenn man darauf trat. Kunststoff und Glas waren einer Gasexplosion nicht gewachsen, anders sah es da bei dickem Stein und Metall aus. Die Wände und scheinbar die gesamte Bausubstanz des Kellers wirkten unversehrt, wenn auch stark geschwärzt, aber intakt. Max ging an einem Tischgestell aus Edelstahl vorbei, verbogen, ein Bein abgebrochen und der gläßernen Tischplatte beraubt, aber noch erkennbar. Die schwere Eichenholztür des Kellers hatte er beim Eintreten in den Raum auch noch vorgefunden, wenn auch in einer Ecke liegend und verkohlt, das Feuer der Explosion hielt offenbar nicht lange genug, um alles zu verbrennen, nur für einen Menschen schien es gereicht zu haben, da auch er keine Spur von dem jungen Mann entdecken konnte.

Ein Gefühl der Resignation befiel Max, während er an einem umgestoßenen Objekt, dass eine Art metallener Schrank sein mochte, zum Stehen kam und sich dort abstützte.

"Warum hab' ich den Kerl nur ohne Rückendeckung da reingehetzt? Verdammte, verfluchte, verkommene Scheiße!", brüllte Max hilflos in den Raum, während er auf das metallene Etwas mit seiner Faust einschlug.

Nachdem seine Faust genug schmerzte, lehnte er sich mit beiden Händen an den rußgeschwärzten Kasten, den er erst jetzt als Leichenkühlschrank erkannte, und versuchte, sich wieder zu beruhigen. Es klappte, seine Atmung und sein Herzschlag normalisierten sich und er war wieder fähig, den ein oder anderen klaren Gedanken zu fassen, bis zu dem Moment, als ein wiederholtes Geräusch sein Blut in den Adern gefrieren ließ. Es war ein Klopfen von innerhalb der Leichenkühleinheit! Max stieß sich mit beiden Händen ab und verblieb wenige Meter entfernt von dem Geräusch, dass ihm einige Lebensjahre gekostet haben musste, wenn man nach seinem Herzschlag urteilen konnte.

Als sich sein Schock langsam legte, trat er wieder an den Metallkasten heran und suchte die Griffe der einzelnen Kühlfächer, von denen es 3 gab. Allerdings hatte sich der Rahmen verzogen durch die Druckwelle der Explosion, was das Öffnen stark erschwerte, nur wenige Zentimeter bewegte sich die Tür des Fachs, ehe sie wieder zum Stillstand kam. Max wollte schon einige Feuerwehrleute zur Hilfe holen, als ihm das abgebrochene Tischbein einfiel und er es zur Hand nahm. Er rammte es mit Wucht in den Spalt und hebelte die Tür auf, um einen Moment später einen röchelnden Spurensucher zu erblicken.

"Danke Ihnen, Herr Kommissar, ich wäre da drin fast erstickt!", japste der junge Mann, der so mitgenommen aussah, wie Max sich bis vor Kurzem gefühlt hatte.

Kapitel 28

Max half dem jungen Mann, immer noch leicht unter Schock, aus der nun geöffneten Tür der Leichenkühlzelle, die durch die Gasexplosion umgestoßen worden war. Der junge Mann stand, zwar noch etwas unsicher, wieder auf seinen Füßen und holte mehrmals tief Luft, ehe er sich ein weiteres Mal bei Max bedankte und auf dessen Nachfrage bestätigte, dass es ihm wieder einigermaßen gut ging.

"Wie bist du eigentlich da reingeraten?", wollte der Kommissar schließlich wissen.

"Tja, als ich von meinem Termin im Rathaus, wo ich 'ne ganze Weile warten musste, zurückkam, wollte ich erst mal noch eine Kleinigkeit futtern."

"Futtern?"

"Ja, sowas hier", meinte er, bückte sich und griff in das offene Fach des Leichenkühlschranks. Als er sie wieder herauszog, hatte er einige Minisalamis, pur und im Teigmantel, zwischen den Fingern.

"Du lagerst dein Junkfood in einer Kühlzelle für Leichen?" Max war nicht empfindlich, aber das ging ihm dann doch zu weit.

"Nun machen Sie sich mal nicht ins Hemd, diesen Kühlschrank hat noch keine Leiche von innen gesehen. Die findigen Fuzzies aus der Gemeindeverwaltung hatten nur die Spitzenidee, ein paar Fördermittel abzugreifen von Bundes- oder Landesregierung, also hat man eine Spurensicherung gegründet, natürlich mit allem Drum und Dran. Da durfte natürlich auch so ein top Gerät nicht fehlen, leider nur haben die Gemeindeväter es versäumt, mal in die Richtlinien zu sehen, Leichen die aus einem

Mord entstanden sind, müssen umgehend in die Gerichtsmedizin, Verstorbene im Krankenhaus werden eben dort gelagert und die Angehörigen von armen Hunden die der Schlag auf der Straße getroffen hat, wollten ihre verblichenen Familienmitglieder nicht in einem ehemaligen Kartoffelkeller besuchen. Also haben wir hier einen fabrikneuen, etwa 500 Kilowattstunden im Jahr schluckenden Leichenkühlschrank, der nur von mir für Fressalien benutzt wird."

"OK, alles klar. Und da krabbelst du immer komplett rein, wenn du Appetit hast?"

"Ja, würden Sie das nicht, wenn Ihr Kühlschrank groß genug wäre? Spaß beiseite: ich kam also hier rein, hab' die Tür abgeschlossen und das Walkie auf den Tisch geworfen, bin rüber zur Wand, wo meine Snacks gelagert sind und da wird mir plötzlich schwummrig. Ich denke noch 'Fuck! Was is' denn da los?', als mir klar wird, dass Gas austritt. Hatten wir schon mal vor ein paar Monaten, da hat's mich auch fast erwischt. Erst wollte ich zur Tür, aber die hatte ich abgeschlossen und ich konnte mich in dem Moment nicht erinnern, wo ich den Schlüssel hingeworfen hatte und Fenster gibt's hier im Keller ja keine. Also dachte ich mir 'Du musst irgendwo hin, wo kein Gas ist', und da blieb nur der luftdichte Kühlschrank."

"Und da drin wolltest du dann darauf warten, dass dich jemand rettet?"

"Nene, so blöd bin ich auch wieder nicht. Ich wollte einen klaren Kopf bekommen, mich erinnern, wo der Schlüssel liegt und dann den Atem anhalten und verduften. Aber kaum war ich drin und hab' die Tür mit dem Nothebel zugezogen, hat's schon geknallt und dann waren erst mal alle Lichter aus, bis zu dem Moment, als jemand gegen meinen potenziellen Sarg gehämmert hat."

Max hörte sich die Schilderungen ungläubig an. Entweder war das die größte Lügengeschichte, die ihm je erzählt worden war, oder dieser junge Kerl hatte mehr als einen Schutzengel gehabt. Fast im Gas erstickt, dann um einige Sekunden der Explosion entkommen und schlussendlich kurz vor der CO_2-Vergiftung in der Leichenkühlzelle von ihm befreit.

"Beeindruckend! Aber du solltest dich trotzdem von einem Arzt untersuchen lassen."

"Klar, aber wollen Sie nicht vorher noch wissen, was ich herausgefunden habe?"

Das war Max fast vollkommen entfallen, der Grund, der seiner Meinung nach überhaupt erst zu dieser Gasexplosion geführt hatte!

"Also, die Beweise sind natürlich futsch, die Tapete, die Testergebnisse auf meinem Rechner, vielleicht kann man von der Festplatte noch was retten, aber verlassen Sie sich lieber nicht darauf. Von daher müssen Sie sich auf die Daten verlassen, die ich noch hier oben gespeichert habe." Er tippte sich an die Schläfe. "Die Stelle, die so sorgsam weggewischt, fast durchgescheuert war, da stand mit ca. 90 prozentiger Wahrscheinlichkeit: Altlasten neuer Betrug! Alternativgründe zu viele Hände!" Max starrte zu Boden. Was sollte er damit nur anfangen? "Hm, das bringt mich nicht wirklich weiter..."

"Naja, vielleicht der Rest, an den ich mich erinnere..."

"Welcher Rest?"

"Naja...", begann der junge Laborant leicht verlegen, "Sie sagten doch, ich soll mich um den Teil des Wandbildes kümmern, der komplett weggewischt wurde..."

"...und den Rest auf keinen Fall beschädigen."

"Wissen Sie, es ist so, ich hab' mir natürlich das gesamte

Bild angesehen, und mir ist aufgefallen, dass auch an anderen Stellen manipuliert wurde, also habe ich da auch ein wenig... dran gearbeitet."

Max war hin- und hergerissen, ob er dem jungen Kollegen danken, ihn tadeln oder sich selbst eines reinwürgen sollte. Ihm war keine weitere Manipulation an dem Bild aufgefallen, außer die untere Zeile von dem Tortline-Schriftzug.

"Dann reden Sie mal", meinte Max neutral in Anbetracht seines gedanklichen Widerspruchs. Außerdem schätzte er konstruktive Eigeninitiative, wenn auch meist nur bei sich selbst.

"OK, also bei Haus der Fische stand noch ein kleiner Nebensatz: 'Den Weg vorbei und rechts nach oben', bei Homo-Ecke: 'direkte Sicht auf', das direkt an 'Kackhof-Aufstieg' anschließt, und über Kackhof das Wort 'Zentrale'. Und noch eine Kleinigkeit, keine Manipulation, aber da hatte der Kugelschreiber wohl einen Aussetzer, der eine Satz lautet: 'BEA sind an allem schuld!!!'"

'Scheibenkleister! Ich habe auf einen Namen, eine Tat, eine klar beschriebene illegale Aktion spekuliert, aber das ist derart nebulös gehalten, dass ich mit den Ermittlungen fast von vorne... Moment!' In seinem Kopf fingen die Rädchen an sich zu drehen, einige einzelne Gedanken und Aussagen flossen ineinander, die zuvor für sich allein wenig Sinn gemacht hatten, aber zusammengefügt den Ansatz einer Theorie ergaben.

"Äh, alles in Ordnung bei Ihnen, Herr Kommissar?"

Dieser Satz riss Max aus den Tiefen seiner Überlegung. Er hatte sein Zeitgefühl verloren und konnte nicht abschätzen, wie lange er stierend an die Wand des Gewölbekellers mit offenem Mund dagestanden hatte, aber offenbar lange genug, dass sich sein Gesprächspartner Sorgen machen musste. Max schüttelte sich kurz, ließ seine Gedanken, die sich zu einer Theorie verdichteten aber nicht komplett los.

"Passt schon, ich bin gleich soweit..."

Dieser Udo war in der geschlossenen Abteilung, dieses Wandbild hat ihn eine Weile beschäftigt, Tortline erhaben in der Mitte des Bildes, er sollte entlassen werden, sein Zimmer lag mit der Fensterseite in Richtung der unbebauten Fläche Richtung Wald...' Da verbanden sich wieder zwei einzelne Gedanken, die einen weiteren Impuls auslösten. Max nahm sein Smartphone zur Hand und sah sich die Bilder des Geschirrs an. Nach eingehender Betrachtung öffnete er ein Browserfenster und bemühte die Suchmaschine, er wollte sich ein paar Satellitenbilder der Gegend ansehen. Er suchte die Karte nach einem bestimmten Bauwerk ab und wurde fündig. Ein Screenshot des Bildausschnittes speicherte er auf seinem Handy und wechselte zwischen dem Bild des Geschirrs und dem eben Aufgenommenen hin und her, um sich zu vergewissern, ob er mit seiner Vermutung richtig lag, es hatte ganz den Anschein.

Max wechselte zu seinen Kontakten. Als er den richtigen Namen gefunden und ausgewählt hatte, begann eine unruhige Wartezeit. Nach fast einer Minute wurde der Anruf angenommen und ein unfreundliches "Ja? Wer ist da?" war zu hören.

"Tag auch Freddy! Deine Begrüßung war früher auch mal freundlicher."

"Oh, sorry Max, war gerade nur ziemlich im Stress..."

"Ah, verstehe, auf der Arbeit am Schuften bei Frau Artzinger?"

"Schön wär's, auf dem Weg zur Arbeit in meiner Burg."

"Hä?"

"Na in meinem Wagen!", kam es leicht ungeduldig von Freddy.

"Ich dachte eines Mannes Haus wäre seine Burg?"

"Ist es... Wenn er den Drachen erschlagen kann, der drin wohnt...", erwiderte Freddy resignierend.

Das klang nach familiären Irritationen, auf die Max sich jetzt nicht einlassen konnte, er brauchte eine Information.

"Hat sich der verstorbene Udo häufiger das Fenster öffnen lassen?"

"Komplett öffnen ohne Aufsicht verstößt gegen die Vorschriften, Max."

"Ich meinte mit Öffnen auch die Kipp-Funktion."

"Ja." Freddy machte eine kurze Pause. "Und wenn ich so darüber nachdenke, wollte er es in den letzten Monaten immer auf Kipp haben, egal, bei welchem Wetter und zu welcher Tageszeit."

'Das passt!' Die Bestätigung seiner Vermutung ließ weitere Dinge von einer vagen Vorstellung zu Indizien werden, jedoch fehlten immer noch schlüssige Beweise, ohne die er sich vor Gericht lächerlich machen würde, also war es nun an der Zeit, harte Fakten zu finden. Er verabschiedete sich von Freddy und suchte gleich die nächste Nummer heraus. Kaum zwei Klingelzeichen später war er mit der gewünschten Person verbunden.

"Hey Max, was gibt's denn?", wollte sein Kollege Arni wissen.

"Hier bewegt sich langsam was, aber ich muss ein paar Erkundigungen einholen, was die Besitzverhältnisse einiger Grundstücke angeht. Kannst du heute beim Grundbuchamt jemanden erreichen?"

"Max, wir haben Samstagnachmittag, die stellen doch schon am Freitag die Arbeit ein."

"Ist mir bekannt, aber es ist dringend!"

"Um welche Grundstücke geht's denn überhaupt?"

"Grundstücke in dieser Gemeinde hier, ich glaube, ich hab' das Mordmotiv."

"Dann kann ich dir sowieso nicht weiterhelfen, da musst du dich an das Rathaus der Gemeinde wenden."

"Oh kacke...", entfuhr es Max. Das konnte heiter werden, musste er sich jetzt wirklich mit Behrendt und Amhofer herumschlagen? Doch da fiel ihm ein Gespräch ein, dass er vor kurzem, eine Etage höher, vor diesem Gebäude geführt hatte und ihm eine bessere Möglichkeit erschloss: der besorgt dreinblickende engagierte Mann Hagen, seines Zeichens 3. Bürgermeister der hiesigen Gemeinde...

Kapitel 29

Es glich fast einem Theaterstück, als Max mit dem jungen Spurensicherer aus der Türöffnung des Hauses trat. Erst der kollektive Schreckenslaut, dann die geschockte Stille, gefolgt von gelöster Freude. Die Feuerwehrmänner und einige Schaulustige, allesamt offenbar Bekannte des jungen Mannes, stürmten heran und herzten ihn, die junge Dame mit den Dreadlocks am Heftigsten. Max wurde zig mal auf die Schulter geklopft und gedankt, dass er ihren Kumpel gerettet hatte. Anfangs versuchte er noch klarzustellen, dass er ihn lediglich aus seinem Gefängnis befreit hatte, gab es aber nach einigen Ansätzen auf. Dass er sich zuvor für seinen Tod verantwortlich gefühlt hatte, ließ er vorläufig unter den Tisch fallen, das hätte die ganze Situation nur noch weiter verkompliziert. Einige wenige Schaulustige standen abseits und hatten eine trübe Miene aufgesetzt, anscheinend hätte ihnen ein gefüllter Leichensack besser gefallen als ein augenscheinlich unverletzter Überlebender, was gab es nur für Idioten.

Als sich die überschwängliche Freude gelegt hatte, kamen die Sanitäter heran und der Spurensicherer wurde auf eine Trage gelegt und ins Krankenhaus gebracht, um sicherzugehen, dass ihm wirklich nichts fehlte. Max gab zwei anwesenden Polizisten den eindeutigen Auftrag, den Spusi-Mann nicht aus den Augen zu lassen und ihm sofort Bescheid zu geben, sobald er aus dem Krankenhaus entlassen wurde. Die jungen Kollegen wollten gegen diese Anweisungen protestieren, murmelten etwas von "fehlender Weisungsbefugnis" in Bezug auf Max und eierten auf seine Nachfrage hin herum, als ob sie nicht damit herausrücken wollten, wer denn nun seine Weisung hätte bestätigen oder widerrufen können. Auf so einen Eiertanz hatte Max nicht die geringste Lust und auch keine Zeit für dergleichen, also herrschte er die Beiden an, er würde sie zur Verantwortung ziehen und das Gleiche mit ihnen machen, sollte dem Metal-Punker etwas zustoßen.

Nachdem er die beiden Hilfs- Sheriffs genug runtergemacht hatte, sodass sie mit eingezogenen Schultern dem Rettungswagen hinterherliefen, wandte er sich an den 3. Bürgermeister der Gemeinde, der nun sichtlich besser aufgelegt schien.

"Herr Bürgermeister Hagen, was ich Sie fragen wollte: wie sind denn Ihre Kontakte ins Grundbuchamt der Gemeinde?"

Das Glas machte einen Looping nach dem Anderen, während es sich, fast erhaben über den Personen, durch die Luft bewegte. Kein Wort, kein Ton, kein noch so kleines Geräusch schien den filigranen Flug stören zu wollen, bis zu dem Moment, wo es klirrend an der gläsernen Wand zerbarst, ja fast pulverisiert wurde. Die Überreste, feinste Glassplitter, fielen als glitzernder Staub auf den alten Parkettboden und legten sich in die Ritzen zwischen den Holzdielen. Die Wucht, mit der das Glas geworfen wurde, war enorm, ebenso die Worte, die nun in den Raum gebrüllt wurden.

"Toller Plan war das! Der Kerl lebt und ist im Krankenhaus, kaum verletzt und wird von Polizisten bewacht! Der könnte jederzeit dem Kommissar erzählen, was er entdeckt hat!" Nr. 1 war in äußerst aufgebrachter Stimmung.

"Wenn er es nicht schon längst getan hat, dieser Schneider war lange in dem verdammten Kartoffelkeller." Nr. 2 klang resigniert, aber ebenfalls wütend.

"Nun mal halblang, meine Herren! Wir gehen hier von Sachverhalten aus, die keinesfalls bewiesen sind, wir können nen momentan nur spekulieren." Diese Worte von Nr. 3 sollten die Wogen glätten, hatten aber den gegenteiligen Effekt.

"Ach, worüber sollen wir denn spekulieren? Wie tief wir in der Scheiße stecken? Ich würde sagen: bis zum Hals und mit dem Kopf voran!" Nr. 1 rieb sich die rote Stirn, ehe er seine Hände zu Fäusten ballte. "Ich werd' nicht über die Klinge springen, da seid mal sicher! Da muss sich halt Einer opfern." Der Blick von Nr. 1 wanderte langsam zu Nr. 2.

"Soll ich vielleicht den Kopf hinhalten? Bist du bescheuert?"

"Du hast doch am Wenigsten zu verlieren, wenn du dich stellst", meinte Nr. 1 wie selbstverständlich.

"Aber vielleicht hast du was zu verlieren", spie Nr. 2 aus, während er aufsprang und seinen Hirschfänger aus dem Gürtelhalfter zog.

Nr. 1 sprang ebenfalls von seinem Stuhl auf, sodass dieser nach hinten umkippte. Er zog kein Messer, legte aber seine Hand an den Griff der Pistole, die in seinem Schulterhalfter steckte.

"Meine Herren, also bitte!", donnerte Nr. 3, den es auch nicht mehr auf seinem Sitzplatz hielt, in die Runde, was die Blicke der anderen Beiden auf ihn zog. "Wenn wir so weitermachen, dann, und nur dann, sind wir am Arsch, denn wir nehmen unseren Gegnern gerade die Arbeit ab, wenn wir aufeinander losgehen. Tatsache ist: wenn dieser Schneider etwas wüsste, hätte er mindestens einen von uns schon verhaftet. Desweiteren, und da sind wir doch alle auf demselben Stand, war kein einziger Klarname auf dieser Wand notiert."

"Außer Tortline und BEA...", gab Nr. 2 zu bedenken.

"Auf BEA bezogen hat der Schneider keinen einzigen Anhaltspunkt. Und es gibt ein paar hundert Tortlines im ganzen Landkreis. Hat Einer von uns diese Namen im Ausweis stehen? Also, was soll er schon rekonstruiert haben, dieser kleine Gammler, was uns schaden könnte?"

"Warum musste dann das verdammte Labor in die Luft gejagt werden?", warf Nr. 1 ein.

"Eine reine Vorsichtsmaßnahme und ein Ablenkungsmanöver für den Kommissar, wie ich schon im Vorfeld gesagt hatte. Wenn er etwas Belastendes entdeckt haben sollte, es gibt dann nichts weiter als die Aussage dieses Kerls, die Beweise sind allesamt verbrannt, verkohlt und verschmort, egal, welche Aussage er bei diesem Kommissar gemacht hat, es ist keine Substanz dahinter, dank der Explosion nicht mehr. Es geht in dieser Geschichte darum, den Kommissar so lange hinzuhalten, bis das Geschäft unter Dach und Fach ist. Ein weiteres Ablenkungsmanöver wird ausreichen, dafür müsst Ihr jeweils nur eine Kleinigkeit erledigen." Nr. 3 setzte sein ganzes Geschick ein, um seine Komplizen zu beruhigen und es schien zu fruchten. Die beiden Streithähne ließen von ihren Waffen ab und setzten sich wieder, anstatt sich gegenseitig giftige Blicke zuzuwerfen, starrten sie Nr. 3 neugierig an. Nr. 3 wusste, dass er sie wieder hinter sich hatte, zumindest für den Moment.

Es war ein eisiger Wind aufgekommen, kaum dass die Sonne sich hinter die Dächer zurückgezogen hatte und die Straßenlaternen begannen, ihr künstliches Licht auszustrahlen, um den wenigen Fußgängern, die jetzt noch unterwegs waren, den Weg zu zeigen.

Max wäre auch lieber einige Runden um den Block gelaufen, aber er wollte nicht zu sehr auffallen, deshalb blieb er in der dunklen Gasse verborgen und schüttelte sich alle paar Minuten vor Kälte, die durch jede Masche seiner Kleidung eindrang. Er stand hier nun schon seit einer geschlagenen dreiviertel Stunde und observierte ein Haus auf der anderen Straßenseite, das sein Ziel war.

"Ach, es ist ein schöner Job...", murmelte er vor sich hin, während er auf seinem Smartphone die Uhrzeit ablas, um sich zu vergewissern, dass die Zeit auch wirklich vorwärts lief. Endlich wurde das letzte Licht gelöscht und wenige Augenblicke später schob sich eine Frau im Mantel durch die Tür, die sie sogleich verriegelte und sich um das Gebäude links herum zum Parkplatz des Hauses begab.

"Endlich!", stieß Max hervor, bließ sich warmen Atem zwischen die klammen Finger und machte sich bereit, die Straßenseite zu wechseln, wartete aber noch, bis das Auto abgefahren war. Er zog sich die Kapuze seines zu dünnen Windjäckchens fest auf die Ohren und sah sich noch einmal verstohlen um, dass ihn auch niemand beobachtete, ehe er die Straße überquerte und unter dem Vordach des Hauses, was gleichzeitig als Bushaltestelle diente, ankam und dort abermals wartete. Es dauerte nur eine knappe Minute, bis er hinter sich das Geräusch eines Schlüssels, der in einem Schloss kratzte, wahrnahm, er drehte sich um und die Tür wurde geöffnet.

"Herr Kommissar, herzlich willkommen in unserem Rathaus."

"Freut mich, Herr Bürgermeister Hagen." Max schob sich rasch durch die Tür, die der 3. Bürgermeister sofort wieder verschloss.

Die beiden Männer gingen durch lange dunkle Flure, die nur erhellt wurden durch das fahle Licht der Straßenlaternen, die durch die breite Fensterfront im Eingangsbereich schienen. An einem Treppenhaus angekommen, bedeutete ihm Hagen, dass sie in den 1. Stock mussten.

Dort angekommen, zog Bürgermeister Hagen seinen Schlüsselbund abermals heraus und verharrte einen Moment.

"Gibt's Probleme?", wollte Max wissen.

"Das, was ich hier tue, könnte mich meinen Job kosten." Offenbar wollte er von Max noch eine letzte Bestätigung, dass er das Richtige tat. "Das ist mir bewusst und ich bin Ihnen sehr dankbar, dass Sie das für mich riskieren. Sie wissen, es dient zu 100% der Aufklärung eines Mordes und eines versuchten Mordes. Und ganz pragmatisch gesehen, wenn es hart auf hart kommen sollte, was würden Sie verlieren? Einen Beruf, in dem Sie von Ihren vorgesetzten Kollegen nicht für voll genommen und bei jeder Gelegenheit ausgebootet werden?"

"Hm, Punkt für Sie, Herr Kommissar. Wenn ich also schon hier rausfliege, dann in dem Bewusstsein, mich für die gute Sache geopfert zu haben."

"Ganz genau! Aber keine Angst, ich verrate keine Informanten. Und Sie stehen nicht allein, wenn mein Chef hiervon erfährt, stellt er mir genauso den Stuhl vor die Tür, wollte er schon desöfteren machen, aber so eine Aktion wäre der beste Vorwand."

"Und ich dachte, Ihr Chef hätte sich für Sie eingesetzt, als Sie in unserem Gefängnis einsaßen?"

"Woher haben Sie das denn?", wollte Max verwundert wissen.

"Tja, ich verrate meine Informanten auch nicht", meinte der Bürgermeister verschmitzt, während er die Tür zum

Grundbuchamt entriegelte.

Im Raum an den Aktenschränken angekommen, ergriff wieder Hagen das Wort. "Jetzt beginnt der schwierige Teil..."

Max zog sein Smartphone wieder aus derTasche und öffnete den Bilderordner. "Wir suchen Grundstücke, um die Nervenheilanstalt herum, klein bis mittelgroß, vermutlich unbebaut und mit verschiedenen Eigentümern. Am schönsten wäre ein Grundstück, dass einer Bea Tortline gehört "

Bürgermeister Hagen machte sich an die Arbeit, während Max ihm mit seiner Smartphone-Lampe Licht spendete, eine perfekte Arbeitsteilung.

Es vergingen mehrere Minuten in denen Hagen zig Aktenordner aus den Schränken zerrte und auf einem Schreibtisch ablegte, die ganze Sache konnte sich hinziehen.

"OK, bevor wir uns hier die Augen komplett ruinieren, suche ich lieber noch den Bebauungsplan raus", meinte Hagen.

"Bebauungsplan?"

"Klar. Es geht ja vermutlich darum, dass auf den besagten Grundstücken etwas gebaut werden soll, wenn wir wissen, wo keine Baugenehmigung erteilt ist und es auch nie eine geben wird, engt das den Kreis der Grundstücke schon mal drastisch ein."

"Sehr schlau", gab Max anerkennend zu.

Mit dem Bebauungsplan auf der einen und den Aktenordnern auf der anderen Hälfte des Schreibtisches fing die eigentliche Arbeit an. Max laß die Flurnummern der Grundstücke vor, wo es keine Baugenehmigung gab, aufgrund von Natur-, Denkmal-, oder Artenschutz, Bürgermeister Hagen sortierte die dazugehörigen Akten aus und legte sie auf einem Nebentisch ab. Das ganze Spiel zog sich etwa eine halbe Stunde hin, weil die Beiden in dem spärlichen Licht des Smartphones mehr als einmal Zahlendreher hatten.

Als der erste Teil geschafft war, ging es nun dazu über, die verbliebenen Akten genauer unter die Lupe zu nehmen.

Sie teilten den nun sehr viel niedrigeren Aktenberg auf, wobei Max sich nicht sicher war, ob er in diesem Beamtenkauderwelsch, das er da las, irgend etwas Verdächtiges erkennen würde. Es wäre Max sehr viel lieber gewesen, wenn sie sich an einen der vielen PC's hätten setzen und eine 3D-Auflistung der Grundstücke in Augenschein nehmen können, da wären sie sofort fündig geworden, aber da hatte Bürgermeister Hagen sofort abgewunken, das wäre inoffiziell nicht machbar gewesen. Das Computersystem war aufgrund verschiedener Verordnungen gut gesichert, Passwort mit Identifikationskontrolle und Zugriffsdokumentierung, da hätte es die Genehmigung des 1. Bürgermeisters gebraucht ohne Durchsuchungsbefehl, und einen Durchsuchungsbefehl hätte Max nur über Polizeichef Buhlger bekommen. Also blieben nur die notdürftig gesicherten analogen Ordner übrig.

Als der Aktenstapel durchgearbeitet war, blieben die Beiden mit ratlosen Mienen zurück. Kein einziges der übrigen Grundstücke lag in der Richtung des Waldes, die der verstorbene Udo von seinem Fenster aus hätte sehen können.

'Verdammt! Hab' ich mich doch verrannt?', ging es Max durch den Kopf. *'War dieser Udo doch einfach nur ein Spinner, der sich irgend etwas zusammen phantasiert hat?'*

Während Max noch in seinen Selbstzweifeln badete,

schnippte es plötzlich von der anderen Seite des Schreibtisches, was Max zusammenzucken ließ.

"Eingeschränkte Genehmigung zur baulichen Verände-
rung!"

Max starrte den 3. Bürgermeister der Gemeinde verständnislos an, während dieser mit einem triumphieren-
den Lächeln auf eine Akte starrte.

"Wir haben alle Grundstücke aussortiert, die keine allgemeine Baugenehmigung hatten, aber darunter fallen
auch Grundstücke, die nur eingeschränkt bebaut werden
dürfen, zum Beispiel durch gemeinnützige Organisatio-
nen, wie zum Beispiel die Betreibergesellschaft eines
Krankenhauses!"

Nun begann auch Max zu lächeln, allerdings nur für einen Moment. "Heißt das, wir müssen uns die ganzen
aussortierten Akten doch noch vornehmen?"

"Leider ja..."

Nun verging keine halbe Stunde, sondern fast die dreifa-
che Zeit, ehe man die übrigen Akten der Grundstücke
nach "absolut keiner Baugenehmigung" und der "einge-
schränkten Genehmigung zur baulichen Verände-
rung" getrennt und gesichtet hatte. Der Haufen, den sie
zuvor wegen fehlender Baugenehmigung aussortiert hatten, wurde zusehens kleiner, offenbar war fast auf allen
Gründen das bauen erlaubt, wenn man eine "gemeinnützige Organisation" war. Schlussendlich blieben nur 3
Grundstücke übrig, auf denen rein gar nichts gebaut werden durfte, was die etwa 30 anderen Akten nur noch
schwerer wiegen ließ. Max wünschte sich, er hätte sich
etwas gegen Kopfschmerzen eingeworfen, oder wenigstens eine Flasche Wasser eingepackt, aber so saß er nun
hier vor trockenen Akten mit staubtrockener Kehle.

Er nahm eine weitere Akte zur Hand, doch leider war es

236

eine von dem falschen Stapel, die mit keiner Baugenehmigung, was er allerdings erst nach einigen Minuten bemerkte. Er wollte schon fluchend die Akte zuklappen, als sein Blick an einem Wort hängen blieb, das seine grauen Zellen rotieren ließ: Altlasten. Er erinnerte sich an die Passage, die an die Wand geschmiert worden war: Altlasten neuer Betrug! Konnte zwar ein Zufall sein, aber ob dem so war, musste er auf den Grund gehen. Die Sichtung der Akte verlief äußerst interessant. Es handelte sich um ein Grundstück, dass die Betreibergesellschaft des hießigen Krankenhauses vor nicht allzu langer Zeit von der Gemeinde erworben hatte. Es handelte sich um einen Parkplatz, der direkt an den Grund des Krankenhauses anschloss und für eine Erweiterung der Gebäude angedacht war. Jedoch wurde nach Aufbruch der Parkflächen durch einen Gutachter festgestellt, dass der Boden verseucht war, mit dem guten Schweinfurter Grün, eine giftige Farbe deren Rückstände gemeinhin als Altlasten tituliert wurde! Daraufhin entbrannte ein Rechtsstreit zwischen der Gemeinde und den Verantwortlichen der Betreibergesellschaft, wer die Sanierungskosten zu tragen hatte, der sich seit Monaten hinzog. Aufgrund dessen, und weil die beauftragte Baufirma wegen vertraglicher Zusicherung des Baubeginns Druck machte, war man von Seiten des Krankenhauses auf der Suche nach einem Alternativgrund. Aber das Sahnehäubchen für Max war der Name des Gutachters: Jörg Sämmel! Diese Informationen hatten vermutlich nichts in dieser Akte zu suchen, es handelte sich um Kopien, wie Max an den gedruckten Schatten erkannte, die im Original die ausgestanzten Löcher zum einheften der Blätter waren. Jemand hatte wohl diese Vermerke beim Bearbeiten der Akte aus Versehen hinein gelegt. Tja, Glück für Max.

Er wandte sich an den 3. Bürgermeister, um ihn von seinen Erkenntnissen zu unterichten und zu befragen, ob er von diesem Rechtsstreit denn nichts mitbekommen hatte, schließlich gehörte er zu der Gemeinde. Doch Hagen schien ebenfalls fündig geworden zu sein, er hatte einen Ordner auf den Tisch gelegt, den er Max grinsend über den Tisch schob. Max reichte ihm im Gegenzug seinen Ordner und Beide begannen, erneut zu lesen.

"Yeah!, entfuhr es Max.

"Wow!, kam es fast zeitgleich von Hagen.

Max konnte es kaum fassen, dass er nach den Spuren die ihn kaum ein Stück weitergebracht hatten; der Kackhof, das Haus der Fische und die Homo-Ecke; endlich eine direkte Spur von der Wand des Toten in die Realität gefunden hatte. Zuerst ein Gartengrundstück das an den Grund der Nervenheilanstalt anschloss, in Sichtweite des Fensters von Udo, dessen Eigentümer eine Firma war mit dem Namen BEA KG!

Kapitel 30

Der Tag war noch jung, es lag Morgentau auf den Gräsern der Wiesen und ein leichter Nebel in der Luft. Es war eigentlich noch nicht seine Zeit, aber nach dem gestrigen Abend mit der dazugehörigen Nacht war er aufgewühlt, im positiven Sinn. Die Akte über die Altlasten und das Grundstück der Firma BEA KG waren der Anfang. Das Grundstück war der Fläche nach ein mittelgroßer Garten, aber nicht für die Erweiterung eines Krankenhauses geeignet, jedoch fanden sich 4 weitere Grundstücke in etwa der gleichen Größe, die zusammengenommen eine ordentliche Grundfläche boten. Die Besitzer dieser Grundstücke wollte Max nun aufsuchen, um sich nach eventuellen Kaufinteressenten zu erkundigen. Er würde jede Wette eingehen, dass entweder die Betreibergesellschaft des Krankenhauses oder diese ominöse BEA KG die restlichen Grundstücke aufkaufen wollte.

Max sah sich verstohlen um, er wusste nicht, was er erwarten sollte. Auf seine Nachfragen bei einigen Einheimischen hatte er die Warnung erhalten, er solle sich "nicht mit Siggi Sauer anlegen", andere meinten, "ärgere nicht Big Beretta", alle Ratschläge begleitet von heiteren Lachen oder einem hämischen Grinsen.

Hier in diesem kleinen gemütlichen Garten, der zu dem Haus des Mannes gehörte, hatte er bislang nichts gefunden, was die Warnungen rechtfertigen würde, außer einem kleinen, ausgebleichten Schild am Gartenzaun ohne Tür, das besagte: "Zutritt nur auf eigene Gefahr", was Max die Warnungen doch ein wenig ernster nehmen ließ.

Er hatte sich noch nicht richtig umgesehen, da wurde

die Hintertür des Hauses aufgestoßen und eine massige Gestalt schob sich ins Freie. Kaum hatte die Person Max erspäht, wurden schon die Hände hochgerissen, in denen eine alte Schrotflinte ruhte.

"Verdammte Rumtreiber, wollt mir scho' wieder mein Feuerholz klauen!" Er fuchtelte mit dem Gewehr herum, als wolle er Fliegen vertreiben.

Als Max den ersten Schreck überwunden hatte und schon seine Dienstwaffe ziehen wollte; wozu er alle Zeit gehabt hätte, der nette Herr zielte in seinen hastigen Bewegungen auf alles, nur nicht auf ihn; ließ er seine Pistole gleich stecken, da ihm aufgefallen war, dass der Hahn des Gewehrs offensichtlich stark eingerostet und nicht gespannt war.

"Beruhigen Sie sich bitte, Herr..." Max dachte kurz nach, ihm war doch glatt der Name entfallen durch den anfänglichen Schock. "Herr Siegfried Behrendt, ich wollte Ihnen nur ein paar Fragen..."

"Jaja, das wollten die Schlitzaugen damals auch!"

"Bitte, wer?"

"Damals in Vietnam! Hab' mit dem Gewehr hunderten von den Japsen die Köpfe weggeschossen, aus genauso einer Entfernung!"

Auch wenn Max kein Waffenexperte war, so ging er mit ziemlicher Sicherheit davon aus, dass man einem Menschen mit einem solchen Schrotgewehr höchstens das Gesicht hätte wegschießen können, aber niemals den ganzen Kopf und schon gar nicht aus so einer Distanz.

"Mit der eingerosteten 'Schrottflinte' haben sie sicherlich niemandem den Kopf weggeschossen", meinte Max ruhig, den Kommentar, dass er im Vietnamkrieg auch sicher keine Japaner erschossen hatte, verkniff er sich.

"Ich wollte Sie nur nach Ihrem Gartengrundstück im

Nachbarort..."

"Aso, der Herr Klugscheißer meint, mein Gewehr is' nicht gut genug, um ihm damit eine reinzubal-
lern! Dann hol' ich eben meine 44er Sauer!"

"Von Sig Sauer gibt's keine Waffe mit 44er Kaliber, das
gab's hauptsächlich für Revolver."

So langsam schien Siegfried Behrendt die Geduld auszugehen. "Verdammt nochmal!" Er warf das Gewehr in die
Rosenbüsche neben der Tür. "Dann hol' ich meine BFG und schieß dir damit in den Arsch!"

"Das ist eine Waffe aus einem Computerspiel...", meinte
Max mit müsiger Beherrschung; ihm wurde das langsam
zu dumm. "Ich will nur von Ihnen wissen, ob Sie vorhaben, Ihre Gartenparzelle im Nachbarort mit der Flurnum-
mer 1967-12/28 zu verkaufen?"

"Ach, so Einer sind Sie! Wollen mich wegen Steuerhin-
terziehung drankriegen! Das Grundstück gehört mir seit
meiner Geburt und was ich damit mach', geht niemen-
den was an! Scho' gar nicht das Finanzamt!", raunzte
Siegfried Behrendt mit hochrotem Kopf.

"Also wollen Sie es verkaufen."

Siegfried Behrendt verschränkte die Arme und lehnte
sich mit einem selbstgerechten Lächeln an den Türstock,
der unter seinem Gewicht knarzte. "Von mir erfahrt Ihr
dreckigen Staatsdiener gar nix! Unter'm alten Fritz hätt's
sowas nicht gegeben."

"Unter wem?"

"Keine Ahnung von deutscher Geschichte, wie? Na,
dann hör'n Sie mir mal gut zu, vielleicht lernen Sie ja
noch was! Friedrich der Große, König von Preußen und
Kürfürst von Brandenburg, das war noch ein Staatsmann!"

"Hm, Kriege um Schlesien zu führen und Falschmünzerei

betreiben lassen machen einen großen Staatsmann wohl aus."

"Ah, Sie waren wohl dabei?", blaffte ihn Siegfried Behrendt an.

"Genauso wie Sie", konterte Max. "Im Übrigen heißt es Kurfürst." Er drehte sich weg und wollte gehen, hier war nicht mehr zu erfahren.

"Ha! Dafür war ich im Irak-Krieg mit..."

"Ja, schon klar: mit Ihrer rostigen Schrotflinte, der 44er Sauer oder Ihrer BFG. Wie viele Inder haben Sie denn da abgeschossen?", meinte Max über die Schulter.

"Dutzende!", brüllte ihm Siegfried Behrendt hinterher.

"Na dann, viele Grüße an den alten Fritz und Ihre .44er Sig Sauer." *'Noch so Einer wie Emil Elster... Derek hat wirklich recht, hier in der Gegend gibt es ein Arschloch-Problem.'*

Max machte sich davon, unter einem unverständlichen Redeschwall von Siegfried Behrendt.

Auch wenn dieser Besuch alles andere als angenehm für Max war, hatte er zumindest heraus hören können, dass der nette Herr wohl vorhatte, sein Gartengrundstück zu verkaufen, leider war es Max nicht gelungen herauszufinden an wen. Aber es gab schließlich noch andere Punkte, wo man ansetzen konnte, sprich die weiteren Gartenbesitzer. Allen voran wollte Max endlich mehr über diese BEA KG erfahren, doch es war Sonntag, also auf offiziellem Wege war da wenig bis gar nichts zu machen. Aber dafür hatte er schließlich seine Kontakte in Person des 3. Bürgermeisters der hießigen Marktgemeinde, der ihm zugesichert hatte, er würde sich in seinem beruflichen Bekanntenkreis umhören, in dem es wohl auch die ein oder andere Person aus dem Registergericht gab.

Nun war er auf dem Weg zu einem weiteren Grundstückseigner in der Gartensiedlung der Krankenhausnachbarschaft. Bei der Nachfrage nach diesem Bauern wurde wesentlich wohlwollender geantwortet als bei Siegfried Behrendt. Der Bauer Schedog wohnte ein ganzes Stück weit entfernt, also war Max gezwungen, einen weiteren Spaziergang durch den Ort zu machen, was ihn allerdings mit zunehmender Dauer immer weniger ausmachte. Es gab hier in dem Ort doch einiges zu sehen und zu bestaunen, allein die Tatsache, dass der Ort um Einiges größer wirkte, wenn man sich zu Fuß auf den Weg machte, von einem Ende zum Anderen zu gehen.

Als Max bei dem Anwesen des Bauern Schedog ankam, war von einem geschäftigen Treiben, wie er es auf einem Bauernhof erwartet hätte, rein gar nichts zu sehen, ganz im Gegenteil. Tür und Tor waren verschlossen, auf sein Klingeln hin gab es keinerlei Reaktion und nicht ein Geräusch war zu vernehmen aus dem Gehöft.

'Soll das jetzt wirklich so weitergehen?', fragte sich Max selbst, als ihm nach zweimaligem weiteren Betätigen des Klingelknopfes immer noch keine Reaktion vergönnt war. Auch wenn der Besuch bei Siegfried Behrendt kein Totalausfall war, viel weiter gebracht hatte er Max auch nicht. Und nun stand er hier an einem völlig verwaisten Bauernhof und klingelte sich die Finger wund, für null Ertrag. Als er gerade zum 4. Mal ansetzen wollte, wurde er von hinten angesprochen.

"Da können Sie heute läuten, bis Sie schwarz werden." Das kam nicht unfreundlich, nur ein wenig neckisch.

"Wer sagt denn, dass ich's nicht schon bin?", flachste Max, während er sich umdrehte und einen freundlich dreinblickenden, schlaksigen Brillenträger vor sich sah.

"Weiß nicht, aber noch wirken Sie farbenfroher, so in die gelblich-blaue Richtung..."

"Blau war ich die letzten Tage oft genug, das brauch' ich die nächsten Monate nicht mehr..."

"Hehe, ich weiß was Sie meinen!" Der junge Bursche nahm seine Brille ab und polierte sich die Gläser, während er wie beiläufig meinte: "Wir hier trinken auch gerne Einen über den Durst, aber zur Erntezeit kommt das nicht so gut."

Max kramte in seinem Gedächtnis... Was wurde noch gleich zu dieser Jahreszeit geerntet?

"Also alle Bauern des Ortes auf den Kartoffelfeldern, wie?"

Sein Gegenüber starrte ihn aus großen, ungläubigen Augen an. "Da sind Sie aber ziemlich früh dran... Oder spät, wie man's sieht. Eher auf den Salatfeldern."

"Ich meinte ja auch Kartoffelsalat."

"Hahaha! Sie gefallen mir!"

"Und ab wann ist die Erntezeit vorbei?"

"Für richtige Bauern ist immer Erntezeit. Und wenn keine Erntezeit, dann ist Aussaatzeit." Den Worten folgte ein dickes Grinsen.

"Ja, is' klar, aber wann ist die Erntezeit HEUTE vorbei?"

"Hm, am späten Abend irgendwann auf die Nacht zu, normalerweise."

Max sah resigniert auf seine Uhr, es war gerade einmal 12 Uhr mittags. "Schöne Scheiße...", entfuhr es Max.

"Ach", meinte sein Gesprächspartner aufmunternd, "machen Sie sich nichts draus, in der Herbsterntezeit geht's die Nacht durch."

"Also es könnte noch schlimmer sein, immerhin..." Max dachte nach, was er nun machen sollte. Als ihm kein besserer Einfall kam, nahm er eine seiner Visitenkarten heraus, vermerkte neben seiner Handynummer "Bitte anrufen!" und steckte die Karte in den Briefschlitz des Hoftores. Er verabschiedete sich von dem Brillenträger und machte sich auf zur nächsten Station, der 3. Gartenbesitzer auf der Liste, der in diesem Ort wohnte. Es hatte Max schon gestern gewundert, dass 3 von 5 Garteneignern aus dem Ort kamen, in dem er sich einquartiert hatte.

Hier wurde Max nach dem 1. Klingeln ohne lange Wartezeit geöffnet und überrascht.

"Ja servus! Herr Kommissar, was kann ich für Sie tun?" Diese Worte kamen von seinem Wirtshaus-Kollegen und Städteführer Knipso Fatzinho.

Kapitel 31

Der Tag war bislang alles andere als erfreulich verlaufen; sei es sein Besuch bei diesem Liebhaber vergangener Zeiten oder die nicht mögliche Befragung des Bauern, der den Tag auf dem Feld verbrachte. Der Eine wollte ihm mit einer zwar nicht funktionierenden Schrotflinte am Liebsten nachschießen, der Andere war nicht anzutreffen auf seinem Hof und würde erst auf die Nacht zurück sein, hatte ihm dessen Nachbar gesagt. Doch nun saß Max auf einer gemütlichen Couch, hatte ein kühles Cola-Mix-Getränk in seiner Hand und unterhielt sich mit einem Stammtischkollegen aus seiner Herberge.

Nach einigen allgemeinen Worten kam Max zur Sache und wollte wissen, was es mit der Gartenparzelle auf sich hatte, die der gute KF sein Eigen nannte.

"Tja, Herr Kommissar, falls Interesse besteht, das Schrebergarteneckchen zu erwerben, um hier in unserer Gegend einen Fuß in der Tür zu haben, muss ich leider den Spielverderber geben..." Er zwinkerte nekisch.

Auch wenn Max über diesen Scherz schmunzeln musste, war ihm gar nicht so unwohl bei dem Gedanken, des Öfteren hier in der Gegend Zeit zu verbringen, obwohl seine Mutter in unmittelbarer Nähe wohnte.

"Selbst wenn ich wollte, der Garten gehört mir schon nicht mehr, hab' ihn letzte Woche verkauft."

"Aber nicht zufällig an eine BEA KG?" Max hatte eine ganz gewisse Ahnung.

"Nein, nicht direkt."

"Wie kann ich das verstehen?"

"Die exakte Firmenbezeichnung ist BEA UG & Co. KG."

Max sah seinen Stammtischkumpel schief an. "Bist du

da ganz sicher? Klingt etwas... seltsam."

"Ja, das musste ich auch erst mal googeln. Ist eine unüblichere Variante der GmbH Co. KG, soweit ich das nachgelesen hab', aber vollkommen legal."

"Und wie ist diese... Firma an dich heran getreten?"

"Tja, eines schönen Tages wurde ich angerufen und ohne lange Vorrede hat man mich gefragt, ob ich denn Grundbesitz hätte und den verkaufen wollte."

"Und du hast gleich zugestimmt und nach dem Geld gefragt?"

"Ha! Sicher, am Telefon schließt man die besten Verträge. Mein 1. Kommentar drauf war, dass ich aufgelegt hab', natürlich erst nach einem freundlichen 'sie können mich mal'."

Das brachte Max zum Schmunzeln. Er hatte selbst schon genügend illegale Werbeanrufe von zwielichtigen Callcentern erhalten und er feierte Jeden, der diesen Betrügern anständig über's Maul fuhr.

"Damit hatte sich die Sache für mich, aber ein paar Tage später war da wieder ein Anruf. Diesmal ganz förmlich: Es wurde sich anständig vorgestellt, Firmenname genannt, erst verhalten, dann deutlich gefragt, ob ich Besitzer eines Schrebergartens im Nachbarort wäre und nach meinem knappen 'ja' wurde freundlichst ein Treffen erbeten."

"Und deine Reaktion?"

"Ich habe freundlichst abgelehnt und der Dame nahegelegt, sie solle sich eine anständige Arbeit suchen und nicht hart arbeitende Menschen über's Ohr hauen."

"Das war alles?" Max war verwundert.

"Naja, nicht ganz... Ich habe ein paar Berufe aufgezählt, die, aus meiner Sicht, moralisch weniger anstößig wären, als in einem betrügerischen Callcenter zu arbeiten, als da wären Domina, Prostituierte, Fetischmodel oder Plopegg-Künstlerin. Aber du wirst mich nicht wegen Beleidigung einbuchten, oder?"

"Das muss ich mir noch überlegen...", meinte Max amüsiert.

"Ab da dachte ich, es hat sich erledigt. Aber die Woche drauf hat mich eine Anwaltskanzlei aus der Stadt angerufen. Die haben mir allen Ernstes ein Angebot von einem ihrer Klienten unterbreitet für meinen Schrebergarten, Preis pro Quadratmeter 30 % über dem Marktwert."

"Da hast du dann aber zugeschlagen, oder?"

"Ich hab' Sie auf 60 % gezogen", meinte KF mit einem selbstzufriedenen Grinsen.

"Nicht schlecht! Und wie lief das dann weiter ab?"

"Es wurde ein Termin vereinbart, ein Notar hier im Nachbarort, da tauchte einer der Anwälte auf, der hieß Artzinger. Und dann kam der Vertreter oder Geschäftsführer dieser BEA UG & Co. KG; das hab' ich nicht ganz kapiert was er nun war; und da hab' ich nicht schlecht gestaunt."

"Und warum das?"

"Der Kerl wohnt hier im Ort."

Max atmete hörbar tief ein. *Endlich! Das Ende des Regenbogens kommt in Sicht!* "Wie heißt denn der Gute?"

"Kuno Tortline heißt er. Aber ich sag's ganz ehrlich: von allen 400 hier im Ort hätte ich dem am Wenigsten eine eigene Firma zugetraut. Ist nicht gerade die hellste Kerze auf der Torte."

Ein Tortline, endlich Einer mit direktem Bezug zu dem Fall! "Kennst du ihn näher?"

"Naja, wie man sich so kennt... Vom Spielplatz, aus dem Kindergarten und später dann von den Festen hier im Dorf. Harmloser Kerl nach außen."

"Und wo genau wohnt er?"

"Nicht weit von hier, wenn du später wieder hoch zur Wirtschaft läufst, kommst du fast direkt dran vorbei. Auf der Enisgeraden 19. Ich weiß, ich weiß", meinte KF und winkte schmunzelnd ab, "ein ziemlich sperriger Straßenname. Hier im Ort nennen wir die verfallene Bude deswegen auch nur Kackhof." KF kicherte.

Max' Pupillen hatten sich fast über die komplette Iris erweitert, während in seinem Kopf einige Rädchen ratterten.

"Äh... Max, alles ok bei dir?" Er konnte beim besten Willen nicht beurteilen, wieviel Zeit vergangen war, doch es musste lange genug gewesen sein, dass sich KF anfing zu sorgen. Als Max wieder aus seinen Gedanken zurückkehrte, starrte er immer noch an die weiße Wand in KF's Wohnzimmer.

"Ales klar soweit, ich muss nur diesem Kuno schnellstens einen Besuch abstatten!"

Die Strecke durch den Ort Richtung Kackhof legte Max diesmal um Einiges schneller zurück als bei seinem 1. Besuch 'Auf der Enisgeraden 19'. Damals war es nur ein Indiz, hingeschmiert an die Wand eines Zimmers in einer Irrenanstalt von einem geistig verwirrten Insassen derselben. Heute war es der Wohnort eines Verdächtigen und, wie er auf seinem Fußweg per Handy noch erfahren hatte, auch der Sitz dieser ominösen BEA-Firma!

Als ihn der Anruf erreichte, hatte er kaum das Hoftor von Knipso Fatzinho hinter sich gelassen. Der 3. Bürgermeister der hiesigen Gemeinde hatte seine Kontakte spielen lassen und in Erfahrung gebracht, dass die in den Unterlagen der Gemeinde genannte BEA KG nicht mehr existent ist, offenbar wurde die Firma beim Registergericht gelöscht und zeitgleich eine BEA UG & Co.KG eingetragen. Max musste gestehen, dass er mit der Materie derartiger Gesellschaften doch etwas überfordert war, Bürgermeister Hagen konnte da nur miteinstimmen, doch hatte er sich von einem Bekannten die Grundzüge darlegen lassen. Es ging wohl einfach darum, die Haftung der Gesellschaft mit liquiden Mitteln zu unterbinden, oder zumindest stark zu beschränken, was Max nicht wirklich überraschte. *'Solange man Gewinn abschöpfen kann schreien alle "HIER!", aber sobald etwas in Schieflage gerät, verlassen die Ratten das sinkende Schiff... Was für eine Premiere...'* Desweiteren hatte ihm Hagen die Adresse, an der sich der Firmensitz der liquidierten BEA KG befand, genannt und, oh Wunder!, es war exakt die Adresse, zu der er sich bereits auf den Weg gemacht hatte. Ebenso hatte er ihm den Namen 'Kuno Tortline' als Geschäftsführer der BEA KG mitgeteilt, womit sich bestätigte, was Max' Kumpel KF schon vermutet hatte.

Er bog rechts ab und nahm die Steigung mit schnellem Schritt, während er sich die Frage stellte, warum eine Firma in so einer Bruchbude angesiedelt sein sollte? Eigentlich wäre die Antwort war simpel: es handelt sich um eine Schein-Adresse oder eine Briefkastenfirma. Allerdings konnte das in diesem Fall nicht direkt der Fall sein, außer dieser Kuno Tortline war auch nur ein Strohmann, der nach außen hin das Gesicht der Firma spielen sollte und im Hintergrund zogen andere die Fäden. Das schien Max zumindest im Moment am plausibelsten, wenn man den Worten von KF glauben schenken konnte, dass dieser Kuno Tortline nicht der Klügste sein sollte.

Max war am oberen Ende der Steigung angekommen und besah sich den vor ihm liegenden Hof. Bei seiner 1. Stippvisite hatte er nur einen oberflächlichen Blick auf alles geworfen, nun wollte er sich etwas genauer umsehen. Er ließ das alte, morsche, offenstehende Holztor hinter sich und trat auf den gepflasterten Vorhof. Zu seiner Linken waren alte, leerstehende Stallungen zu sehen, die Fensteröffnungen waren ohne Scheiben und die Holztüren hingen schräg in den Angeln. Zu seiner Rechten eine hohe Scheune, deren Ziegeldach 3 mittelgroße Löcher aufwies, um die herum das Dach schon stark abgesackt war. Das Haupthaus geradeaus machte dagegen einen soliden Eindruck, wenn man die anderen Bauten als Maßstab nahm, auch wenn die kackbraune Farbe langsam abblätterte, sowohl von den Wänden als auch von den Fensterrahmen, so stand es scheinbar grundsolide, ja fast erhaben vor Max. Was hier stark auffiel: die Türen passten nicht zum Haus, vom Rest des Hofes ganz zu schweigen... Es handelte sich scheinbar um Metalltüren mit Sicherheitsbeschlägen, jedenfalls konnte Max keine außenliegenden Schrauben erkennen, ebenso war kein Schlüsselloch vorhanden, sondern ein Fingerabdrucksensor. Es bestand kein Zweifel: hier wollte jemand um jeden Preis unbehelligt bleiben...

Während Max an der Vordertür des Haupthauses stand und nach der nicht vorhandenen Klingel suchte, blickten von ihm unbemerkt 3 finster dreinblickende Gestalten aus einem der Fenster des 1. Stocks des Hauses.

"Wie war das noch? Du sorgst für genügend Ablenkung, damit uns der Bulle nicht auf die Pelle rückt?", wollte Nr. 2 ironisch an Nr. 3 gewandt wissen.

Max trat ein paar Schritte zurück und sah an dem Haus hoch.

"Hat ja wunderbar geklappt, ihn auf Abstand zu halten! Er ist immerhin noch 3 Schritte von uns entfernt", warf Nr. 1 zynisch ein.

"Im Gegensatz zu euch beiden Komikern hatte ich mehr

als einen Plan, um ihn zu beschäftigen. Die paar Minuten im Knast und sein fehlendes Auto haben ihn schließlich kaum gestört, und mehr Ideen hattet ihr Intelligenzbestien ja nicht!"

Die 3 starrten weiterhin durch das Doppelfenster auf den ungebetenen Besucher. Max wandte sich um und sah direkt in ihre Richtung, was aber nichts ausmachte, da dieses Fenster mit verspiegelter Folie beklebt war.

"Ich hätte die Sache gleich auf meine Art erledigen sollen", raunzte Nr. 1 über die Schulter, während er die Pistole aus seinem Schulterholster zog und entsicherte. "Die alten Methoden sind immer noch die Effektivsten..." Er zielte durch das geschlossene Fenster auf den Kommissar, der sich wieder abwandte und die alte Scheune musterte. Nach kurzem Überlegen ging er gemütlichen Schrittes auf das verfallende Gebäude zu, um es genauer zu betrachten. Der Lauf der Pistole mit dem Auge von Nr. 1 über der Kimme folgte ihm langsam, aber zielsicher, nach.

Kapitel 32

'Es läuft wirklich wie in Zeitlupe ab', dachte sich Nr. 3. Er hatte es früher nur für eine Floskel in Romanen und ein Stilmittel in Filmen gehalten; einen dramaturgischen Kniff; um eine ausweglos scheinende Situation in einer Geschichte noch ein wenig in die Länge zu ziehen und noch einige Minuten Film oder Zeilen Text zu schinden. Nun, da er sich selbst in solch einer Geschichte befand, traf es ihn unvorbereitet, insbesondere, weil man nicht nur die Begebenheiten um sich herum in Zeitlupe wahrnahm, man selbst reagierte ebenfalls wie in Zeitlupe, allerdings noch um einige Nuancen langsamer, was eine Reaktion mit dem passenden Timing schwierig, um nicht zu sagen nahezu unmöglich, machte.

Nach diesen Gedanken, die ihm noch mehr der kostbaren Zeit raubten, die er benötigen würde, um diese Situation zu entschärfen, nahm er seine rechte Hand und legte sie auf den Lauf der Waffe, die den Polizisten durch das verspiegelte Fenster taxierte und drückte diesen vorsichtig nach unten.

"Bist du von allen guten Geistern verlassen oder willst du dir die Gefängniszellen zur Abwechslung von innen ansehen?", warf er Nr. 1 leise und giftig entgegen.

"Willst du dich mit mir anlegen?" polterte Nr. 1 im Gegenzug. Seinem Blick nach zu urteilen fehlte nicht viel und er würde die Waffe auf seinen Gesprächspartner richten.

"Was ich will, ist: benutze das, was du in deinem Kopf hast, gefälligst zum Nachdenken!"

"Wie soll man mit einem Haufen Stroh denn denken?", warf Nr. 2 bissig ein, was ihm einen bösen Blick von Nr. 1

einbrachte, Nr. 3 ignorierte ihn, wie früher schon des Öfteren.

"Was glaubst du, wird passieren, wenn du dem Kommissar eine Kugel in den Kopf jagst?" Nr. 3 hatte seine Stimme wieder beruhigt und hoffte, dass sich die Ruhe auch auf Nr. 1 übertragen würde.

"Na was wohl?! Wir sind den Kerl endlich los und können den Verkauf der Grundstücke ungestört über die Bühne bringen!"

Im Kopf von Nr. 3 ratterte es... *'Wie kann man nur so gottverdammt verblödet sein?'* "Nein", meinte Nr. 3 so gelassen, wie es ihm möglich war. *'Hat dieser Vollidiot nicht selbst noch vor ein paar Tagen gesagt, ein weiterer Toter würde auffallen?'* "Wenn du ihn erschießt, hier, auf diesem Grundstück, mit deiner Waffe, ohne Schalldämpfer, dann ist alles vorbei." Nr. 3 bemühte sich, ihm mit seiner Stimme einen ruhigen Takt vorzugeben. "Dieser Kommissar ist hier, weil er der Firma auf die Schliche gekommen ist. Dass er hier ist, verursacht bis jetzt rein gar nichts, außer, dass er vermutlich auf Spuren der Firma gestoßen ist."

"Also ist er uns auf den Fersen", gab Nr. 2 aus dem Hintergrund ungefragt seinen Senf dazu.

Nr. 3 schloss kurz die Augen und atmete tief durch.

'Kann dieser Idiot nicht einmal den Mund halten?' "Er ist der Firma auf die Spur gekommen, gut. Aber was heißt das schon? Eine Firma, die Gartengrundstücke aufkauft, vielleicht ein wenig über dem marktüblichen Quadratmeterpreis, aber ansonsten gibt es nichts, rein gar nichts, was an der Firma verdächtig wäre."

"Außer den Namen, der an der Wand eines Toten steht und der Name des Geschäftsführers direkt danach!" Nr. 1 klang gefährlich in Rage.

'Einmal in seinem Leben führt dieser Volltrottel einen lo-gischen Gedankengang zu Ende...' "Und?", meinte Nr. 3, bemüht, so gleichgültig wie möglich zu klingen. "Das sind Indizien, ach was, Mutmaßungen, dass dabei ein Zusammenhang besteht, der in irgendeiner Weise mit diesem Mordfall zutun hat." Die beiden Anderen machten ein nachdenkliches Gesicht. Nr. 1 hatte den Arm mit der Waffe zu Boden gesenkt. In diesem Moment war Nr. 3 klar, dass er die richtigen Worte gefunden hatte, nun galt es, einen Strich unter die Situation zu machen. Er wandte sich an Beide. "Nochmal zum Mitschreiben: dieser Kommissar kann vermuten, was er will, wissen tut er rein gar nichts. Und" Nr. 1 machte eine bedeutungsschwangere Pause. "Damit er uns morgen nicht in die Parade fährt, werde ich dafür sorgen, dass er heute schon etwas zum Nachdenken bekommt..." Nr. 3 zog sein Handy aus der Hosentasche und suchte eine Nummer aus seinem Telefonbuch heraus. Als er die Kontaktdaten gefunden hatte, ließ er sein Handy die Nummer wählen.

'Was für ein trostloser Haufen Steine und Bretter...', dachte sich Max, als er die halbverfallene Scheune näher betrachtet hatte. Durch ein paar Ritzen zwischen den Holzlatten hatte er einen Blick in das Innere werfen können, indem sich alte landwirtschaftliche Geräte befanden, die vor sich hin gammelten. Es machte einen traurig, wenn man sah, dass es immer mehr alten Bauernhöfen so erging, sei es aus Unvermögen oder Unwillen der Erben solcher Höfe, oder dem Verfall der Preise im bäuerlichen Sektor.

So sehr es Max auch wurmte, aber hier schien er im Moment nichts mehr in Erfahrung bringen zu können, außer er nahm sich die Zeit sich auf die Lauer zu legen und zu warten, bis hier der Besitzer oder ein Bewohner des Hauses auftauchen würde. Allerdings sah das Wetter danach aus, dass es regnen würde und er hatte wirklich keine Lust, sich hier in den alten Stall zu verkriechen und zu hoffen, dass noch jemand kommen würde. Er beschloss lieber später, nach Einbruch der Dunkelheit, zurück zu kommen und nach erleuchteten Fenstern Ausschau zu halten.

Er drehte sich vom Haupthaus weg und verließ den sogenannten Kackhof, um in seine Herberge zurück zu kehren. Ein Feierabendbier sollte noch drin sein, dabei konnte er seinen Gedanken noch ein wenig nachhängen. Als er nur noch wenige Meter von der Straße entfernt war, die den Ort optisch in 2 Teile schnitt, klingelte sein Handy. Nach kurzem kramen in seiner Hosentasche hatte er es in den Fingern. Sollte es sein Kollege Arni sein, würde er gleich wieder getadelt werden, dass er zu lange gebraucht hatte, um den Anruf entgegen zu nehmen, allerdings zeigte das Smartphone nicht die Nummer seines Kollegen, sondern "Unbekannt" an. Er betätigte den grünen Hörer auf seinem Display und gab ein neutrales "Ja?" von sich.

"Sie fühlen sich erhaben", hörte Max aus seinem Smartphone, es klang überzeugt.

"Ja, das stimmt schon, aber woher wollen Sie das wissen?", meinte Max beiläufig. Wenn er im Laufe seines Lebens eines gelernt hatte, dann, dass er sich von solcherlei Anrufen nicht aus der Ruhe, oder gar in Rage, bringen ließ.

Stille. Offenbar war der Anrufer überrascht, dass ihm zugestimmt wurde. "Sie korumpieren das Recht, aber das Recht ist auf Seiten des Volkes!" Nun klang die Stimme wütend.

'Typisch', dachte sich Max. *'Nicht auf das Gesagte einge-hen, einfach stumpf weiter im Skript...'* "Da stimme ich Ih-nen vollkommen zu, das Recht hat auch auf Seiten des Volkes zu sein und jeder, der dieses Recht versucht zu be-schneiden, ist ein Feind des Volkes. Und da ich das so sehe, bin ich ein Verteidiger des Rechtes."

Eine weitere Pause, diesmal länger. "Sie werden Ihre Überheblichkeit bereuen, so wie all die Anderen!"

"Ah, gut zu wissen, ich möchte mich vielmals bedanken, dass Sie mich darüber informiert haben. Soll ich Ihnen noch eine Eingangsbestätigung Ihrer Mitteilung per E-Mail oder Brief zukommen lassen?" Bei all den zahlrei-chen Drohanrufen, die Max schon erhalten hatte, seit er Polizist war, und auch bei einigen davor, hatte es sogar 2 bis 3 mal funktioniert und der Anrufer hatte ihm seine echte Adresse mitgeteilt.

"Sie machen sich lustig, aber das wird Ihnen noch verge-hen!" Langsam klang die Stimme ungehalten, aber auch immer unechter, da benutzte jemand anscheinend einen digitalen Stimmverzerrer.

"Natürlich, irgendwann endet der beste Witz und die lustigste Pointe verliert ihre Wirkung, deshalb ist es um-so wichtiger, sich neue Scherze auszudenken, da bin ich ganz bei Ihnen."

"Halten Sie endlich den Mund, verdammte Systemhure! Sie und Ihre linken Gesinnungsgenossen werden morgen erleben, wie sich das Volk die Macht zurückholt! Man wird euch aus euren Löchern treiben und zur Verantwor-tung ziehen!"

"Mhm, so in etwa dachte ich mir das schon. Gibt's noch eine Frist, dass ich mit meinen Marxisten-Brüdern das Land Richtung Kuba oder Nordkorea verlassen kann?"

"Ihnen wird das Lachen vergehen, das verspreche ich Ihnen! Sehen Sie mal in Ihr bevorzugtes soziales Netzwerk..."

"Und wonach soll ich da suchen?", wollte Max langsam ungeduldig wissen. Auch wenn ihn solche Anrufe eine Weile erheiterten, langsam wurde es ermüdend.

Anstatt einer Antwort hörte Max nur ein Klacken, die Verbindung wurde beendet.

Max wollte diesen seltsamen Anruf unter der Rubrik "Spinner mit Telefonanschluss" ablegen, doch der letzte Satz beschäftigte ihn dann doch, als er die letzten Meter zu der Gastwirtschaft ging. Als er schon im Begriff war, die Türlinke zu greifen, hielt er doch inne und zog stattdessen sein Smartphone aus der Tasche. Er öffnete die App des sozialen Netzwerkes, dass mittlerweile fast schon wieder out war, und sah sich seine Meldungen an. Ein Gruppenvorschlag erregte seine Aufmerksamkeit. Die Gruppe hatte bereits mehr als 100 Mitglieder.

Der Gruppenvorschlag stammte von einem "Aemilius von Picave", klang ja sehr realistisch, passte also zu dem Anrufer von eben. Mehr als die Person, interessierte Max die Gruppe mit dem Namen "Demo gegen gewalttätige Linksextremisten", was für soziale Netzwerke noch nichts Besonderes war, aber die Gruppenbeschreibung hatte es in sich. "Wir laden alle aufrechten Bürger Deutschlands ein, zur Demo gegen die ausufernde linke Gewalt in unseren Dörfern auf die Straße zu gehen! In einem Ort in unserer Region wurden unschuldige Besucher des Ortes brutalst angegriffen und schwer verletzt von verblendeten Anhängern der Kartellparteien!" Soweit auch nichts besonderes in der heutigen Zeit, doch dahinter stand die Anschrift seiner Herberge hier im Ort, zusammen mit einem "Morgen, 9:00 Uhr auf zum Kampf!"

Kapitel 33

Max sah sich verstohlen um, ehe er sich in die Büsche neben der Straße schlug und sich auf die Lauer legte, um die "Demo" im Auge zu haben, die jede Minute hier beginnen konnte. Es musste hier nichts passieren, vielleicht würden sich nur ein paar Deppen, angetrunken und beleidigend, herumtreiben und sich nach kurzer Zeit wieder verziehen, aber es konnte auch anders laufen, so wie damals in Köln und Hamburg...

Max hatte sich am gestrigen Abend noch seine Gedanken gemacht, hatte auch den Wirt der Dorfgaststätte auf die scheinbar geplante Demo an seiner Adresse aufmerksam gemacht, doch dieser hatte abgewunken und unbesorgt getan, was Max nicht unbedingt beruhigte. Er hatte auch versucht, Derek zu erreichen, um nachzufragen, ob eine Demo angemeldet wurde, doch sein alter Kumpel und hiesiger Kommissar war nicht zu erreichen, ebenso stieß er bei der Telefonnummer des regionalen Polizeireviers auf taube Ohren. Nach seinem Feierabendbier hatte er sich auf sein Zimmer zurückgezogen und versuchte noch eine Quelle anzuzapfen, den 3. Bürgermeister der Gemeinde. Dieser war ebenfalls besorgt, als er die Informationen von Max zu hören bekam und versicherte, er würde sich melden, sobald er etwas in Erfahrung gebracht hätte. Die Stunden vergingen und Max beruhigte sich wieder etwas, doch komplett los ließ ihn die Sache nicht. Kurz bevor er sich endgültig schlafen legen wollte, meldete sich Bürgermeister Hagen doch noch. Allerdings bereiteten seine Worte Max enormes Kopfzerbrechen, denn laut seiner Aussage war wirklich eine geplante Demo bekannt, jedoch war nicht ein einziger Polizist dafür abgestellt worden, diese Demo zu beobachten. *'Das sieht diesem ignoranten Buhlger ähnlich...'*, dachte sich Max.

Max überlegte, was er tun sollte. Er entschloss sich, abermals seinen alten Freund Derek anzurufen, doch dieser ging immer noch nicht ran, was ihn zusätzlich beunruhigte. Sein 2. Gedanke war, den Einheimischen Bescheid zu geben, also stürzte er nochmals die Treppen zur Gaststube hinunter und informierte die Dörfler, die sich noch in der Wirtschaft befanden, dass diese nicht unvorbereitet von den möglichen Randalierern überrascht werden würden, so konnten sie sich immer noch zu Hause einschließen, ihre Autos in sicherer Entfernung parken und würden nicht zu Schaden kommen, doch auf die Ansage von Max wurde nur mit dem Kopf genickt und ihm pflichtschuldig gedankt, ein paar murmelten so etwas wie "wir wissen Bescheid", aber es wurde ebenso abgewunken, als Max seine Sorgen äußerte. Offenbar nahmen es die Dörfler zu sehr auf die leichte Schulter. So ging dieser Tag für ihn äußerst frustrierend zu Ende und er legte sich ruhelos schlafen.

Als er wenige Stunden später alles andere als fit wieder aufwachte, hatte er einen Entschluss getroffen. Auch wenn ihn die Gleichgültigkeit der Einheimischen wurmte, ja sogar leicht wütend gemacht hatte... Es sollte sein wie es wollte, er hatte nicht vor, die Demo komplett ohne polizeiliche Aufsicht zu lassen, deshalb suchte er sich einen Platz, von dem aus er die Straße, über die diese Personen in den Ort wohl einmarschieren wollten, gut im Blick hatte, was ihn auf das Gebüsch oberhalb des Spielplatzes aufmerksam werden ließ. Die Teilnehmerzahl der Gruppe hatte online nun schon die 125er Marke geknackt. Max hoffte nur, dass nicht alle die zugesagt hatten, auch auftauchen würden, so lief es ja üblicherweise ab, zumindest wenn zu Feiern eingeladen wurde.

Da saß er nun, kniend in feuchtem Gras, weil es vor einer Stunde einen Regenschauer gegeben hatte, mit langsam steif werdenden Bandscheiben, einer Hand an seiner Dienstwaffe, die andere an seinem schmerzenden Genick während er die Organisatoren dieser verkackten Demo verfluchte, doppelt und dreifach...

Die Minuten vergingen, ohne dass etwas geschah, ehe einige Personen an den Rand der Straße traten, allerdings handelte es sich um Einheimische, Lenny und Carl, Fatzinho und Mr. X hatten sich mit alten Holzrechen, Harken und rostigen Sensen in Stellung gebracht, es traten noch weitere Personen hinzu, die Max nicht persönlich kannte, aber wohl auch Einheimische waren. Nach kurzer Zeit war die Gruppe auf 17 Mann angewachsen. Die Szene wirkte surreal auf Max, nicht nur, was die "Bewaffnung" anging, auch die Kleidung wirkte seltsam entrückt, größtenteils waren es abgetragene Blaumänner, alte Schlapphüte und Feinrippunterhemden, sie sahen aus wie das klassische Klischee von Hinterwäldlern.

Max war fast ein wenig gefangen von diesem Anblick, als er Schritte hörte, viele Schritte von schweren Schuhen, fast im Stechschritt. Sein Kopf wirbelte herum und er erblickte nicht die Bestätigung, sondern die zehnfache Potenz seiner Sorgen: es kamen dutzende von Leuten mit Schildern und Transparenten die Straße entlang, die Aufschriften reichten von Klassikern wie "Mutti Marx" und "Rape-Futschies not welcum" über "Keine Gewalt gegen die letzten Demokraten" und "Die wahren Faschisten sind die Sozialisten" bis hin zu "Für unsere Staatslenker bleibt nur noch der Weg zum Henker", klarer Fall, diese Demonstranten waren mit Sicherheit an einem sachlichen Diskurs interessiert...

Der Aufmarsch kam zügig näher, Max war der Meinung, schon einige gegrölte Parolen zu hören, die nicht den Schluss zuließen, dass dieser Pulk vorhatte, friedlich durch den kleinen Ort zu ziehen. Max sah vor seinem geistigen Auge schon eine Schneiße der Verwüstung vor sich, bestehend aus brennenden Autos, eingeschlagenen Fenstern, heruntergerissenen Regenrinnen. Seine Gedanken überdramatisierten seine Sorgen, jedoch hatten die Demos in Köln und Hamburg gezeigt, wozu eine emotional aufgeladene und ideologisch radikalisierte Gruppe von Menschen fähig sein konnte, egal ob diese extrem links oder radikal rechts des Mainstreams stand.

Die Schwadron war nun nahe genug, dass Max einzelne Personen erkennen konnte. Inmitten grobschlächtiger Gesichter erblickte er einige Milchbubis, die ihm wohlbekannt waren: Herr A. Ö. Tarx und Emil Elster. Tarx hatte das selbstgerechte Lächeln eines Börsenmaklers aufgesetzt, der gerade Aktien einer pleitegehenden Firma verhökert hatte, er schritt mit stolzgeschwellter Brust der Demo voran. Direkt neben ihm schlich Emil Elster, gedankenverloren immer wieder nach oben blickend, vermutlich auf der Suche nach Chemtrails. Ebenfalls auf gleicher Höhe der Beiden flankierten zwei stark untersetzte, ins leere blickende Männer die Beiden, die Max zwar bekannt vorkamen, sie aber nicht zuordnen konnte.

Max schätzte die Stärke des Aufmarsches auf 80 bis 100 Mann, Frauen suchte man fast vergeblich. Als sie die Ortsgrenze erreicht hatten und die "Gegendemo" erblickten, hielt der Zug inne und stoppte, wohl weniger aus Furcht, sondern aus Erheiterung, man sah einige zuvor dunkel dreinblickende Gesichter plötzlich gemein grinsen.

Mr. X trat einen Schritt vor, seinen Holzrechen locker auf der Schulter abgestützt und mit fester Stimme sagte er: "Passt auf, wir geben euch genau die eine Chance, jetzt umzudrehen und dahin abzuhauen, woher Ihr gekommen seid. Tut das, und keinem von euch wird was passieren. Tut das nicht, und keiner von euch wird diese Straße ungeschoren verlassen." Diese Worte kamen fest und überzeugt.

'Ist das noch Mut oder schon Waghalsigkeit?', schoss es Max durch den Kopf. *'Kein rational denkender Mensch kann sich ernsthafte Chancen ausrechnen, gegen eine solche Übermacht etwas zu reißen...'*

Einen Moment geschah nichts. Kein Ton kommentierte das Gesagte, fast, als ob die Worte stärker waren, als die Mannstärke der Demo, doch kurze Zeit später ertönte ein kollektives Auflachen von Seiten der Demo, dass Max an das Würgen von sich erinnerte, wenn er zuviel getrunken hatte. Die Antwort der rechten Demo bestand darin, dass sie sich wieder in Marsch setzte und zielstrebig auf Mr. X und die Gegendemo zuhielt. Mittlerweile trennte die beiden Gruppen kaum mehr als 20 Meter und Max machte sich ernsthafte Sorgen um seine neuen Bekannten, die er binnen kürzester Zeit doch sehr zu schätzen gelernt hatte.

Max sah keine andere Möglichkeit, als seine Dienstwaffe zu ziehen und beim ersten Anzeichen von Gewalt einige Warnschüsse in die Luft abzugeben, damit es endete, bevor es richtig anfangen konnte. Mit etwas Glück konnte er Schlimmeres verhindern, mit ein wenig Pech waren ein paar der Demonstranten nicht nur mit den Schildern bewaffnet, die teils schon wie Schlagstöcke geschwungen wurden, offenbar in freudiger Erwartung der sich anbahnenden Randale.

Die Schweißperlen auf Max' Stirn wurden immer größer, während der Abstand zwischen den grölenden Rechten und Mr. X immer weiter zusammenschmolz, auf nunmehr etwa 15 Meter. Mittlerweile war der komplette Demozug innerhalb der Ortsgrenzen, soweit Max das beurteilen konnte, er war sogar noch umfangreicher, als Max anfangs geschätzt hatte, das durften mindestens 120 Personen sein, eher 140, mehr als ein Drittel der Bevölkerung dieses Ortes.

Mr. X schien die Situation nicht richtig einschätzen zu können, zumindest hatte er sich keinen Zentimeter bewegt während die drohende Gefahr immer näher kam, er musste Nerven aus Drahtseilen haben. Als die Demo nur noch etwa 10 Meter entfernt von ihm war und Max seine Dienstwaffe schon langsam gehn Himmel ausrichtete, änderte sich das Gesicht von Mr. X schlagartig von gleichgültig-teilnahmslos, zu freudig-erregt. Er zog die Mundwinkel nach oben und ließ eine Reihe weißer Zähne zum Vorschein kommen, die ein triumphierend-gemeines Lächeln formten. Er nahm seine linke Hand, die bis eben noch in einer Tasche des alten Blaumanns geruht hatte, hoch und sprach nur einen Satz in das Funkgerät, dass diese Hand hielt: "Legt los Leute!"

Kaum waren diese Worte verklungen, ertönten laute Motoren aus einer Seitenstraße im Rücken der Demo, die tiefer in den Ort führte, ebenso waren Schritte zu hören, die vermutlich aus der Straße kamen, die sich neben der Gegendemo-Gruppe befand, ehe aus der selben Richtung eine Sirene ertönte, auch hörte Max aus dem Weg, der zum Haus der Fische führte ein Aufheulen von startenden Motorrädern.

Irritiert hielt der Demozug an, blickte kreisten und suchten die Quelle der Geräusche.

Aus dem Hof der Gaststätte marschierten mindestens nochmal 17 Mann heraus, die die Gruppe der Gegendemo verstärkten, allerdings trugen sie nicht die gleiche Aufmachung wie die bestehende Gruppe, sondern ein T-Shirt mit dem Logo der Gaststätte auf der Brust. Diese neue Gegendemo war zwar noch immer wesentlich kleiner als die Demo, gegen die sie sich stellten, doch war es nun schon ein besseres Verhältnis.

Das Motorengeräusch aus der Seitenstraße im Rücken der Demo schwoll an und 2 alte Traktoren fuhren heraus, einer vorwärts, der andere Rückwärts, jeweils mit einem Anhänger ausgestattet, vollbeladen mit jungen Männern und Frauen in Sportlertrikots mit dem Logo des hießigen Sportvereins, mindestens 20 in jedem Anhänger. Die Traktoren wurden so abgestellt, dass die Straße, die aus dem Ort führte, blockiert war.

Die Teilnehmer der Demo hatten sich erschrocken nach hinten gewandt und begafften die landwirtschaftlichen Fahrzeuge, die ihnen den Rückweg versperrten.

Die Sirene, die aus der Dorfstraße ertönt war, kam ebenfalls näher und Max sah ungläubig, ebenso die sich wieder umgedrehten Demonstranten, wie ein Feuerwehrauto um die Häuserecke bog, ebenfalls voll besetzt mit Männern in Feuerwehruniform, die zügig ins Freie sprangen.

Neue Motorengeräusche kamen auf, die nun aus der Straße kamen, die zu einem Nachbarort führte. Es kamen ein paar Fahrzeuge älteren Baujahres an, aus denen Männer stiegen mit noch älterem Baujahr, die sich zu den Traktoren gesellten und die Personen auf den Anhängern freundlich grüßten. Nochmals etwa 20 Personen, die die Reihen verstärkten, wenn sie auch etwas gebrechlich wirkten, schienen ihre Geh- und Wanderstöcke dafür umso härter.

Nun kamen die Motorengeräusche der Zweiräder näher, Max sah gerade durch das Loch in der Hecke, durch dass er die ganze Zeit abwechselnd nach links und nach rechts geschaut hatte, wie sich aus dem Weg zum See ein Pulk von Motorrädern näherte, die sich an der Einfahrt der Straße sammelten und in bester Filmmanier mit dem Gaszug spielten. Zwischen die Motorräder schoben sich etwa ein Dutzend Männer mit Käschern bewaffnet, die offenbar Mitglieder des hießigen Anglervereins waren, zumindest waren ihre T-Shirts mit dem selben Logo versehen, dass auf der Hütte neben dem See zu finden war. Die anfängliche Gruppe der Gegendemo von 17 Mann war angewachsen auf mindestens 50, plus die etwa 40 in den Traktorenanhängern, die 20 Rentner und dazu die Rocker und Angler mit nochmals etwa 25 Mann.

Tarx sah sich nervös um während Emil Elster versuchte, in der Masse der Demo unterzutauchen. Die anfänglich euphorische Stimmung der Personen war einem ängstlichen Schweigen gewichen, die Breite des Aufmarsches hatte sich halbiert, so eng aneinander gedrängt standen die eingekesselten Demonstranten.

Mr. X schritt langsam, aber zielstrebig auf Tarx, der immer noch die Spitze der Demo bildete, zu, die 50 Mann in seinem Rücken folgten mit wenigen Metern Abstand. Die entschlossenen Schritte verursachten eine starke Unruhe bei Tarx. Er versuchte sich in den Rücken von einem der großen Übergewichtigen zu schieben, die Max jetzt als die beiden Leibwächter von seinem Besuch bei der Wiesla-Party erkannte, doch standen die Demoteilnehmer mittlerweile so dicht aneinander gedrängt, dass er nicht aus der vordersten Reihe in die Masse der Personen untertauchen konnte.

Mr. X war nun bis auf 2 Meter an Tarx herangetreten, stoppte und sah auf ihn mit einem ruhigen und zufriedenen Gesichtsausdruck herab.

"Guten Tag Herr Tarx. Willkommen in unserem schönen Ort. Dürfte ich freundlich um eine Erklärung bitten, was dieser Aufmarsch hier zu bedeuten hat?" Dieser Satz klang zu freundlich, um ernst gemeint zu sein.

"Ich... wir... haben jedes Recht, hier zu demonstrieren", kam es zögerlich von Tarx.

"Daran möchte ich ja gar nicht zweifeln. Ich persönlich glaube Ihnen ja auf's Wort, dass Sie jedes Recht zu dieser Demonstration haben, aber rein pro forma muss ich Sie fragen, wer Ihnen die Genehmigung zu dieser Demo erteilt hat."

Tarx wollte etwas erwidern, hielt dann jedoch inne und blickte an Mr. X vorbei, dann sammelte er seine verbliebene Arroganz und presste hervor: "Wir leben hier in einem demokratischen Land! Jeder aufrechte Demokrat hat das Recht, gegen die Tyrannei einer illegitimen Regierung zu protestieren!"

"Hm, sehr interessant... Aber sagen Sie mir doch bitte, von welcher Regierung reden Sie eigentlich, der Bundesregierung? Landes- oder Bezirksregierung? Falls es Ihnen nicht bekannt sein sollte, keine der Genannten hat ihren Sitz hier in diesem Ort, nicht mal der zuständige Bürgermeister hat hier sein Rathaus, das ist im Nachbarort."

Tarx schienen langsam die fadenscheinigen Erklärungen auszugehen, sei es, weil er sich nicht auf eine Diskussion dieser Art vorbereitet hatte, oder weil eine etwa gleichstarke Gegendemo seinen Aufmarsch hier abrupt beendet hatte.

"Wir wollen... wir haben die Absicht, eine allgemeine

Demo gegen allgemeine Willkür hier durchzuführen..."

"Ah, nun gut, allerdings muss ich Ihnen leider mitteilen, dass wir davon nicht sonderlich begeistert sind, um ehrlich zu sein, finden wir diese Idee zum Kotzen. Aber wir wollen uns einer demokratisch beschlossenen Demo sicher nicht widersetzen..."

Tarx Gesicht hellte sich kurz auf, doch Mr. X hatte seinen Satz noch nicht beendet.

"...doch leider müssen wir auf einer öffentlichen Abstimmung bestehen, ganz im Sinne der Demokratie, versteht sich. Also, wenn bitte alle, die für die Durchführung dieser Demo sind, die Hände heben würden?"

Zaghaft, aber dennoch deutlich hob Tarx seine rechte Hand, ebenso seine beiden Leibwächter. Aus der Masse der Personen hinter diesen Dreien wurden auch noch einige Arme, teils recht enthusiastisch, in die Höhe gereckt, allerdings waren es kaum mehr als ein Drittel der Personen.

"Gut, und nun bitte alle, die gegen die Durchführung dieser Demo sind, mit den Händen nach oben."

Man musste nicht lange Zählen, um festzustellen, dass die Gegenstimmen deutlich überwogen, da ohne ersichtliche Ausnahme alle aufmarschierten Gegendemonstranten die Hände in die Höhe reckten.

Das Lächeln im Gesicht von Mr. X kam wieder zum Vorschein. "Nun, ich glaube, damit ist alles gesagt, oder? Ich hatte vorhin ein Angebot gemacht..." Er legte eine Pause ein und machte ein nachdenkliches Gesicht, ehe er weitersprach: "Ich wäre bereit, dieses Angebot nochmal in den Raum zu stellen..." Die Gesichter der gescheiterten Demo sagten größtenteils das Selbe, viele begangen zu nicken.

"Hm, dann wollen wir mal nicht so sein..." Er nahm das

Funkgerät erneut zur Hand. "Rettungsgasse." Wenige Sekunden nach diesem Funkspruch ertönten die Traktormotoren erneut und es wurde ein schmaler Weg freigemacht, durch den nicht mehr als 2 Personen nebeneinander gehen konnten, die Hälfte der Besatzung der Anhänger sprangen herunter und stellten sich links und rechts der Öffnung zwischen den Traktoren auf und blickten in Richtung der Demo. Noch traute sich keiner, den Anfang zu machen, einige Blicke wanderten zurück zu Mr. X, der mit mit einem Lächeln und einer großmütigen Handbewegung Richtung des Ausweges den Anstoß gab. Als die Lethargie durchbrochen war hielt es kaum mehr jemanden an seinem Platz, fast alle zog es hin zu dem Weg in die Freiheit, der sich ihnen eröffnet hatte.

Als Tarx sich ebenfalls umwandte und sich durch die Menschen schieben wollte, ertönte in seinem Rücken ein hartes, respektgebietendes "HALT STOP!" Alle gefroren in ihrer Bewegung, die anschließende Stille drückte einem fast die Luft ab. "Sie bleiben noch, Herr Tarx, wir haben noch etwas zu besprechen."

Tarx wandte sich an die beiden massigen Riesen, die sich schon einmal schützend in die Bresche für ihn geworfen hatten, doch dieses Mal schienen sie nicht gewillt, sich einzumischen, oder aber sie hatten nicht verstanden, dass er sich bedroht fühlte, zumindest zeigten Beide keinerlei Reaktion. Als sich Tarx von den Beiden im Stich gelassen fühlte, suchte er den Blickkontakt mit einer Gruppe finster dreinblickender Glatzköpfe, denen der Gedanke tatenlos abzuziehen offensichtlich nicht besonders gut gefiel, und lockte sie damit an die Front. Es kamen 8 Typen im klassischen Outfit heran, der Gruppenführer baute sich breitbeinig zwischen Mr. X und Tarx auf.

"Er wird mit uns abzieh'n, klar?" Dieser Satz duldete keinen Widerspruch.

"Wenn Ihr das versucht werd ich dir was abzieh'n, klar?" Die Worte von Mr. X waren nicht minder bestimmt.

"Du weißt nicht, mit wem du dich anlegst, Kleiner!", grunzte der Gruppenführer und schleuderte seine halbleere Bierflasche zur Seite, sie schlug hart an einer Hauswand ein und zersplitterte lautstark. "Was da gerade mit der Flasche passiert ist, kann auch ganz schnell mit-" Dieser Satz wurde von einem Aufschrei aus den Reihen der Feuerwehrleute hinter Mr. X unterbrochen.

"Bist du bescheuert?! Du mieser Halbaffe, was fällt dir eigentlich ein?! Schmeißt mir 'ne Flasche ans Haus, du Scheißer!"

Die Blicke aller Anwesenden richteten sich auf einen zähnefletschenden Wikingertyp in voller Feuerwehruniform, der auf den Gesprächspartner von Mr. X zusprang und ihn am Kragen packte.

"Ronny, du mieser kleiner Möchtegern-Adolf! Wie oft muss ich dich noch einbuchten, bis du was kapierst?!" Der Wikinger schüttelte ihn durch, dass ihm schwindelig werden musste.

Als sich Ronny von dieser Überraschung wieder erholt hatte, wollte er die rechte Faust gegen seinen Angreifer erheben, doch ehe er richtig ausholen konnte, zerriss ein lauter Knall die Szenerie. Ronny flog zur Seite und schlug auf der Straße auf, die flache Hand des Wikingers, die sein Gesicht mit voller Wucht getroffen hatte, war noch immer bedrohlich in die Höhe gereckt. "Lass dir das 'ne Lehre sein! Man wirft keine Bierflaschen auf unbescholtene Häuser!"

Die sieben verbliebenen Raufbolde schienen in einer Schockstarre gefangen, zumindest starrten sie ungläubig

270

auf den am Boden liegenden und vor sich hin wimmernden Ronny. Als ihnen langsam bewusst wurde, dass sie
doch noch in Aktion treten könnten, wurden sie schon
von hinten gepackt und mit Kabelbindern gefesselt,
ähnlich wie Tarx wenige Tage zuvor.

Max konnte kaum glauben, was sich hier die letzten Minuten abgespielt hatte, aber es schien kein Traum, sondern tatsächlich passiert zu sein. Er erhob sich aus seinem Versteck und steckte erst mal die Pistole weg, die er
wohl nicht mehr brauchen würde. Er hielt zielstrebig auf
Mr. X zu.

"Wie war das gestern Abend noch?", meinte Max an Mr.
X gerichtet. "Machen Sie sich keine Sorgen, Herr Kommissar?" Er lächelte.

"Ja, es war ja auch keine Situation, um sich Sorgen zu
machen, oder?", meinte Mr. X gespielt unbeteiligt.

"Stimmt, jetzt nicht mehr."

"Ich denke, damit hat sich die ganze Sache erledigt." Mr.
X hatte sich die letzten Minuten keinen Zentimeter bewegt, er hatte sich das ganze Schauspiel mit einem breiten Grinsen angesehen und schien nun überaus zufrieden.

Max war nicht minder zufrieden, auch wenn er nicht
wirklich etwas zu der Deeskalation beigetragen hatte. Besonders zufrieden war er mit dem Bild, das Tarx abgab,
eingerahmt von seinen beiden Leibwächtern stand er da,
zusammengesunken und ängstlich.

Der Abzug der Demoteilnehmer war fast beendet, da fiel
Max etwas ein, nachdem er einen Blick in Richtung Rettungsgasse geworfen hatte. "Hey, den Elster bringt mal
her zu mir!"

Mit verschrecktem Blick wandte sich Emil Elster um, ehe
er versuchte, doch noch schnell durch die Öffnung zu

verschwinden, doch unerbittliche Hände packten ihn und zerrten ihn in die entgegengesetzte Richtung. Seine Gegenwehr verpuffte und seine jammernden Ausflüchte über willenlose Erfüllungsgehilfen einer BRD Finanzagentur und mittels Streusalz herbeigeführter Gedankenkontrolle stieß auf taube Ohren.

Als er schließlich vor Max angekommen war, blickte ihn dieser scharf an. "Was sollte dieser Anruf gestern?" Max war vorhin spontan der Profilname des Mannes, der ihn die Demo-Gruppe vorgeschlagen hatte, Aemilius Picave, durch den Kopf gegangen und es blitzte dabei ein lange verschütteter Teil seiner Schulzeit auf, eine Lateinstunde um genau zu sein. Picave hieß Elster. Und Aemilius als verwandten Namen von Emil zu verstehen, dazu gehörte in diesem Zusammenhang dann nicht mehr viel.

Emil Elster versuchte, an Max vorbei zu sehen, er wurde unruhig, als er festsstellte, dass ihn viele Augenpaare beobachteten.

'Ich muss wohl wieder den Schlauch rausholen...' "Ich sag' dir Eines, Bürschchen: komm mir nicht mit sowas wie 'Ich wollte Sie nur vorwarnen' und den großen Unwissenden kauf ich dir eh nicht ab! Also, mach die Zähne auseinander, oder du wirst erleben, wie ungemütlich ich werden kann!" Max war sich sicher, dass auch dieser Elster für solche Worte empfänglich war, ganz wie sein Bruder Eddie. Und richtig: Emil zuckte bei fast jedem Wort der Ansprache zusammen, sei es der Lautstärke wegen, oder dem Gesagten an sich, war Max relativ egal.

Emil zitterte noch ein paar Sekunden, ehe er auspackte: "Ich... ich wollte das gar nicht! Nicht diese Demo, die Gruppe oder den Anruf, das war nicht meine Idee!"

"Und wessen Idee war es dann?", wollte Max neugierig wissen.

Emil zog die Lippen ein und presste sie zusammen.

"Juuunge, mach mich nicht wieder wütend!", polterte Max, so heftig, dass Emil zurückschreckte.

Als sein Zittern etwas abgeklungen war, nannte Emil einen Namen, der Max wohlbekannt war. Es starrte Emil misstrauisch an, doch dieser nickte eifrig und wirkte dabei glaubwürdig.

Max hatte ein zufriedenes Lächeln aufgesetzt, was auch Mr. X nicht entging.

"Die Info scheint Ihnen ja sehr zu gefallen, Herr Kommissar."

"Sehr. Allerdings."

"Hilft der Name den Fall zu lösen?"

"Hm, nicht direkt... Um der Lösung näher zu kommen, muss ich noch diesen Kuno Tortline ausfindig machen." Diese Worte ließen Tarx und die zwei Gorillas unruhig werden, was Max nicht entging.

"Irgendwie hab' ich das Gefühl, dass Ihr mir da weiterhelfen könnt, den zu finden."

"Da kann ich Ihnen auch weiterhelfen, Herr Kommissar", meinte Mr. X triumphierend und deutete auf den Linken Bodyguard von Tarx. "Das da ist der gute Kuno Tortline!"

Max starrte den wuchtigen Typ etwas genauer an und erkannte in ihm auch den massigen Typen, den er am Gebäude der Spurensicherung gesehen hatte. Und er kannte sein Gesicht noch von etwas Anderem... einem belustigenden Video, dass ihm ein paar seiner Wirtshauskameraden vor wenigen Tagen vorgespielt hatten...

"Ich glaube, wir müssen uns ganz dringend unterhalten Kuno", meinte Max in beschwörendem Tonfall.

"Aber...", begann Kuno zögerlich. "Ich hab' doch gar nix gemacht, ich schwör's! Also außer, ich meine, das konnte ich doch nicht wissen, dass dieser Schlauch da... ich dachte, das ist ein Wasserzulauf und seine Bude setzt das unter Wasser... Konnte doch nicht ahnen, dass das ein Gasschlauch ist..."

'Ah! Also den Verantwortlichen für das Gasleck in den Räumen der Spurensicherung haben wir schon mal!'

"Gut, ich will das mal so glauben... Was mich aber mehr interessiert: wer gehört noch zu dieser BEA UG & Co. KG?"

"Wie? Wer noch?"

"Na, wer außer dir, mein Junge." Max hatte das Gefühl, er musste seine Worte wählen, als stünde ihm ein Kleinkind gegenüber.

"Na niemand." Das hörte sich alles Andere als glaubwürdig an. "Naja, also außer meinem Cousin..."

"Aha, und wer ist dieser Cousin?", wollte Max wissen.

"Hier", kam es nach einigen stillen Sekunden von dem anderen Koloss, rechts hinter Tarx stehend.

Das verwunderte Max, aufgrund der Ähnlichkeit hatte er die Beiden eher für Zwillinge gehalten.

"Wie ist der werte Name?"

"Hainer", kam es selbstgefällig.

"Gut, vielleicht kannst du mir ja sagen, wer wirklich hinter dieser Firma steckt."

"Na, nur wir zwei Beide."

"Aja, nur Ihr Zwei..."

"Aber klar, da hat niemand sonst was mit zutun." Er setzte ein überzeugtes Idiotengrinsen auf, ehe er fortfuhr.

"Weder mein Vater noch sein Vater. Klar, Herr Kommissar?"

"Ja, alles klar, danke vielmals!"

Hainer machte ein nachdenkliches Gesicht, offenbar verstand er nicht, warum sich Max bei ihm bedankt hatte. Nach etwa einer halben Minute dämmerte es ihm.

"Oohhh... Bitte, sagen Sie meinem Vater nicht, dass ich..."

"Natürlich nicht", beschwichtigte Max. "Wo ist denn dein Vater zur Zeit?"

"Na auf der Arbeit im Polizeirevier und... He!"

Max wandte sich von Hainer ab und wandte sich an die Versammlung der Dörfler: "Ich bräuchte eine Mitfahrgelegenheit in den Nachbarort."

"Lässt sich einrichten", meinte Knipso Fatzinho und deutete auf den Feuerwehrwagen. "Ist zwar nicht ganz standesgemäß, aber immerhin hat's auch ein Blaulicht."

"Äh, was wird denn jetzt mit mir?", meldete sich Tarx kleinlaut aus dem Hintergrund.

"Keine Sorge, wir haben schon für dich gesorgt", meinte Mr. X.

Ehe Tarx nachfragen konnte, was damit gemeint war, bog ein langgezogener schwarzer Wagen von der wieder freigeräumten Seitenstraße in einen weiteren Nachbarort ein. Der Wagen kam nahe der Gruppe um Max zum halten und ein großgewachsener schlanker Jüngling sprang gutgelaunt heraus.

"Sorry, hatte noch beruflich zutun, braucht Ihr mich noch Leute?"

Tarx riss die Augen auf ehe er nach nach hinten umklappte und bewusstlos zu Boden fiel, glücklicherweise fing ihn Kuno Tortline auf, ehe er aufschlug.

Kapitel 34

'2 von 42...', dachte er sich. Er lief ein paar Schritte weiter und sah durch die Windschutzscheibe auf das Armaturenbrett des Wagens, nirgends ein Parkschein zu sehen, nicht einmal eine Parkscheibe, die man als Ausrede platziert hätte, auf die Art 'Ich dachte, hier ist Parkscheibenpflicht, wo soll denn ein Parkscheinautomat sein?'

'Nr. 3 von 43...'

Er kannte alle Ausreden von seiner Anfangszeit bei der Polizei, als er nur Falschparker und Gebühren-Preller aufzuschreiben hatte, doch lag diese Zeit eigentlich 3 Jahre zurück, bis heute. Normalerweise war das eine Strafarbeit für mittelschwere Verfehlungen, wodurch niemand zu Schaden gekommen war. Aber in seinem Fall gab es keinen Grund, man wollte ihn lediglich aus dem Weg haben.

Wieder ein paar Schritte weiter, Blick in den Innenraum des nächsten Wagens.

'Während ich dazu verdonnert bin, hier für die Aufbesserung der Gemeindekasse Strafzettel auszuteilen, wird womöglich mein Heimatort von einer Horde Krawallmacher verwüstet und meine Freunde krankenhausreif geschlagen...' Er neigte zur Überdramatisierung, was aber teils berufsbedingt war, da er als Polizist immer auf der Hut sein musste.

3 von 44, wieder ein paar Schritte weiter zum nächsten Wagen...

Er verfluchte innerlich seinen vorgesetzten Kollegen Rex, der ihm diese 'Fleißarbeit', wie er es nannte, aufgetragen hatte. Kein bisschen besser kam sein eigentlicher Chef Buhlger weg, der ihm auf mehrfaches Bitten nicht freigegeben hatte, obwohl nicht ein einziger Kollege durch Krankheit oder Urlaub fehlte.

Es war kein Parkticket auszumachen, auch bekam er keine Meldung auf seinem Handgerät, dass ein elektronisches Parkticket erworben wurde, was jedoch nicht viel heißen musste, die Technik war erst seit wenigen Wochen im Einsatz und noch sehr störanfällig. Die Beschwerden über fehlerhafte Bußgelder häuften sich langsam, was sein Chef natürlich an den Mitarbeitern ausließ.

Er hörte von er Straße her Motorenlärm, was nichts ungewöhnliches war, jedoch handelte es sich meist um KFZ's, er hörte allerdings Traktoren heraus plus einige Motorräder, also hob er neugierig seinen Blick und starrte ungläubig auf die Kolonne, die sich ihm entgegen schob. Es waren das Feuerwehrauto seines Heimatortes gefolgt von 2 Traktoren mit jeweils einem vollbeladenen Anhänger, eskortiert links und rechts von einem halben dutzend Harleys. Kumpels von der Feuerwehr, aus dem Sportverein und der Anglergemeinschaft konnte er ausmachen, allesamt mit einem erhabenen Siegerlächeln auf den Lippen, ebenso wie Kommissar Max Schneider, den er nach einem 2. Blick in dem Innenraum des Feuerwehrwagens erkannte.

Sie kamen mit ihren Fahrzeugen im Hauptort der Gemeinde an und stiegen aus dem Wagen der Ortsfeuerwehr des Nachbarortes zügig aus. Max wollte sich nicht zuviel Zeit lassen, vermutete er doch stark, dass dieser Demo-Aufzug ihn lediglich ablenken sollte, sonst hätte ihn kaum eine gewisse Person von Emil Elster stecken lassen, dass die Demo stattfinden würde.

Nun ging es von dem Parkplatz Richtung des Polizeireviers. Unter den Blicken von einigen neugierigen Passanten und einem Polizisten, der Knöllchen verteilte, den Max beim 2. Blick als Polizeiobermeister Tortline erkannte, schob sich der Trupp bestehend aus Feuerwehrlern, Fußballern und einigen anderen Dörflern zum Eingang des Polizeireviers und wie es das Schicksal wollte, trat auch die Person ins Freie, wegen derer sie gekommen waren.

'Was soll denn dieser Deppenaufmarsch?', dachte sich Nr. 1, als er einen Haufen junger Kerle, angeführt von diesem Max Schneider, erblickte, die zielstrebig auf sein Polizeirevier zuhielten. Er hatte sie durch das Fenster vorfahren sehen und wollte sich vergewissern, was das sollte.

"Was soll dieser Aufzug hier werden, wenn er fertig ist?", blaffte er die Gruppe an, als sie kurz vor der Treppe zum Eingang stehen blieben und ihn angrinsten.

"Herr Buhlger, ich glaube Sie wissen ganz genau, was wir hier wollen", meinte Max bestimmt.

Hatte dieser Columbo für Arme etwa tatsächlich etwas herausgefunden? *'Unmöglich!'*, schoss es Buhlger durch den Kopf, allerdings... Warum sollte er sonst hier aufmarschieren?

Max wollte ihn aus der Reserve locken, allerdings war er sich nicht sicher, wie sich ein Buhlger in die Ecke gedrängt verhalten würde, doch da sah er einen Ausweg auf sich zukommen.

"Sie sind verhaftet, Herr Buhlger, wegen Betruges und Verschwörung zum Mord."

Im ersten Moment stand Buhlger nur regungslos da und

starrte Max ungläubig an, dann fletschte er die Zähne und begann zu brüllen. "Was bilden Sie sich ein, Sie Kasper?! Sowas lasse ich mir nicht nachsagen, schon gar nicht von so Einem wie Ihnen!"

"Ja, ist mir klar, aber vielleicht von den Beiden?" Max sah über die Schulter und gab dem Fahrer des Feuerwehrwagens ein Handzeichen, woraufhin 2 weitere Personen ausstiegen, es waren Kuno und Hainer Tortline. "Was halten Sie von den Zeugenaussagen Ihres Sohnes Hainer und Ihres Neffen Kuno?"

Buhlger sagte gar nichts dazu, er griff stattdessen in sein Schulterholster, um seine Waffe zu ziehen und diesem Kommissar eine Kugel zwischen die Augen zu setzen, so wie er es am Vortag hätte tun sollen, doch seine Hand fasste ins Leere. Fassungslos wandte er sich um und blickte in das zufrieden grinsende Gesicht von Derek Meinhardt, der Buhlger seine eigene Waffe unter die Nase hielt.

"Tut mir leid, Chef, aber ich glaube, Sie sind ab sofort außer Dienst gestellt."

Kapitel 35

Es war ein erhebendes Gefühl. Nach all den Monaten, den Rückschlägen und Vorwürfen, den Angriffen von Außen wie auch Innen, war er endlich am Ziel. Die Erweiterung der Klinik war nun in greifbarer Nähe, wenn heute auch nur der Kaufvertrag für die notwendigen Grundstücke unterzeichnet werden sollte, so sicherte dieser Vertrag nun endlich den Baubeginn, der zuvor in den Sternen stand, nachdem dieser Mitarbeiter des Landratsamtes ihm mitgeteilt hatte, dass die Untersuchungen der Bodenproben, die auf dem alten Parkplatz genommen wurden, eine deutliche Verseuchung mit "Schweinfurter Grün" ergeben hatten. Alleine dadurch rückte der Bau eines neuen Flügels des Krankenhauses in weite Ferne und zur Krönung hatte der Bauunternehmer mit einer Klage gedroht, falls der Baubeginn sich zu sehr verzögern würde, schließlich hatte er Termine einzuhalten, war seine Aussage.

Er warf einen Blick in die Runde, die den Ausführungen des Vorsitzenden der Klinikleitung folgten, der einen Vortrag über die Modernisierungen des Krankenhauses hielt, die durch den Bau des neuen Flügels möglich wurden. Alle waren sie gekommen, die übrigen Mitglieder der Betreibergesellschaft des Krankenhauses, die Spitze der Gemeinde, der Chef des Bauunternehmens und ein Bevollmächtigter der Firma, der die Grundstücke gehörten. Alle Anwesenden lauschten mehr pflichtschuldig denn wahrlich interessiert, aber schließlich musste man den Personen, die das Geld aufbrachten, auf das es alle hier abgesehen hatten, auch Respekt zollen.

Ihm wurden die Sätze auch langsam zu umfangreich; er

wollte endlich sehen, wie alle Personen, auf die es ankam, ihre verdammten Unterschriften unter das Papier setzten, damit er sich entspannt zurück lehnen konnte. Nach einer ihm endlos erscheinenden Zeitspanne kam der gute Herr mit den grauen Haaren und der fahlen Haut endlich zum Schluss und verkündete nun feierlich, dass man bereit sei, den Kaufvertrag zu unterschreiben. Er versuchte die Euphorie zu unterdrücken, die in ihm aufstieg. Nun würde es geschehen, all das, was er ertragen musste, all die Entbehrungen, würden sich sogleich in Wohlgefallen auflösen.

Der Vorsitzende der Klinikleitung trat gemächlich an den langen Konferenztisch heran, wo an seinem Platz bereits der Vertrag auf ihn wartete. Er setzte sich langsam und nahm seinen privaten Füllfederhalter aus seiner Brusttasche und schraubte die Kappe ab.

"Das würde ich an Ihrer Stelle lieber nicht machen, außer natürlich, Sie wollen sich an einer kriminellen Verschwörung beteiligen."

Sein Herz setzte einen Schlag aus, teils aufgrund der Worte, die gesagt wurden, aber mehr weil er die Stimme erkannt hatte, sie gehörte diesem Kommissar Max Schneider!

Der Vorsitzende ließ die teure Füllfeder fallen, was zu unschönen Tintenflecken auf den Vertragsunterlagen führte.

Alle Anwesenden hatten ihre Blicke auf den Kommissar gerichtet, der mit einem beachtlichen Gefolge fast lautlos den Konferenzraum in der hiesigen Nervenheilanstalt betreten hatte. Es waren Polizisten, Fußballer und Feuerwehrleute darunter. Hinter dieser Gruppe kam eine keifende Oberschwester Menz in den Raum gehastet, die eine vulgäre Beleidigung nach der Anderen ausspie.

Er wollte sich schon die Augen reiben, diese ganze Szenerie konnte unmöglich real sein... Er musste noch im Bett liegen und aufgrund der Aufregung schlecht träumen. Doch je länger der Moment dauerte, umso unwahrscheinlicher wurde dieser Gedanke.

"Ich kümmere mich gleich um Sie, Frau Menz, wenn Sie mir nur einen Moment Zeit lassen würden." Irgendetwas ließ Frau Menz verstummen, sei es Max unerwartete Höflichkeit oder sein zuckersüßes Lächeln.

"Es tut mir ja wirklich sehr leid, Professor Dr. Dr. Sackebier, aber mit Ihrem geplanten Anbau wird es leider nichts."

Sackebier torkelte einen Moment rückwärts, ehe er sich an seiner Stuhllehne festhalten und seinen Stand stabilisieren konnte. "Schneider..." Er rang um Fassung, fand sie aber nicht. "Was versuchen Sie hier? Wollen Sie mich ins Grab bringen?! Mir einen Herzinfarkt anhängen, oder einen Schlaganfall?"

"Mitnichten", meinte Max, aber sein Grinsen ließ auf etwas anderes schließen. "Ich versuche lediglich, meine Aufgabe nach bestem Wissen und Gewissen zu erfüllen. Oder einfacher ausgedrückt: ich bin hier, um meinen Job zu machen."

"Und inwieweit hat das irgend etwas damit zu tun, dass hier ein Flügel an das Krankenhaus angebaut wird?", brüllte der Chefarzt den Kommissar an.

"Nun, es scheint bei dem Erwerb der dazu benötigten Grundstücke zu kriminellen Handlungen gekommen zu sein."

Sackebier riss seine Augen auf. "Jetzt verleumden Sie mich auch noch! Macht es Ihnen eine perverse Freude, unbescholtene Bürger zu denunzieren und an den Rand eines Nervenzusammenbruchs zu treiben? Wenn dem so ist, werde ich alle mit zur Verfügung stehenden Hebel in Bewegung setzen und Sie Zwangseinweisen lassen!"

"Aber ich muss doch sehr bitten, Professor Dr. Dr. Sackebier, das klang ja nach einem Einschüchterungsversuch, ganz so, als wollten Sie den Kommissar dazu anhalten, seine Ermittlungen gegen Sie einzustellen." Der Vorsitzende blickte Sackebier tadelnd an, was diesem körperliche Schmerzen zu bereiten schien. "Sollten Sie sich wirklich nichts zu Schulden haben kommen lassen, so dürften die Ermittlungen das zweifelsohne ergeben. Aber wenn Sie dem ermittelnden Kommissar solche Drohungen entgegen bringen, brauchen Sie sich nicht zu wundern."

Max traute seinen Ohren kaum, umso mehr genoss er die Szene, die sich ihm darbot. "Na, gehen Sie mal nicht zu hart mit dem Professor ins Gericht Herr..."

"Aumüller. Professor Dr. Alois Aumüller." Max wurde eine Hand gereicht. "Mein Vater war auch Polizist, müssen Sie wissen, er wollte Zeit seines Lebens dem Recht Geltung verschaffen."

"Freut mich sehr. Kommissar Max Schneider. Aber ich muss da etwas gerade stellen: ich ermittele nicht gegen den guten Professor Dr. Dr. Sackebier. Er ist lediglich ein paar Betrügern aufgesessen, die seine Verzweiflung schamlos ausgenutzt haben." Das kam gönnerhaft von Max, Sackebier hatte aus seiner Sicht für heute genug gelitten. Nun starrten alle weiteren Anwesenden noch gespannter als sowieso schon auf Max, einige schienen auch nervös zu werden.

"Nun spannen Sie uns doch nicht länger auf die Folter, wer sind diese Kriminellen?", wollte Aumüller wissen. Max ließ den Blick durch den Raum schweifen, bis er die betreffenden Personen sichtete. "Treten Sie doch bitte einmal vor, Herr Bürgermeister."Alle im Raum hielten den Atem an. Hatte dieser Kommissar wirklich gerade den Bürgermeister der hiesigen Gemeinde beschuldigt? Bürgermeister Behrendt stand unsicher von seinem Stuhl auf und starrte Max unbeholfen an. "Was erlauben Sie sich denn? Was wollen Sie mir hier unterstellen?" Das sollte souverän klingen, tat es aber nicht.

"Ich erlaube mir, Ihnen die Frage zu stellen, warum Sie die Kleingärtner, auf deren Grund dieser Anbau errichtet werden soll, nicht darüber informiert haben." Behrendt sah unbeholfen in der Gegend herum, ohne eine Antwort zu geben.

"Vielleicht, weil sich eine gewisse BEA UG & Co.KG die Grundstücke billig unter den Nagel reißen wollte, um sie anschließend teuer hier und heute zu verkaufen?"

Behrendt schien nach passenden Worten oder Ausreden zu suchen, fand aber weder das Eine, noch das Andere. Als die Stille fast unerträglich zu werden schien, ergriff jemand das Wort. "Also, bei allem nötigen Respekt, aber sehen Sie nicht, wie Sie dem armen Bürgermeister zusetzen? Ich glaube kaum, dass das ein seriöser Ermittlungsansatz ist, außerdem höre ich hier eine Vermutung nach der Anderen, aber einen Beweis bleiben Sie uns schuldig, Herr Kommissar." Der Bauunternehmer sprach mit fester Stimme, etwas, zu dem Bürgermeister Behrendt nicht fähig war.

'Chapeau!', dachte sich Max. 'Aber du weißt nicht, was ich schon weiß...' "Ein sehr guter Einwand! Aber wollen wir das nicht lieber direkt erörtern, kommen Sie doch bitte nach vorne."

Nach einem kurzen Zögern kam Nr. 3 der Aufforderung des Kommissars nach, wenn auch etwas widerwillig. Sollte er doch diesen Kerl unterschätzt haben?

"Und was soll ich nun hier?"

"Ich wollte Ihnen meine Bewunderung aussprechen."
"Aha. Und wofür?"
"Dafür, dass Sie es fast geschafft hätten, mich von diesem Fall abzulenken. Ich muss schon zugeben, im Garten meiner Herberge ein Feuer legen lassen, die Spurensicherung in die Luft jagen und schlussendlich eine Demo vor der Wirtschaft auflaufen zu lassen, zeugt schon von Einfallsreichtum."

Nr. 3 verzog keine Miene, war aber innerlich stark verblüfft. "Hatten Sie schon immer so eine blühende Fantasie?"

"Hehe, ja, aber in diesem Fall hätte ich sie gar nicht gebraucht. Um diesen Fall zu lösen brauchte ich eigentlich nur 4 Dinge."

"Ah, und welche sollten das sein?" Er hatte noch immer ein leichtes Lächeln auf den Lippen.

Max drehte sich um und bedeutete einigen Personen im Gang, herein zu kommen.

Als die Personen den Raum betraten, erstarb das Lächeln von Nr. 3. Es traten nacheinander Kuno und Hainer Tortline, Emil Elster und A. Ö. Tarx in den Raum, alle mit auf dem Rücken gefesselten Händen und eskortiert von kräftigen Burschen aus dem Nachbarort.

"Laut Aussage von Herrn Tarx haben Sie ihn ermutigt, eine Demo zu veranstalten, wegen der Kränkung einige Tage zuvor am sogenannten "Wiesla". Desweiteren wurde von Herrn Kuno Tortline ausgesagt, dass Sie ihm aufgetragen hatten, den Gasschlauch der Spurensicherung zu manipulieren, er beteuert allerdings, dass er ihn für einen Wasserschlauch hielt. Und Herr Emil Elster hat ausgesagt, dass Sie ihm aufgetragen haben, mich von der geplanten Demo in Kenntnis zu setzen." Max machte eine bedeutungsschwangere Pause. "Und, haben Sie noch etwas dazu zu sagen, Herr Amhofer?"

Amhofer, der 2. Bürgermeister der hiesigen Gemeinde, stand regungslos da. Das Lächeln war verschwunden, ebenso die selbstüberzeugten Reden. "Was soll ich noch groß dazu sagen?" Das kam resigniert. "Außer eine Sache: ich habe niemanden umgebracht. Alles Weitere nur noch im Beisein von meinem Anwalt." Da blitzte sie noch einmal auf: seine Überheblichkeit. Polizeiobermeister Tortline trat aus der Masse der Dörfler hervor und zückte seine Handschellen.

"Ich weiß, Herr Amhofer, einer wie Sie macht sich nicht selbst die Hände schmutzig." Polizist Tortline hatte Amhofer die Handfesseln angelegt und sogleich ein zweites Paar in der Hand. "Ich weiß, dass Sie Niemanden getötet haben, ebenso weiß das noch eine weitere Person hier im Raum, nicht wahr, Frau Menz?"

Nun wandten sich alle Blicke auf die Oberschwester, die Max mit einem giftigen Blick anstierte.

"Es hat vermutlich nicht besonders viel Überredungskunst gekostet, dass Sie Udo um die Ecke bringen, schließlich hat er von Ihren amourösen Verwicklungen mit verschiedenen Insassen hier gewusst."

"Selbst wenn an diesen ungeheuerlichen Vorwürfen etwas dran wäre, und das ist Unsinn, warum sollte ich deswegen jemanden vom Dach werfen?"

"Allein deswegen natürlich nicht, aber wenn Sie Ihr Vater darum bittet?"

Frau Menz stand da wie vom Donner gerührt, ebenso Bauunternehmer und 2. Bürgermeister Amhofer. "Woher wissen Sie das?", wollte Amhofer tonlos wissen.

"Tja, Sie hätten das Gartengrundstück damals nicht Ihrer Tochter überschreiben sollen, hätten Sie höchstwahrscheinlich auch nicht, wenn Sie gewusst hätten, dass dort einmal gebaut werden soll. In den Unterlagen der Gemeinde stand noch der Geburtsname: Miriam Amhofer."

"Fehler macht jeder."

"Ach, das war also ein Fehler, du alter Mistkerl?!" Frau Menz stürzte auf ihren Vater los, Polizist Tortline konnte sie nur mit Mühe zurückhalten und ihr die Handschellen anlegen. "Wieviel Kohle brauchst du denn noch, bis du zufrieden bist? Und ich soll wohl warten, bis du endlich eines Tages ins Gras beißt, bis ich mir was gönnen darf? Und dann soll ich noch die Drecksarbeit für dich machen und den Zeugen beseitigen, weil du Schiss bekommen hast, dass er was ausplaudert! Wie war das noch? 'Tja, wenn das alles nicht zustande kommt, ist dein Garten keine 50 Riesen mehr wert, eher nur 5!'"

"Halt den Mund, du redest dich gerade um Kopf und Kragen, dummes Gör!"

Die beiden Amhofers wurden unter weiteren gegenseitigen verbalen Angriffen abgeführt und Max hatte fast alle verhaftet, die es zu verhaften galt, außer einer Person, doch von dieser war im ganzen Raum nichts mehr zu sehen, dafür erspähte Max eine offene Seitentür.

Er setzte sich in Bewegung und bedeutete Derek und ein paar weiteren Polizisten und Dörflern, ihm zu folgen. Nun galt es, den Mittelteil von BEA dingfest zu machen.

Kapitel 36

Er rannte schnellen Schrittes durch den Schlosspark, vorbei an verdutzt dreinblickenden Besuchern, Spaziergängern, Eltern mit ihren Kindern. Er musste schnellstens weg von hier, ehe dieser verdammte Kommissar ihn erwischte, oder einer seiner Handlanger.

'Alles im Eimer!', dachte er sich. *'Nur wegen diesem verdammten Abschaum aus dem Dorf!'*

Er kam der Schrebergartensiedlung näher, die ihm ein kleines Vermögen hätte einbringen sollen, doch nun für das größte Scheitern in seinem Leben stehen würde.

Endlich angekommen an dem baufälligen kleinen Holzschuppen, in dem er seine Gartengeräte gelagert hatte. Er war gerade dabei die nicht abgeschlossene wackelige Tür zu öffnen, da ertönte hinter ihm eine Stimme.

"Wollen Sie es sich unbedingt noch schwerer machen als nötig?" Max versuchte es auf die vernünftige Tour, auch wenn er sich nicht viel davon versprach.

"Was wissen Sie denn schon, was unnötig schwer ist und was nicht?!", blaffte er. "Woher wollen Sie wissen, welche Schwierigkeiten und Probleme man zu wälzen hat, wenn man heutzutage ein Bauer ist!"

"Ich weiß zumindest, dass Sie es sich mit allen Ihren Nachbarn verscherzt haben."

"Ja, und weiter?", meinte er verständnislos. "Diese ganzen Idioten, die glauben, ich müsste mich an irgend eine eingebildete Etikette halten, an moralische Regeln, die in keinem Gesetz stehen. Rücksicht nehmen auf die Befindlichkeiten meiner Nachbarn kostet mich Zeit und Geld!"

Max merkte schon, Einsicht brauchte er hier nicht zu erwarten, da saß zuviel Ignoranz und Selbstgerechtigkeit hinter einem Dickschädel. "OK, es reicht Herr Eberfall, ich werde Ihnen jetzt ein paar engsitzende Armbänder anlegen." Mit diesen Worten zog Max seine Handschellen hervor.

"Hah! Das versuchen Sie mal!" Er riss die Tür des Schuppens auf und schlüpfte ins Innere.

"Was glauben Sie, was Sie damit erreichen werden?" Anstatt einer Antwort wurde die Tür zugeknallt und Max hörte einen Metallriegel einrasten. Er besah sich die wackelige Tür, der Riegel würde eventuell halten, aber die morschen Holzbretter, aus denen die Tür bestand, würden einen ordentlichen Tritt von Max nicht überstehen.

"Hm, also wenn es sein muss..." Max holte mit seinem linken Fuß aus und brachte einen anständigen Tritt gegen die untere Hälfte der Tür an, was 2 Bretter zerbrechen ließ. Fast im selben Moment hörte man ein knackendes Geräusch aus dem hinteren Bereich der Hütte, so als ob dort auch jemand versuchte, etwas einzuschlagen. Ehe Max ein weiteres Mal ansetzen konnte, war ein abermaliges Knacken zu vernehmen.

Max blickte an der Seite der Hütte entlang und ging ein paar Schritte an der Hüttenseite entlang, er wollte sichergehen, dass der gute Eberfall nicht durch eine 2. Tür versuchen würde abzuhauen.

Max schob sich durch das hier wunchernde Unkraut zwischen hohen Nadelbäumen, die hier aus unerfindlichen Gründen einmal gepflanzt wurden. Gerade als er an der Gebäudekante ankam und um den Schuppen blickte, brach die Rückwand der Hütte auf und die zerborstenen Holzbretter fielen zu Boden. Keine Sekunde später heulte ein Zweitaktmotor auf und ein altes blaues Mofa oder Moped huschte ins Freie, obenauf Bauer Eberfall mit einem triuphierenden Grinsen.

Max wollte hinterher, doch das Moped war offensichtlich frisiert und so zu schnell für Max, trotz des teils unwegsamen Geländes.

"Kacke!", entfuhr es Max, als ihm klar wurde, dass ihm der Mittelteil des BEA-Trios entkam.

"Mach's gut, du beschissener Bulle!", tönte Eberfall über die Schulter. Hätte er sich das gespart, wäre ihm vielleicht nicht der Fuß entgangen, der hinter einem Baum hervortrat und ihm den Vorderreifen aus der Spur trat, was erst zu einem Schlingern und schlussendlich einem zu starken Einschlagen des Lenkers führte, wodurch sich das Hinterrad vom Boden löste und so den guten Eberfall aus dem Sitz hob. Er wurde nach vorne geschleudert und kam mit dem Gesicht voran in dem Unkraut seines Schrebergartengrundstückes auf, während eine massige Gestalt hinter einem Baum hervortrat.

'Also ein Waldschrat ist das nicht, die sehen hübscher aus...' Nach wenigen Momenten erkannte Max die Gestalt, die zielstrebig auf den am Boden liegenden Eberfall zuschritt.

"Du verdammter Bastard! Du mieses kleines Stück Mist! Mir meinen Garten für ein Trinkgeld abschwatzen und selbst den großen Reibach machen!" Siegfried Behrendt aka Siggi Sauer oder auch Big Beretta genannt war sichtlich ungehalten. Er stellte sich breitbeinig vor den im Dreck liegenden Bauern Eberfall, der ungläubig den herumwütenden Behrendt anstarrte.

Max sah sich die surreal wirkende Szene belustigt an und lehnte sich entspannt an die morsche Hütte; manchmal liebte er seine Arbeit.

Sie waren in alle Himmelsrichtungen ausgeschwärmt, so wie es ihnen der Kommissar aufgetragen hatte: zu gleichen Teilen sollten sie zum vorderen Tor der Schlossanlage, zum rechen als auch zum linken Teil der Parkanlage und zu guter Letzt zu den abgelegenen Gebäuden der Psychiatrie marschieren und dabei die Augen offen halten nach dem flüchtigen Eberfall. Max selbst machte sich einer inneren Eingebung folgend auf den Weg zu der Schrebergartensiedlung, die offenbar der Auslöser für all die Begebenheiten der letzten Tage gewesen war.

Nun hatten sie die Schlossanlage und die umliegende Gegend durchkämmt, aber keinen Eberfall gefunden, also sammelten sich die Polizisten der Gemeinde, Fußballer, Feuerwehrler und Vereinsmitglieder des Nachbarortes wie abgesprochen im Schlosshof. Die Mienen waren leicht betreten, hatten doch alle gehofft, mitansehen zu können, wie dem verhassten Großbauern Handschellen angelegt wurden. Die Hoffnung blieb ihnen verwehrt, doch bekamen sie wenige Minuten später einen geduckt schleichenden Eberfall in Handschellen zu Gesicht, gefolgt von einem grinsenden Max Schneider und einem wie einen Rohrspatz schimpfenden Siegfried Behrendt, dessen hochroter Kopf bald zu platzen schien.

"...hast wohl wirklich geglaubt, damit durchzukommen, was, du verdammter Arschhaufen?! Wenn der Kommissar nicht da wäre, dann würd' ich, und das versicher' ich dir, deine Schädeldecke wegschießen und dir in den Schädel kacken!"

"Gemach, Siggi, gemach! Lass' noch was von ihm über für den Knast", ging Fatzhino beschwichtigend dazwischen. Und an Bauer Eberfall gewandt: "Nicht, dass die Idee von Siggi schlecht wäre, aber das wäre zu schnell vorbei..." Knipso grinste über beide Ohren.

Derek trat aus der Masse an Personen hervor und schritt auf Max zu. "Alter Junge, wie soll ich dir nur dafür danken?"

"Wofür denn, alter Freund?"

"Na, du hast mir meine Pension gerettet! Aber ich bin mir nicht sicher, was das Ganze hier für meine Versetzung in den Innendienst bedeutet..."

"Also, soweit ich das beurteilen kann, ist heute ein netter Posten hier im Ort frei geworden."

"Welcher Posten soll... ach so! Aber du willst doch nicht ernsthaft sagen, ich soll mich als Polizeichef..."

"Einen Versuch ist es wert, finde ich. Und schlechter als Buhlger bist du bestimmt nicht."

"Warten wir's mal ab", meinte Derek schmunzelnd, dann übernahm er den gefesselten Eberfall, der seine Stimme verloren zu haben schien.

"Herr Kommissar, auf ein Wort bitte."

Max zuckte leicht zusammen, der 3. Bürgermeister der Gemeinde hatte sich ihm von hinten genähert und auf die Schulter getippt. "Natürlich. Was kann ich für Sie tun?"

"Tja, ich weiß nicht, wie ich es ausdrücken soll... Einerseits haben Sie eine Verschwörung aufgedeckt, wie wir sie hier in der Gegend noch nicht erlebt haben, andererseits haben Sie meine beiden Amtskollegen verhaftet, ebenso den Polizeichef unserer Gemeinde und der nötige Krankenhausanbau rückt in weite Ferne, da aller Voraussicht nach sowohl der Baugrund, als auch die beauftragte Baufirma ausfallen und der Verantwortliche für den Ausbau, Professor Dr. Dr. Sackebier, liegt mit einem Nervenzusammenbruch im Krankenhaus. Kurz gesagt: unser Rathaus, unsere Polizei und das Krankenhaus sind führungslos."

"Das klingt jetzt natürlich alles Andere als positiv, aber wie sagt man so schön: lieber ein Ende mit Schrecken..."

"Da könnten Sie recht haben, von daher wollte ich Ihnen auch danken, dass Sie nicht locker gelassen haben, bis die Sache aufgeklärt war. Aber die anstehenden Aufgaben werden einen Kraftakt erfordern, um sie zu bewältigen."

"Da stimme ich Ihnen vollkommen zu, aber ich denke mal, dass Sie dafür der richtige Mann sind."

"Das wird sich noch zeigen. Aber ich wäre lieber durch eine demokratische Wahl ins Amt gekommen, als durch die Verhaftung des 2. und die Suspendierung des 1. Bürgermeisters. Ich muss mir die Gemeindesatzung ansehen, wie schnell man Neuwahlen ansetzen kann."

"Das ehrt Sie. Ich bin guter Dinge, dass Sie die kommende Wahl für sich entscheiden."

Hagen bedankte sich für die freundlichen Worte und machte sich auf den Weg ins Rathaus, er dürfte heute noch Einiges zutun haben.

Max wechselte noch ein paar Worte mit einigen Dörflern, die sich nach und nach verabschiedeten, einige klopften ihm anerkennend auf die Schulter und oMagnu-Mo, der berufene Rapper, steckte ihm eine CD zu. Der Fall war gelöst und das Spektakel vorüber.

Als sich der Platz fast vollständig gelehrt hatte, fiel Max ein, dass er immer noch ohne seinen geliebten alten Kombi war, der war ihm vor Tagen abgeschleppt und eingelagert worden.

Er sah sich um, aber von den Polizisten war keiner zu sehen, als trabte er nochmals Richtung Polizeirevier.

Am Empfang stand ein in sich zusammengesunkener Rex, daneben Polizeiobermeister Tortline, der Max freudestrahlend ansah.

"Herr Kommissar! Was können wir für Sie tun?"

"Mir ist gerade aufgefallen, dass mein Wagen noch in

Verwahrung ist."

"Ah, natürlich! Reginald, bring' dem Herrn Kommissar seinen Autoschlüssel!"

Max konnte sich ein Lachen nicht verkneifen, während Rex mit eingezogenen Schultern in einer Tür auf dem Gang verschwand.

Als die Tür geöffnet wurde, hörte Max ein gedämpftes Brüllen und fragte bei Polizeiobermeister Tortline nach.

"Ach, das ist nur Ex-Polizeichef Buhlger, der sitzt in einer Zelle, ähnlich der Ihren."

"Ah, freut mich, das zu hören! Und was hat der gute Rex abbekommen?"

"Eine kleine, oder besser gesagt, etws größere Stand-pauke von Kommissar Meinhardt."

"Verstehe, den größten Rückhalt hatte er wohl von Buhl-ger."

"Den einzigen Rückhalt, Herr Kommissar, den Einzigen."
"Bitter, aber so kann's gehen..."

Rex kam mit einem unterwürfigen Lächeln wieder durch die Tür und hielt Max seinen Schlüssel hin, mitsamt dem abgenutzten Anhänger in Form eines silbernen M's.

"Und wo steht mein Wagen?"

"Da ist ein Sammelparkplatz in Richtung des Nachbar-orts, ich bin mir sicher, Reginald fährt Sie gerne dort hin!"

Rex lächelte weiterhin gequält, was Max erheiterte.

"Wir können dich auch gerne hinbringen Max." Aber-mals zuckte Max zusammen, las diese Stimme in seinem Rücken ertönte, er wirbelte herum.

"Ja was verschlägt euch denn hierher?", wollte Max überrascht wissen, als er seine 3 Kollegen Arni, Thomas Keller und den Doc vor sich sah.

"Ach, wir haben allesamt ein paar Tage frei, ist nix los

bei uns in der Stadt, also sollen wir Überstunden abfeiern", meinte sein Kollege Arni lapidar.

"Wenn ich alles abfeiern würde, was ich zu viel gearbeitet hab', müsste ich bis zur Rente gar nicht mehr in meine Pathologie zurück", meinte der Doc grinsend.

"Ja, aber dann würde dir was fehlen, privat kannst du bestimmt nicht so oft an Leichen rumfingern, wie du das möchtest", meinte Max süffisant.

"Ich muss doch sehr bitten!" Diese Worte kamen pikiert daher und ließen Max zum 3. Mal in kürzester Zeit zusammenzucken, diesmal allerdings erheblich. "Wie kommst du dazu, solche Reden zu halten, mein Sohn?"

"Mutter... Was treibt dich hier her?" Es klang mehr wie ein Vorwurf, als eine Frage.

"Ach, darf ich mich vielleicht nicht mehr frei bewegen? Muss ich um Erlaubnis fragen, wenn ich eine Anzeige aufgeben will, wegen diesem unverschämten Kerl, der sich immer wieder unter mein Schlafzimmerfenster stellt und den Motor laufen lässt?!"

"Nein, mach deine Anzeige, schwärze alle Leute an die dir nicht passen und gut is', aber lass' mich damit in Ruhe."

"Unverschämt wie eh und je, das hast du alles von deinem Vater, genau wie deinen Namen, Massimiliano!" Max schloss die Augen. 'Nein... Das hat sie nicht gerade gesagt...'

"Massimiliano? Ist das Ihr Ernst?!", wollte Arni entgeistert wissen.

"Glauben Sie vielleicht, ich bin nicht mehr richtig im Kopf? Natürlich hat er den Namen Mas-"

"Nein!", ging Max energisch dazwischen. "Ich wurde vielleicht so getauft, aber ich habe den Namen offiziell in Max ändern lassen! Schon vor Jahren!"

"Ja, weil du keinen Respekt vor deinen Eltern hast!", keifte seine Mutter.

"Zeig mir einen Elternteil von mir, der es verdient hat, respektiert zu werden, und ich fang damit an."

"Also wirklich! Sowas muss ich mir nicht bieten lassen!"

Max ignorierte seine Mutter und schob seine Kollegen ins Freie, er wollte nur noch so schnell wie möglich weg von hier und besonders von seiner Mutter.

Draußen angekommen konnte es Arni nicht gut sein lassen. "Also Massimiliano, sollen wir dich zu deinem Auto bringen?" Er zwinkerte Max provokativ an.

"Nenn' mich nie wieder so, und das gilt auch für euch Zwei! Und erzählt niemanden was davon."

Thomas Keller nickte, doch Arni und der Doc schienen nicht bereit, es ihm gleichzutun.

"Weißt du, Massimiliano, ich denke die Kollegen zuhause haben schon ein Anrecht darauf, dass du ehrlich zu ihnen bist."

"Ach, meinst du das wirklich, Archibald Hieronymus Klein?", kam es kalt von Max.

Anri's Lächeln erstarb augenblicklich. "Woher...", kam es tonlos von ihm.

Max zog grinsend die Schultern hoch, ohne ein Wort zu sagen.

"Wir sollten uns losmachen, meinst du nicht auch, Max?", kam es kleinlaut von Arni.

"Sehe ich ganz genauso. Und wie siehst du das Doc?"

Der Doc schien zu überlegen, ob er es riskieren sollte. "Ich denke, wir sind schon lange genug hier in der Gegend, fahren wir und holen dein Auto ab Max", meinte der Doc, als wäre nichts gewesen.

"Gut meine Freunde, ich wusste doch, dass wir uns verstehen."

Sie stiegen alle in den gelben Käfer des Docs ein, der sie gerade so fassen konnte.

Als sie schon einige Meter Richtung Ortsausgang unterwegs waren, fiel Max die CD ein. Er zog sie aus seiner Jackentasche und holte sie aus der Hülle, um sie in die moderne Anlage zu stecken, die der Doc hier irgendwie hineingebaut hatte. Wenige Augenblicke später ertönte der Sprechgesang von oMagnuMo aus den Boxen des Käfers.

"Es ist, es ist Max Schneider... Max Schneider. Es ist, es ist Max Schneider... Max Schneider. Der Kommissar ist da, also bleibt besser mal brav..."

"Was ist das denn?", wollte Arni wissen.

"Das ist der Soundtrack zu dieser Provinzposse", meinte Max gut gelaunt. "Und er ist gar nicht mal schlecht!"

Epilog

Das Licht war gedimmt, sowohl im Flur als auch im Wohnzimmer, alle anderen Lichter waren verlöscht. Er hatte die Hände voll beladen und schritt vom Gang in den angrenzenden Raum, Richtung seiner Couch. Er stellte das Glas mit seinem Cola-Mix-Getränk und den Teller mit einer extra großen Schinken-Salami-Pepperoni-Pizza auf den Couchtisch ab, anschließend ließ er sich auf seine flauschige Tagesdecke fallen und genoss den Moment. In seinem Blu-Ray-Player drehte sich bereits die Scheibe von "The Rock - Fels der Entscheidung"; nun hatte er seinen Urlaub, wie er ihn haben wollte, nur mit ein paar Tagen Verspätung.

Als die Menü-Melodie des Filmes erklang, schweiften seine Gedanken noch einmal zu seiner Abreise zurück.

Nachdem Arni, Thomas und der Doc ihn bei seinem Auto auf dem Polizeiparkplatz abgesetzt hatten, machte er sich auf den Weg zu seiner Herberge, um seine Rechnung zu begleichen. Er wurde herzlich von seinem Hauswirt verabschiedet, ebenso von der sympathischen Angestellten, die sich als Lebensgefährtin des Hausherrn entpuppte. Die "nette" Mutter des Wirts und der Frühstücksmann bekam er diesmal nicht zu Gesicht, waren vermutlich im Hintergrund beschäftigt.

"Hier hast du noch die Quittung, kannst du vielleicht von der Steuer absetzen, warst ja schließlich auf Arbeit hier."

"Stimmt schon, aber mein Chef wird sich da sicher quer stellen... Ich hab' ja freiwillig hier mitgeholfen."

"Ein Glück, dass ich mein eigener Chef bin", lachte der Wirt.

"Beneidenswert... Vielleicht mach' ich irgendwann ein Detektivbüro auf, allein um der Selbstständigkeit willen", scherzte Max.

"Weißt ja, wofür Selbstständig steht, oder? Wenn Arbeit anfällt machst du sie selbst und ständig fällt welche an."

Max lachte herzlich. Er würde diesen Ort schon ein wenig vermissen, aber seine Leber und sein Kopf würden es ihm danken, wenn er nicht zu bald wieder hier vorbei kam.

Es wurden Hände geschüttelt und Nummern ausgetauscht, anschließend machte sich Max auf in sein Zimmer und packte seine Habseligkeiten zusammen, was schnell erledigt war und ihn sehnlich an seine Couch denken ließ, die er heute ausgiebig bewohnen würde...

Kurz bevor er abfuhr trat eine zierliche Person auf den Parkplatz, es war Mrs. Gedeck.

"Herr Kommissar, ich wollte mich noch persönlich bei Ihnen bedanken."

"Das ist nicht nötig, ich hab' nur meinen Job erledigt."

"Sie haben sich ordentlich ins Zeug gelegt, ohne dafür eine Gegenleistung zu erhalten, sowas würde nicht Jeder machen."

"Ach, ein Stück weit hab' ich das aus Eigennutz gemacht, ich kann Ungerechtigkeit nicht leiden."

"Ungerecht ist die passende Beschreibung dafür, was die mit dem armen Udo angestellt haben, aber dank Ihnen sind diese miesen Kerle wenigstens im Knast. Nur Ron tut mir leid..."

"Sie kennen auch den werten Ron L. Sued?"

"Wir waren doch schon beim du."

"Aja, sorry."

"Klar. Er, Udo und ich waren früher ziemlich enge Freunde, dann kam erst Udo in die Psychiatrie und wenige Monate später Ron."

Max musste schmunzeln. Sie sorgte sich also um Ron, in der Nervenheilanstalt besser bekannt als Dr. Psychopath. Da kam ihm sein letztes Zusammentreffen mit eben Jenem in den Sinn und er ließ es nochmal vor seinem geistigen Auge ablaufen:

Nachdem Freddy die Tür hinter sich verschlossen und Max mit Dr. Psychopath alleine gelassen hatte, beugte sich Max etwas vor.

"Wie geht es uns denn heute, Herr Doktor?", wollte Max höflich wissen.

"Ich kann nicht klagen, meinen Patienten geht es gut und ich komme mit meiner Arbeit gut voran. Haben Sie mittlerweile Ihre künstlerische Ader entdeckt, Herr Kommissar?"

"Nein, und ich sehe auch keine Notwendigkeit dafür", kam es desinteressiert von Max.

Diese Worte schienen Dr. Psychopath gar nicht zu gefallen. "Ignoranten von wahrer Kunst gibt es allerorten, ich hätte Sie aber für ein wenig intellektueller gehalten..."

"Tja, und ich wüsste nicht, warum ich mir von einem Irren sagen lassen sollte, die 'Kunst' eines anderen Irren zu begutachten..."

"Udo war nicht irre, Sie Idiot! Ich bin vielleicht nicht richtig im Kopf, aber Udo war ein anständiger Kerl!" Dieser emotionale Ausbruch kam leise, aber heftig. Er zeigte eine andere Seite von Dr. Psychopath, die Max hervorlocken wollte.

Max lehnte sich zurück und lächelte. Dr. Psychopath starrte ihn an, nicht mit seinem bisher entgeisterten, leicht entrückten, sondern einem fragenden Blick.

"Wen wollen Sie hier eigentlich verarschen, Ron?", wollte

Max gleichmütig wissen.

"Wie meinen Sie das?"

"Sie haben gerade nicht wie ein Doktor reagiert, dessen Patienten man beleidigt, sondern wie jemand, der einen Freund verteidigt, wenn dieser zu Unrecht angegriffen wird."

"Das... ist Unsinn!"

"Die Sache ist durch, Sie werden demnächst entlassen, weil Ihnen keiner Ihre Geisteskrankheit mehr abkauft, nicht mal ich."

Dr. Psychopath starrte Max an, ehe er resignierend die Hände vor's Gesicht schlug. "Gut, es hilft ja sowieso nichts..." Er warf den Kopf in den Nacken und legte die Hände auf den Tisch. "Dann kann ich auch ganz offen mit Ihnen reden. Fragen Sie und ich antworte ohne diesen ganzen Wahnsinn."

"Dann würde ich gerne wissen, warum ich mir das schmutzige Geschirr von Ihrem Freund Udo ansehen sollte."

"OK, er hat mir vor einigen Wochen erzählt, dass er Gespräche belauscht hat, er hat da wohl Dinge über einen großangelegten Betrug gehört, wollte mir aber nicht sagen, worum es genau geht, er meinte, er muss das für sich erst sortieren und noch mehr in Erfahrung bringen. Bei unserem nächsten Gespräch meinte er, es klappt nicht, es an die Wand zu malen, er muss der Sache mehr Form geben, dazu wollte er seine Teller, Tassen und das Besteck verwenden. Was auch immer ihn so beschäftigt hat, das Geschirr ist mit dem Wandgemälde der Schlüssel dazu!"

"Und da sind Sie sich wirklich sicher?"

Udo hatte psychische Probleme, aber er war ein verdammt kluger Kopf."

Und welcher Art dieser Betrug ist, hat er nicht erwähnt?"

"Er war sehr eigen, Herr Kommissar, er meinte, er müsste die ganze Sache erst für sich ordnen, außerdem wollte er sich wohl ganz sicher sein. So wie bei der Geschichte mit der Schubkarre." Ron kicherte.

"Schubkarre?", fragte Max interessiert nach. Arnwalt Adalbert hatte da mal etwas gesagt...

"Ein Spitzname für Oberschwester Menz, den ihr der gute Adalbert verpasst hat, nachdem sie versucht hat, ihn rumzukriegen."

"Ist das sicher?", wollte Max skeptisch wissen.

"Adalbert hat's Udo erzählt und einige Zeit später hat er Frau Menz mit einem anderen Patienten in flagranti erwischt. Im Doggystyle. Als er das Adalbert erzählt hat, meinte der: bei uns auf dem Land war das immer die Schubkarren-Stellung."

Max lachte. Ein solches Verhalten traute er Oberschwester Menz durchaus zu. Aber Frau Menz und ihre sexuellen Vorlieben interessierten ihn im Moment weniger.

"Und über den Betrug können Sie mir wirklich nichts weiter erzählen?"

"Bedauere. Ich bin mir aber sicher: das Gebilde, das er geformt hat, kann Ihnen weiterhelfen."

"Gut, dann werde ich das Besteck nochmal begutachten. Vielleicht findet ja die Spurensicherung was, wenn sie denn jemals ihre Arbeit aufnimmt..."

"Die Spurensicherung?" Dr. Psychopath schmunzelte. "Falls Sie da auf einen jungen, schlaksigen Typen treffen, richten Sie ihm schöne Grüße von mir aus, dann wird er Ihnen mit Sicherheit gute Dienste leisten."

"Hm, wenn Sie meinen. Aber eine Sache würde mich noch interessieren: warum spielen Sie den Verrückten?"

"Die Psychosen, wegen denen ich hier bin, mögen viel-

leicht nur vorgespielt sein, aber geistig gesund bin ich mit Sicherheit nicht."

Das sah auch Max so, warum sollte es sonst jemand darauf anlegen, in einer Nervenheilanstalt in der geschlossenen Abteilung zu sitzen? "OK, aber woran machen Sie das fest?"

"Ich habe einige Impulse an mir bemerkt. Ich will nicht zu sehr ins Detail gehen, aber sie versetzten mich in Angst."

"Impulse welcher Art?", wollte Max neugierig wissen.

"Ein Beispiel: Ich war in einer Kneipe, da hat so ein Macho-Typ einem unscheinbaren Kerl die Freundin ausgespannt, hat sich anschließend über ihn lustig gemacht und noch einen Schlag versetzt. Ich wollte dazwischen gehen, aber mir fehlte die Courage, dafür hab' ich mir ausgemalt, was man mit dem Kerl machen könnte... Glauben Sie mir, das war extrem drüber! Monate später war das fast vergessen und ich ging wieder in diese Kneipe, da kommt dieser Macho-Typ wieder rein, mit der Tussi von damals im Streit. Die Wut, die ich als abgeflaut empfunden hatte, war plötzlich so heftig wie damals und wurde noch stärker. Ich wollte ihn fertig machen, aber auch sie, weil sie diesem Typen noch nachlief."

"Sie beschreiben ziemlich genau das, was ich erlebt habe mit meiner Ex und ihrem neuen Typen, der ein Kumpel von mir war."

"Hatten sie auch den heftigen Wunsch, ihm die Eier abzuschneiden und sie vor seinen Augen zu vergewaltigen?"

"OK, da sind Sie mir wohl doch um Einiges voraus... Aber wenn Sie sich deswegen Sorgen gemacht haben, warum sind sie nicht zu einem Psychiater?"

"Das war ich auch. Er hat meine Gewaltphantasien als

normale aggressive Schübe abgetan und meinte, ich solle mich entspannen... Aber ich wusste, irgendwann würde ich mich nicht mehr beherrschen können. Es liefen mir jeden Tag Menschen über den Weg, die meine Aggressionen verstärkten. Mir wurde klar, dass ich eine Gefahr für die Gesellschaft bin."

"Und damit man Sie wegsperrt, haben Sie diese... schizo-was-auch-immer Störung vorgetäuscht. Aber warum haben Sie es nicht einfach so gemacht wie der gute Arnwald Adalbert?"

"Weil er jederzeit gehen könnte, wenn er nur sagt, dass er sich besser fühlt. Ich traue mir selbst nicht, außerdem ist die Medikation in der geschlossenen Abteilung stärker, was mir zugute kommt. Aber damit ist es jetzt vorbei, dieser Sackebier hat mich durchschaut und die Medikamente wurden abgesetzt, um mich auf meine Entlassung vorzubereiten... Ich sage es Ihnen ganz offen, ich habe eine wahnsinnige Angst!"

"Sie wollen wirklich hier in der geschlossenen Abteilung bleiben, anstatt draußen Ihr Leben neu zu ordnen?"

"Hier komme ich zurecht, und ich kann mir sicher sein, dass ich niemandem etwas antue."

Max dachte nach. "Wenn Sie das ernsthaft so sehen, dann helfe ich Ihnen."

"Nehmen Sie es mir nicht übel, aber ich glaube, da überschätzen Sie Ihre Kompetenzen."

"Unterschätzen Sie mich nicht. Haben Sie eine bedrohliche Haltung mit passendem Blick drauf?"

Ron verstand zwar nicht, auf was Max hinaus wollte, stand jedoch auf und ballte die Fäuste, dazu stierte er ihn an. "Meinen Sie so?"

"Perfekt! Einfach so bleiben, egal was gleich passiert."
Max stand ebenfalls auf und kratzte sich an einem Mü-

ckenstich in seinem Nacken, der bereits ein Grind gebildet hatte. Nach wenigen Sekunden hatte er das Grind entfernt und sein Fingernagel leicht blutig. 'Das sollte für den Ersteindruck reichen...' Er rieb sich das Blut in die Bartstoppeln unter seiner Nase. 'Und noch was für den rosigen Teint...' Er verpasste sich selbst eine Schelle mit der Linken, dann mit der Rechten und nochmals mit der Linken, Dr. Psychopath starrte ihn verständnislos an.

"Verdammte Scheiße!", schrie Max aus voller Kehle, während er Ron angrinste, dann warf er sich mit seiner linken Schulter gegen die verschlossene Tür, gefolgt von einem "Hilfe!", dann noch ein Sprung gegen die Tür. Jetzt hatte Dr. Psychopath verstanden und lächelte, doch das Lächeln legte er schnell wieder ab, da man schon Geräusche auf der anderen Seite der Tür wahrnahm. Er formte noch ein 'Danke' mit den Lippen ehe die Tür von einem entsetzten Pfleger Freddy aufgerissen wurde...

"Mach' dir mal um Ron keine Sorgen, ich glaube, der ist zur Zeit ganz zufrieden", meinte Max mit einem überzeugten Lächeln.

Max ließ die Gedanken an den Fall los, er war immerhin gelöst und er im Urlaub.
Der Filmstart wurde ausgewählt und der Menübildschirm verschwand in einem Wirbel mit einem seltsamen Ton, wenig später vernahm er die vertrauten Klänge des wunderbaren Soundtracks von "The Rock".
Er nahm einen Bissen von seiner Pizza und gleich anschließend einen großen Schluck seines Getränks.
'Auf die kleinen Dinge kommt es an, wenn man glücklich sein will, immer auf die kleinen Dinge...'
***

Bisher erschienen

Kommissar Max Schneider: Abgetaucht
ISBN: 9783734748400

Kommissar Max Schneider - Hochadelsmord
ISBN: 9783738616538

Kommissar Max Schneider - Lattenkrimi
ISBN: 9783741266218

Coming soon

SHORT CONS

(or maybe later...)